dtv

Dass am Ende einer israelischen Radiosendung plötzlich »ein Schlager aus dem Lager« gespielt wird, hat Folgen. Und eine Vorgeschichte: Die Moderatorin Amalia Ben Ami ist mit diesem Lied aufgewachsen, ebenso Chesi und Gadi, die beiden Männer, die sie während der gemeinsamen Jugend in einem Tel Aviver Viertel liebten. Alle drei sind Kinder von Überlebenden der Schoah. Jetzt, vierzig Jahre später, führt das Lied das Trio von damals wieder zusammen. Hinreißend komisch und tief erschütternd ist Lizzie Dorons Roman. Mit abgründigem Humor erzählt sie von Amalia, Chesi und Gadi, die sich, egal, wo und wie sie ihr Glück suchen, den Schatten der Geschichte noch immer stellen müssen.

Lizzie Doron, geboren 1953 in Tel Aviv, lebt heute dort und in Berlin. Bevor sie Schriftstellerin wurde, studierte sie Linguistik. Ihr erster Roman ›Ruhige Zeiten‹ wurde mit dem von Yad Vashem vergebenen Buchman-Preis ausgezeichnet. 2007 erhielt sie den Jeanette-Schocken-Preis. Ihr Werk erscheint bei dtv, zuletzt der Bestseller ›Who the Fuck Is Kafka‹ und ›Sweet Occupation‹.

Lizzie Doron

Der Anfang von etwas Schönem

Roman

Aus dem Hebräischen
von Mirjam Pressler

dtv

Von Lizzie Doron ist bei dtv außerdem lieferbar:
Das Schweigen meiner Mutter (14254)
Who the Fuck Is Kafka (14484)
Warum bist du nicht vor dem Krieg gekommen? (14545)
Ruhige Zeiten (14574)
Sweet Occupation (26150)
Es war einmal eine Familie (14602)

Ausführliche Informationen über unsere Autoren und Bücher
www.dtv.de

MIX
Papier aus verantwortungsvollen Quellen
FSC® C019821

2018 dtv Verlagsgesellschaft mbH & Co. KG, München
Die Originalausgabe erschien 2007 unter dem Titel ›Hatchala schel maschehu jafe‹ im Keter Verlag, Jerusalem.

Umschlaggestaltung: Wildes Blut, Atelier für Gestaltung, Stephanie Weischer unter Verwendung von Fotos von gettyimages (Jean-Philippe Charbonnier und Lipnitzki)
Gesamtherstellung: Druckerei C.H.Beck, Nördlingen
Gedruckt auf säurefreiem, chlorfrei gebleichtem Papier
Printed in Germany · ISBN 978-3-423-14630-2

Amalia

Ich bin nicht auf der Welt,
um jemandem Freude zu machen

1

»Was ist das?«, fragte mich der Zollbeamte am Flughafen.

»Grabsteine«, antwortete ich.

Er betrachtete die Marmorsteine. »Wer hat die in Ihre Tasche gepackt?«, wollte er wissen.

»Ich.«

»Haben Sie mit Antiquitäten zu tun?«

»Nein, mit Verrückten«, erwiderte ich ihm.

Ich war mit dem Nachtflug von Polen nach Israel zurückgekommen, zusammen mit hundert Schülern von der Berufsschule in Nahariya, alle in blauen Hemden mit dem Davidstern und der Aufschrift »Das Volk Israel lebt«, begleitet von Lehrern und Erziehern. Schon über Zypern hatten sie angefangen zu singen: »Wir bringen euch Frieden.« Viereinhalb Stunden lang war ich gegen meinen Willen Teil einer patriotischen Delegation gewesen, die vom Besuch der Lager zurückkam.

Als wir landeten, atmete ich erleichtert auf. Ich lief so schnell wie möglich Richtung Ausgang, doch ein Zollbeamter hielt mich zurück. Er zog ein Stück Marmor aus meiner Tasche und versuchte zu lesen, was darauf eingemeißelt war. »Was haben Sie mit diesen Steinen vor?«, fragte er.

»Ein Denkmal für Chesi«, antwortete ich. Ich wollte weg, aber der Zollbeamte holte im Schneckentempo alle Steinstücke aus meiner Tasche und prüfte eines nach dem anderen. »Suchen Sie Verwandte?«, fragte ich.

»Ich habe noch nie erlebt, dass jemand verdreckte Grabsteinstücke aus dem Ausland mitbringt«, zischte er einem klein gewachsenen Beamten zu, der sich der Kontrolle angeschlossen hatte, und sein Gesicht verzog sich zu einem Ausdruck, der sagen sollte: Mit der da stimmt was nicht.

Den Zwergenhaften ließen die Steine vollkommen gleichgültig, er wollte nur meine persönlichen Daten wissen.

»Ich bin Amalia Ben Ami«, stellte ich mich vor.

»Wer?«

»Amalia Ben Ami, aus dem Radio.«

»Wer?«, fragte er noch einmal, bis er nach einem Blick in meinen Pass feststellte, dass ich wirklich ich war, und mich gehen ließ.

Ich eilte davon. Ich wusste, dass Michaela, meine Schwester, schon auf mich wartete. Das hatte sie versprochen, als ich sie um Mitternacht angerufen hatte, um ihr mitzuteilen, dass ich zurückkomme.

Sie stand in der Ankunftshalle, in einem Gucci-Kostüm, auf Pfennigabsätzen und mit all dem Glitzerschmuck unserer Mutter behängt. Wie zu erwarten, Gucci am Morgen. Die Lady hat nichts anderes zum Anziehen.

Als sie mich sah, erschrak sie. »Was ist mit dir passiert? Du siehst schrecklich aus.«

Ich bedankte mich für das Kompliment.

Sie reagierte auf meinen Ton. »Oho! Ich verstehe, deine Romanze mit Chesi ist zu Ende.«

Wozu brauchte ich sie? Warum hatte ich sie gebeten, mich abzuholen? Hatte etwa jemand alle Taxis vor dem Flughafen verbrannt?

Die Straße war leer. Michaela steuerte ihren Jeep und

schwieg. So war sie, eine Kopie unserer Mutter, genau wie Mutter presste sie die Lippen zusammen und schwieg, ihr schönes Gesicht völlig starr, wie in Formalin konserviert.

»Malinka, wir sind ein Wunder«, hörte ich Chesi sagen. »Wir sind der Anfang von etwas Schönem.«

Warum habe ich ihm geglaubt? Verzweiflung packte mich.

Ich begann, das Wiegenlied unserer Mutter zu summen, die Hymne unserer Kindheit. »Still, still, mein Kind, schweig still, hier wachsen Gräber.« Damit regte ich Michaela auf.

»Du singst wie Mutter«, sagte sie. Der Eyeliner und die Wimperntusche liefen ihr über die rosigen Wangen, ihre kleinen Nasenlöcher bebten. Wie schnell Michaela Chens porzellanartige Verpackung Risse bekommt. Normalerweise beherrscht sie die Situation. Bei ihr ist immer alles in Ordnung. Der Mann, die Töchter, die Galerie.

Bis wir nach Hause kamen, summte ich vor mich hin, und sie hörte mir zu. Am Eingang blieb ich einen Moment stehen. Zwei Wochen war ich nicht hier gewesen, und jetzt sah der Himmel über mir blauer aus und das Gras um mich herum grüner. Ich sog den Morgenduft ein.

»Was hast du mitgebracht?«, fragte Michaela, als wir die schwere Tasche hineinschleppten.

»Schau es dir an«, schlug ich vor.

Sie öffnete die Tasche, noch bevor wir im Haus waren. »Was ist das?«, fragte sie entsetzt.

»Grabsteine«, antwortete ich.

»Du bist verrückt.«

Aus den Augenwinkeln sah ich schon die Gladiolen, die sie in eine Vase gestellt hatte. Ich ahnte, dass sie mir zu

Ehren auch ihren ultimativen Schokoladenkuchen gebacken hatte. Warum betritt sie mein Haus, wenn ich weggefahren bin? Sie ist vor fast dreißig Jahren ausgezogen, und bis heute benimmt sie sich, als ob wir beide hier wohnen, so wie früher, zusammen mit unserer Mutter, mit Sarke und mit dem hinkenden Gadischke. Ich betrat das Wohnzimmer und sah, dass ein weiterer Kristallkrug aus der Vitrine verschwunden war. Nach jedem Besuch verlässt Michaela das Haus mit einem Erbstück, sie nimmt Sachen aus meinem Haus mit und macht aus ihnen Installationen für ihre Galerie. Wenn sie nur schon gegangen wäre!

»Wenn unsere Malinka heiratet«, hörte ich meine Mutter sagen, »könnt ihr das Haus verkaufen und euch das Geld teilen. Bis dahin gehört es euch beiden.«

Ich wurde wütend. »Das heißt, dass ich das Haus nicht verkaufen kann!«

»Du brauchst ja nur zu heiraten«, antworteten beide im Chor.

»Es wird Zeit, dass wir das Haus verkaufen«, fing ich wieder mit diesem abgedroschenen Thema an. Ich konnte es schon nicht mehr ertragen. Aber Michaela zog es vor, meine Worte zu ignorieren. Sie setzte sich in die Küche und rief ihren Roni an. »Frag nicht«, hörte ich sie flüstern. »Kein Paris, keine Liebe, sie ist nervös, sie ist völlig erledigt.«

Ich schüttelte sie. »Ich spreche mit dir! Sag mir, wann wir endlich das Haus verkaufen!«

»Aber ich habe Mutter versprochen …«, stammelte sie.

Ich erhob meine Stimme. »Mutters Launen sind dir wichtiger als mein Leben.«

Michaela nahm ihre Tasche und verschwand. Typisch. Wenn ich wütend bin, haut sie ab.

Ich zerrte die schwere Tasche mit den Steinen in die Mitte des Zimmers. Danach erbrach ich mich in die Kloschüssel. Erbrechen ist meine zweite Natur. Mit großem Vergnügen trennte ich mich von den letzten Resten polnischen Essens, von Chesi Sonnenschajn und Co., von meinem Zorn auf Michaela und begann, die Tasche auszupacken. Die Steine stapelte ich auf einen großen Haufen neben der Vitrine mit Mutters Kristallgeschirr. Aus Verzweiflung schuf ich für mich selbst eine Installation, wie meine Schwester, die Künstlerin, es so gern nennt.

Zumindest die Kristallsachen können sich freuen, dachte ich, ich habe ihnen Freunde aus Polen mitgebracht.

2

»Zum Ende des Nachtprogramms spiele ich Ihnen einen Schlager aus dem Lager«, hatte ich vor einem Jahr meinen Hörern verkündet, und Boris, dem Tontechniker, »Ponar« hingeschoben.

»Still, still, mein Kind, schweig still, hier wachsen Gräber« erklang.

»Heute ist nicht der Tag der Schoah«, schrie Liora Magen, die Redakteurin. »Verschone wenigstens die Hörer mit deinen Verrücktheiten. Hier wachsen Gräber – jetzt, mitten in der Nacht!«

»Würdest du ›Es brennt, Brüder, es brennt‹ vorziehen?«, fragte ich.

Boris bog sich vor Lachen. Liora wurde rot und verkündete, sie würde den Intendanten bitten, mir die Moderation wegzunehmen. Boris versuchte mich zu verteidigen: »Was hast du gegen sie?«, fragte er.

Liora zählte meine Mängel auf: »Sie ist unberechenbar, sie ist nicht verantwortungsbewusst, sie hat kein Urteilsvermögen.«

»Das stimmt«, bestätigte Boris und grinste von einem Ohr zum anderen. Ich brach in Gelächter aus. Genau in diesem Moment kam das Fax.

»Schalom, Amalia Ben Ami, ich bin aus Paris zur Beerdigung meines Vaters gekommen. Es hat mich sehr gerührt, in Ihrem Programm ›Hier wachsen Gräber‹ zu hören, das

Lied, das mein Vater so liebte. Ich danke Ihnen sehr, dass Sie mir an diesem schweren Tag einen Moment des Trostes geschenkt haben. Bitte rufen Sie mich an, Chesi.«

Gleich nach der Sendung rief ich Chesi an. Er wusste sofort Bescheid. »Amalia aus dem Radio!«

»Ich möchte mich für das Fax bedanken«, sagte ich.

»Das Vergnügen war ganz meinerseits«, gab er höflich zur Antwort. »Ich würde mich gern mit Ihnen unterhalten, aber ich stecke in einem Riesentohuwabohu, das können Sie bestimmt verstehen. Ich muss die ganzen Beerdigungsformalitäten erledigen.«

Mit einer Beerdigung konnte ich nicht konkurrieren. »Mein herzliches Beileid«, sagte ich und beendete das Gespräch.

Sein idiotisches Fax hing mit einem Magneten an meinem Kühlschrank, ich zerriss es in viele Stücke und warf es in den Mülleimer. Warum hatte ich ihn angerufen? Wer ruft um Mitternacht jemanden an, den er nicht kennt? Dumme Gans.

Chesi rief nach der Trauerwoche an. »Ich bin's, Chesi Sonnenschajn«, sagte er und weckte eine alte Erinnerung in mir: Chesinka Sonnenschajn, der Sohn der Schwerhörigen. Der telefonische Kontakt zwischen uns brachte ihn ganz aus dem Häuschen. »Malinka Zuckmayer!«, rief er.

»Ich bin schon seit vielen Jahren Amalia Ben Ami«, korrigierte ich ihn.

Ich war dreizehn, als er mit seinen Eltern unser Viertel verließ. Seither hatte ich nichts mehr von ihm gehört, ich hatte ihn nicht wiedergesehen und wusste nichts über ihn, und um die Wahrheit zu sagen, ich hatte auch nicht an ihn gedacht.

»Uns ist ein Wunder geschehen«, rief Chesi begeistert und bat um ein Treffen.

Ich glaube nicht an Wunder, aber ich war neugierig und gab dem Wunder eine Chance.

3

Ich betrachtete die Kristallvitrine unserer Mutter, kniff die Augen zusammen wie früher, als ich ein Kind war, suchte die glänzenden Lichtstrahlen, die durch das Zimmer huschten.

»Malinka, wir sind der Anfang von etwas Schönem«, hörte ich Chesis Stimme.

Ich ging in mein Zimmer, eine Nische, die früher einmal eine Veranda gewesen war und später das Zimmer meines Vaters. Hier fand ich immer Ruhe. Ich schloss die Läden und die Fenster. Ich wollte Ruhe, ich wollte Dunkelheit, ich hoffte auf Schlaf, Schlaf, Schlaf.

Ich legte mich im Trainingsanzug aufs Bett. Aber Mutter betrachtete mich von dem Bild, das schon seit Jahren an der Wand über mir hing. Sogar auf dem Foto lächelte sie mich nicht an. Ich stand auf, nahm sie von der Wand und steckte sie in die Schublade. Heute brauchte ich eine ermutigende Umgebung. Aus der Schublade, wie um mich zu ärgern, lächelte mich ein mit einer Schleife geschmücktes Baby an: Michaela, ein Jahr alt. Vielleicht hätte ich nicht über sie herfallen sollen, dachte ich. Aber warum hat sie überhaupt nicht gefragt, was mir passiert ist, was mit Chesi passiert ist?

»Kein Paris, keine Liebe, nervös, völlig erledigt …« Das Echo ihres Geflüsters am Telefon hallte in meinen Ohren.

Noch vor ihrer Geburt war mir klar gewesen, dass ich

Probleme haben würde. Ich war acht, als der Bauch meiner Mutter anschwoll und alle Kinder mich auslachten, weil meine Eltern gefickt hatten. Alle im Viertel waren Einzelkinder, nur meine Eltern machten mir Schande, waren fruchtbar und vermehrten sich. Ich beneidete sogar den hinkenden Gadischke Grin, den Sohn von Sarke, unserer Nachbarin, der wie alle anderen ein Einzelkind blieb.

»Nun, wenn sie jetzt einen Bruder oder eine Schwester bekommt, wird sie bestimmt ein braves Mädchen werden«, sagte Sarke zu meiner Mutter, und ich warf die Behälter für Zucker, Salz und Pfeffer um, die auf ihrem Tisch standen.

»Nach der Entbindung«, sagte sie beruhigend zu meiner Mutter, »wird unsere Malinka erwachsener werden, es bleibt ihr nichts anderes übrig.«

Und ein paar Wochen später verkündete mir Sarke: »Herzlichen Glückwunsch, du hast eine Schwester! Endlich wird deine Mutter ein bisschen Freude haben.«

Während meine Mutter im Krankenhaus war, hatte man mich bei Sarke und Marek Grin untergebracht, unseren Nachbarn.

»Iss«, schimpfte diese Hexe, wenn wir am Tisch saßen und sich meine Speiseröhre bei ihrem fetten Essen zusammenkrampfte. »Iss, du bist so dünn wie ein Muselmann.«

»Was ist ein Muselmann?«, fragte ich.

Sarkes Beschreibung war ausführlich. Sie sprach von Skeletten mit geschwollenen Bäuchen, die hinter Stacheldrahtzäunen eingesperrt waren, in Gaskammern gebracht wurden und sich in Staub und Asche verwandelten, und ich übergab mich.

Sie brachte mich auch zu ihrem Friseur. »So kurz wie möglich«, flüsterte sie ihm zu. »Was kann man mit so einem Stroh, wie sie auf dem Kopf hat, schon anfangen?«

Ich floh aus dem Laden.

»Wildes Ding« war ihr Kosewort für mich, und als ich in meinem Zimmer alle Bücher vom Regal warf, fragte sie: »Wer wird dich mal heiraten?«

»Ich werde sie heiraten«, rief ihr Gadischke begeistert.

»Um Gottes willen, du findest hoffentlich eine Bessere«, sagte Sarke.

Als Sarke meine Mutter im Krankenhaus besuchte, überredete ich Gadi, die Hausaufgaben bleiben zu lassen und stattdessen mit mir zu spielen. Ich brachte ihm Mikado bei, Murmelspiele und Canasta. »Ich liebe dich«, sagte er.

Ich warf die Decke von mir und ging in die Küche, ich war schweißüberströmt. Wenn Chesi doch tot wäre. Er war schuld, dass ich sogar im Zimmer meines Vaters keine Ruhe fand. Ich holte Michaelas Schokoladenkuchen aus dem Kühlschrank und aß mit dem Löffel Löcher in ihn hinein und wusste, dass ich mich übergeben würde, aber ich konnte nicht aufhören.

»Wir haben dir ein Geschenk mitgebracht«, sagte Vater, als sie Michaela nach Hause brachten.

»Ich will kein Geschenk«, sagte ich böse.

Vater zog eine Tafel Schokolade aus der Manteltasche. Ich zertrat sie. Er kaufte mir bunte Ballons. Ich ließ sie zerplatzen und weinte. Er setzte sich neben mich und nahm meine Hände in seine.

»Du bist ein Geschenk für mich und Mutter«, sagte er, »und Michaela ist unser Geschenk für dich.«

Ich glaubte ihm. Ich hörte auf zu weinen.

»Nimm sie weg«, bat meine Mutter meinen Vater. Und als ich mich Michaelas Bettchen näherte, schrie sie: »Nimm sie weg!«

Dabei wollte ich Mutters Freude nur betrachten, ich versprach ihr, Michaela nicht fallen zu lassen, sie mit beiden Händen festzuhalten. Mutter hörte nicht zu. »Nimm sie endlich weg!«

Vater ging mit mir in den Spielwarenladen. Er kaufte mir große Zeichenblätter, Pinsel und Wasserfarben.

»Komm, wir malen zusammen, eine Überraschung für Mutter und Michaela«, schlug er vor.

»Sie macht immer nur Schmutz«, sagte Mutter und drängte: »Geh doch mit ihr hinaus.«

Ich warf die Blätter, die Farben und die Pinsel in den Mülleimer und schrie: »Ich werde nie wieder malen!«

Am nächsten Morgen kaufte mir Vater eine große, schöne Puppe mit blonden Zöpfen und blauen Augen, die auf- und zugingen, und mit einem geblümten Kleid. Ich nannte sie Mimi-stirb, grub ein Loch im Garten und legte sie hinein. Als ich meine Puppe mit Erde bedeckte, rief Mutter nach ihrer Sarke. »Was wird bloß aus ihr werden?«, fragte sie. »Sag doch, was?«

»Nimm sie weg«, sagte Mutter am Vorabend von Jom Kippur zu Vater, als ich Sarkes Hühnersuppe auf die weiße Tischdecke kippte. Mutter zitterte. »Deinetwegen wird uns Sarke nicht mehr einladen.« Vater nahm mich an der Hand. Wir gingen hinaus.

Ich bekam keine Luft. Dieses Haus erstickte mich. Eine Veränderung des Ortes verändert die Gedanken, sagte ich mir und ging hinaus in den Garten. Mir kam alles so verfahren vor, alles war wie früher. Ein gottverlassenes Viertel im Süden von Tel Aviv. Reihen einstöckiger Häuser und wir am Rand. Zwei aneinanderklebende Häuser: Familie Zuckmayer im westlichen und Familie Grin im östlichen. Ein gemeinsamer Garten, ein gemeinsamer Hof und für jede Familie ein kleines Haus mit zwei Zimmern und einer Veranda. Marek, Sarke und Gadi Grin in Nummer sechs. Mutter Etka, Vater Arthur, ich und Michaela in Nummer acht. Wie ein Blitz fuhr mir die Erinnerung an Chesis Haus durch den Kopf, das Haus der Familie Sonnenschajn. Von unserem Garten aus sah man ihre Veranda.

»Ich weiß nicht, was soll es bedeuten,
Dass ich so traurig bin;
Ein Märchen aus alten Zeiten,
Das kommt mir nicht aus dem Sinn.«

Vater und ich liefen durch die wegen Jom Kippur leeren Straßen. Vater deklamierte für mich Gedichte auf Deutsch, und Chesi Sonnenschajn stand auf der Veranda und betrachtete uns. Bestimmt beneidet er mich, dachte ich aufgeregt.

»Malinka Zuckmayer?«

»Nein, Amalia Ben Ami.« Ich rekonstruierte mein zweites Telefongespräch mit Chesi Sonnenschajn.

»Ich erinnere mich nicht an deinen Vater«, sagte er. »Aber an deine Mutter, Frau Zuckmayer, erinnere ich mich noch ganz genau. Sie hat gern mit meiner Mutter in der Küche gesessen. Stundenlang haben sie zusammengesessen und sich nach Ustrzyki gesehnt.«

»Wonach?«

»Ustrzyki Dolne, das war ihr Heimatstädtchen«, sagte er verwundert, weil ich das nicht wusste. »Sie sind im selben Städtchen geboren worden. Wir stammen beide aus demselben Ort …« Das erfuhr ich von dem Jungen, der damals auf der Veranda gestanden hatte, dem Jungen, der damals König des Viertels gewesen war. »Vor so vielen Jahren haben wir uns aus den Augen verloren, und jetzt werden wir uns bald wiedersehen. Malinka, das ist ein Wunder. Uns ist ein Wunder geschehen.«

»Die Luft ist kühl und es dunkelt,
Und ruhig fließt der Rhein;
Der Gipfel des Berges funkelt
Im Abendsonnenschein.«

»Das ist die Sprache der Nazis!«, schrie Sarke meinen Vater an, wenn sie hörte, wie er mir Gedichte auf Deutsch aufsagte.

»Es ist auch die Sprache von Heine, von Mozart und von meiner Mutter«, antwortete er ihr.

»Pfui!« Sie spuckte auf den Boden und ließ uns stehen.

4

»Ich bin hier«, verkündete mir Chesi am Telefon. »Heute Abend ist die Feier zum dreißigsten Trauertag für meinen Vater.«

Abends erkannte er mich sofort. »Malinka Zuckmayer!« Er umarmte mich innig.

»Amalia Ben Ami«, beharrte ich.

Wir hielten uns nicht lange auf. Ich wollte wie die anderen Gäste den Saal betreten. Auf der Bühne stand ein Conferencier, der sich als Herr Katzenellbogen vorstellte. Ich erinnerte mich nur undeutlich daran, dass er damals der Held der Polen des Viertels war.

»Verehrtes Publikum«, begrüßte er uns mit dramatischer Stimme, »wir haben uns heute Abend zur Erinnerung an Jerucham Sonnenschajn versammelt, der von uns gegangen ist.« Herr Katzenellbogen sprach mit viel Pathos über den Verstorbenen, der »sein ganzes Leben seiner Arbeit bei der israelischen Post widmete und keinen einzigen Arbeitstag versäumte«.

Als Herr Katzenellbogen die Bühne verließ, stieg ein Chor von alten Überlebenden hinauf und fing an, jene Oh-weh-Lieder zu singen, die meine Mutter, sie ruhe in Frieden, so geliebt hatte. Ich hielt das für einen passenden Moment, von dort zu verschwinden, aber Chesi – charmant wie Alain Delon – schaute mich von der Bühne aus an. »Lauf nicht weg«, las ich von seinen Lippen.

Ich hätte eine ganze Reihe alter Leute aufscheuchen müssen, um hinauszukommen. Ich hatte keine Wahl, ich musste bleiben.

»Schade, dass es vorbei ist«, weckte mich am Ende des Abends eine freundliche Frau, die neben mir saß. Ich war nicht ganz ihrer Meinung. »Nun, was sagst du zu Chesi?«, fuhr sie begeistert fort. »Was für ein Junge! So begabt, so schön. Schade, dass er keine Frau hat, keine Kinder, weißt du.« Ich war wirklich nicht die Richtige für ihre Klagen.

Im Taxi auf dem Weg vom Veranstaltungssaal zum Restaurant saßen wir umarmt. Im Restaurant am Strand von Tel Aviv hob er das Glas: »Auf unser Wiedersehen!« Und die Erinnerungen strömten aus ihm heraus. »Malinka, weißt du noch, wie wir aus Fischs Garten die Mispeln geklaut haben? Erinnerst du dich noch an den Fackelzug? An den hinkenden Gadischke? Und wie die Kinder bei uns im Garten gespielt haben?«

Ich machte ihm klar: »Für mich ist die Vergangenheit vorbei.«

Chesi begriff es und breitete sofort seine Zukunftspläne aus. Er erzählte, er sei Leiter eines Projekts zum Wiederaufbau jüdischer Stätten in Europa. »Wir sind eine Gruppe von Architekten und Historikern, die etwas von der Rekonstruktion von Gebäuden verstehen, die im Zweiten Weltkrieg zerstört wurden. Im letzten Jahr haben wir Grabsteine in Polen restauriert, in Olésnica eine ehemalige Synagoge wiedererbaut, in Czchów eine Mauer renoviert, die aus den Bruchstücken jüdischer Grabsteine erbaut war. Und natürlich haben wir vor, unser Ustrzyki wiederzuerrichten.«

Allein die Namen, die er nannte, fand ich amüsant, ganz

zu schweigen von dem exklusiven Hobby, das er für sich gefunden hatte. Chesi gefiel mir. »Ich fliege noch heute Nacht nach Paris zurück«, beendete er unser idyllisches Beisammensein.

Mein Gesicht blieb völlig ausdruckslos. Ich reagiere ausgezeichnet auf Enttäuschungen.

Er wand sich. »Ich wünschte, ich könnte bleiben. Malinka, ich werde mich darum kümmern, dass du bald zu mir und zu meinem Team kommst. Du wirst die Sprecherin des Films sein, der unsere Tätigkeiten dokumentiert, meine und die der Gruppe.« Er streichelte meine Wange und schaute mich mit grauen, sehnsüchtigen Augen an.

»Yaron Zahavi hat also einen Erben, es gibt eine Generation, die die Abenteuer seines Chasamba-Geheimbunds fortsetzt«, sagte ich.

Aber meine Worte zeigten keinerlei Wirkung. »Wir lassen unser Wunder nicht verlöschen, wir werden unser Ustrzyki gemeinsam aufbauen«, fuhr er begeistert fort, und ich schwieg, was so gar nicht meine Art war. Ich erzählte ihm noch nicht einmal, dass das Fax, das er an den Sender geschickt hatte, Liora dazu bewegt hatte, mich doch nicht zu feuern. Ich hörte ihm zu und sagte mir, vielleicht sieht so ein Wunder aus. Ich vergaß, dass es auf der Welt keine Wunder gibt.

5

Als Vater und ich zur Feier meines vierzehnten Geburtstags Ballons aufbliesen, klopfte es. Vor der Haustür standen zwei Fremde, die mit Vater sprechen wollten. Ich blieb im Zimmer mit acht Ballons, die an einer Schnur hingen, und wartete. Nachdem die beiden gegangen waren, lief ich in die Küche. Vater saß auf dem Stuhl und sah aus wie eine Mumie.

»Sie sollte schon längst im Bett sein«, murmelte Mutter. Sie öffnete und schloss Schranktüren, holte Mehl, Zucker und Kakaopulver für meinen Geburtstagskuchen heraus. »Wo ist das Backpulver?« Mit zitternden Händen suchte sie in den Schubladen. »Geh schlafen, morgen hast du Geburtstag«, sagte sie zu mir und schickte mich aus der Küche.

Vater schwieg. Sein glasiger Blick erschreckte mich. Ich ging in mein Zimmer und konnte nicht einschlafen.

Am Morgen fragte ich Mutter, was diese beiden Leute gewollt hatten. Sie antwortete nicht, sie knetete mit schnellen Bewegungen den Kuchenteig und schaute mich nicht an.

Ich ließ nicht locker. »Mutter, was haben sie zu Vater gesagt?«

Sie drückte mir den Kochlöffel, mit dem sie den Schokoladenteig gerührt hatte, in die Hand. »Ist das süß genug?«

»Werden sie noch mal kommen?«, fragte ich. Mutters

Gesicht war ausdruckslos und noch starrer als sonst. Ich bestand auf einer Antwort. »Nicht wahr, sie werden noch mal kommen?«

Vater trat in die Küche. Er sah anders aus.

»Nimm sie weg«, bat Mutter.

Ich lief hinaus.

Als ich aus der Schule kam, stand der Geburtstagskuchen auf dem Tisch. Mutter und Sarke füllten Tütchen mit Süßigkeiten. Der lahme Gadischke saß in meinem Zimmer und malte mir eine Geburtstagskarte mit einem roten Herzen. Aber ich suchte Vater.

»Dein Vater schläft«, teilte Sarke mir mit, und Mutter versprach: »Er wird rechtzeitig zur Feier aufwachen.«

Als Vater aufwachte, rief Sarke ihn in die Küche, wo sie mit Mutter saß. »Wann hörst du endlich auf, dir um deine Kommunisten Sorgen zu machen?«, schimpfte sie ihn. »So geht es doch nicht weiter.«

Die Kinder aus meiner Klasse kamen. Im Wohnzimmer türmten sich die Geschenke.

Sarke schrie weiter: »Was hast du bei denen verloren, ihr Name sei ausgelöscht! Ich kenne Etka besser als du, ich kenne sie von Auschwitz. Unsere Etka wird dort sterben! Du und deine Freunde von der kommunistischen Partei, ihr träumt doch nur!«

Ich hörte, wie Vater ihr ruhig und mit seinem korrekten Hebräisch antwortete: »Sarke, dein Geschrei nützt überhaupt nichts.«

»Bist du verrückt geworden«, schrie Sarke weiter, »es gibt kein anderes Leipzig!«

Sie stand in der Küchentür, hob die Arme zum Himmel

und rief laut: »Etka, es ist nicht zu ändern, dein Arthur liebt die Nazis, es sind die Nazis, die er liebt.«

Im Haus breitete sich Stille aus.

»Der Geburtstag ist vorbei, geht nach Hause!«, schrie ich die Kinder an.

Dann verkroch ich mich in meinem Zimmer, schloss die Tür zu und zerbrach alles, was sich zerbrechen ließ. Gadi drückte sich draußen an die Tür und flehte, ich solle ihn doch einlassen.

»Gadischke, komm nach Hause«, hörte ich Sarke rufen. »Du weißt doch, was für einen Dickkopf dieses wilde Ding hat.«

Ich verließ mein Zimmer erst, als alle Gäste gegangen waren. Vater hatte sich wieder schlafen gelegt, Michaela packte die Geschenke aus, die ich bekommen hatte, und Mutter putzte mit roten Augen und zusammengepressten Lippen das Haus.

»Warum schläft Vater die ganze Zeit?«, fragte ich sie.

Sie rückte die Stühle zurecht, die um den Tisch standen.

»Was will Sarke von Vater?«

Mutter fegte den Schmutz auf die Schippe.

»Warum hat Sarke gesagt, dass Vater die Nazis liebt?«

Mutter warf den Schmutz in den Mülleimer.

Warum hatte sie mir damals nicht geantwortet? Ich war wütend auf meine stumme Mutter. Warum hast du nie etwas gesagt? Bis heute streite ich noch mit den Toten.

»Ich weiß nicht, was soll es bedeuten, dass ich so traurig bin.« Wieder kam mir das Gedicht in den Sinn. Es gelingt

mir nicht, es zu vergessen, und dabei hasse ich Erinnerungen.

»Die schönste Jungfrau sitzet
Dort oben wunderbar,
Ihr goldnes Geschmeide blitzet,
Sie kämmt ihr goldenes Haar.

Sie kämmt es mit goldenem Kamme,
Und singt ein Lied dabei;
Das hat eine wundersame,
Gewaltige Melodei.«

Dieses Gedicht quälte mich, meine Toten wurden lebendig.

Ich ging in mein Zimmer zurück und rollte mich auf dem Bett zusammen. Früher, vor vielen Nächten, fühlte ich mich nur hier geborgen. Hier war vor vielen Jahren mein Vater gegenwärtig, sein Duft hing noch im Bettzeug, hier stellte ich mir seine Bewegungen vor, die Züge seines Gesichts. Jahrelang erwähnte ihn keiner, sogar seine Alben und seine Bücher waren aus den Regalen entfernt worden. Plötzlich sah ich sein Gesicht genau vor mir: Wenn er mich anlächelte, wurden seine Augen zu Strichen.

»Malinka, dein Vater ist nicht da«, verkündete mir Sarke, als ich von der Schule nach Hause kam.

»Wo ist er?« Ich verstand nicht, was los war. Alle Nachbarn und die Schulkrankenschwester saßen in unserem Wohnzimmer und schwiegen. In der Küche spielte Michaelas Kindergärtnerin mit ihr und brachte sie zum Lachen.

Meine empfindsame Schwester durfte sich nicht aufregen oder traurig sein.

»Wo ist mein Vater?« Ich suchte ihn im anderen Zimmer.

»Er ist weit weg gefahren«, zischte Sarke mit zusammengepressten Lippen.

Ich zitterte am ganzen Körper. »Wann kommt er wieder?«

»Er wird nicht wiederkommen«, sagte Sarke.

Meine Mutter weinte. Auch die Nachbarn sagten kein Wort.

»Warum sagt mir niemand, wann er zurückkommt?«, rief ich.

»Weißt du, du solltest sie vielleicht in einen Kibbuz schicken«, schlug die Schulschwester meiner Mutter vor. »Mit zweien wirst du es schwerhaben, und Malinka ist kein einfaches Mädchen.«

»Sie wird nicht in einen Kibbuz gehen«, entschied Sarke für mich. »Sie bleibt zu Hause.« Sarke packte mich am Arm und schob mich ins Schlafzimmer. »Setz dich«, befahl sie mir.

Ich setzte mich. Sarke machte die Tür zu.

»Malinka«, sagte sie, »ich kenne deine Mutter, sie ist eine gute Frau. Aber die Deutschen haben sie fertiggemacht, sie versteht nichts von diesem Leben.«

»Sag mir, wo Vater ist«, bettelte ich.

Sarke breitete die Arme aus. »Malinka, du musst auf deine Mutter aufpassen.«

Ich hatte das Gefühl, als drehe sich das Zimmer um mich, als öffne sich der Boden, als stürze ich in ein schwarzes Loch. Ich brach in Tränen aus.

Sarke hob die Stimme: »Du musst stark sein, nun, da

dein Vater nicht mehr da ist, musst du deiner Mutter helfen.«

Ich erbrach mich auf ihre Hausschuhe.

»Verdammter Mist!«, brüllte sie.

Ich floh in den Garten. Ich setzte mich unter den Mispelbaum und fragte mich, wie es geschehen könne, dass Menschen einfach plötzlich verschwinden. Ich dachte, auch ich könne eines Tages plötzlich nicht mehr da sein, und wunderte mich, dass mir dieser Gedanke keine Angst machte. Ich saß im Gras, in Gedanken versunken, und rupfte Halme heraus, Sauerklee und Malve, bis Michaela kam und mich ins Haus rief. Plötzlich erinnerte ich mich an Mimi, die Puppe, die Vater mir geschenkt hatte.

»Ich hole dir eine Puppe aus der Erde«, versprach ich Michaela.

»Ein Zaubertrick!« Michaela machte einen Luftsprung und strahlte. »Du machst für mich einen Zaubertrick!«

»Ja, einen Zaubertrick«, sagte ich.

Ich machte die Erde mit einem Schlauch nass, damit sie weicher wurde, und wir fingen ohne Schippe an zu graben, mit den Händen. Michaela war begeistert, aber nach drei Minuten hatte ich keine Kraft mehr. Ich streckte mich auf dem schlammigen Boden aus und drückte mein Gesicht in die feuchte Erde.

»Malinka, warum legst du deinen Kopf in den Schlamm?«, fragte Michaela.

Ich antwortete ihr nicht.

Michaela erschrak. »Malinka, was ist mit dir?«

»Der Zaubertrick hat nicht geklappt«, sagte ich. »Meine Puppe ist für immer gestorben.«

Michaela wischte sich noch nicht mal den Schlamm ab. So wie sie war, rannte sie heulend zu Mutter.

»Was ist mit dir?«, fragte Sarke, angewidert vom Schmutz.

»Malinka hat mich dreckig gemacht«, beklagte sich Michaela, das Porzellanpüppchen, unter Tränen.

Die Nachbarn, die gekommen waren, um Mutter Mut zuzusprechen, fanden keine Worte zu ihrem Trost. Alle schauten mich an. Plötzlich fiel mir auf, dass auch mein Gesicht und meine Kleider voller Schlamm waren.

»Was hast du gemacht?«, schrie Sarke mich an.

Ich wusste nicht, was ich sagen sollte. »Morgen gehe ich in den Kibbuz«, rief ich verzweifelt.

Alle schauten meine Mutter an, um zu sehen, wie sie reagierte.

»Er wird zurückkommen«, murmelte sie. »Malinka, er hat versprochen, dass er zurückkommt.«

Ach, Mutter, was für ein Vorbild warst du für mich, genau wie du sitze ich heute im Haus und warte auf den Träumer, den ich liebe.

In jener dunklen Nacht konnte ich nicht einschlafen. Ich ging hinaus in den Garten, ich weckte Gadi, ich stand unter dem Fenster seines Zimmers und überredete ihn, am nächsten Tag mit mir in den Kibbuz zu gehen. Aber am Morgen verkündete Sarke, ihr Gadi würde in keinen Kibbuz gehen.

»Dort herrscht Gesetzlosigkeit«, erklärte sie. »Nur Banditen wohnen dort.«

Ich war vierzehn Jahre und drei Monate alt, als ich das

Haus verließ. Ich verabschiedete mich von niemandem, nicht von meinen Klassenkameraden, nicht von meinen Lehrern, nicht von Sarke. Auch nicht von Gadi.

6

Ich rief Chesi an. Ich wollte nicht mit ihm sprechen, ich wollte nur kontrollieren, ob mein Telefon funktionierte. Schon nach dem ersten Klingelton legte ich auf.

»Malinka, wir waren schon als Kinder ein Paar«, hörte ich ihn sagen, und ich hörte ihn singen: »Was kann wachsen, wachsen ohne Regen? Was kann brennen ohne Unterlass?«

»Malinka, ich muss nach Paris zurück«, hatte er unser idyllisches erstes Treffen abrupt beendet. Ich begleitete ihn zum Flughafen. Als ich nach Hause kam, erwartete mich vor der Tür ein riesiger Rosenstrauß. »Wir sind der Anfang von etwas Schönem, Dein Chesi.«

Monate voller romantischer E-Mails und nächtlicher Telefongespräche überzeugten mich, dass ich eine Liebe hatte.

Chesi verstärkte das Gefühl meines Herzens und schickte mir ein Flugticket. »Ich erwarte dich in Paris«, schrieb er.

Ich war ganz durcheinander vor Glück und wusste nicht, was ich machen sollte. Ein riesiges Metronom schwenkte mich hin und her – bei Tick wollte ich fahren, bei Tack hierbleiben.

»Wir werden uns trennen«, sagte ich zu Liora. Und erschrak. Gleich darauf sagte ich zu Boris, dass ich nicht vorhatte zu fahren.

»Ich kenne dich«, Boris lachte. »Wenn du Nein sagst, wirst du fahren.«

Zwanzig Jahre lang hatten wir ein Verhältnis.

Ich brachte ihn zum Schweigen: »Ich habe eine Liebe gefunden. Jetzt wird deine Olga endlich Ruhe geben.«

Am Abend rief ich Michaela an. »Du kannst das Haus verkaufen«, verkündete ich ihr.

»Was ist passiert?«, fragte sie verblüfft.

»Ich fahre nach Paris und heirate Chesi.«

»Wer ist der Bräutigam?«, fragte Roni, der von seiner neurotischen Frau zu mir geschickt worden war.

»Chesi Sonnenschajn.«

»Den kenne ich nicht.«

Ich lachte. »Das ist sicher ein Vorteil.«

»Was machen seine Eltern?«, wollte er wissen.

»Er ist vierundfünfzig«, antwortete ich.

»Beruf?«

»Professor für Geschichte an der Sorbonne, unverheiratet und Vollwaise«, sagte ich. »Sogar Sarke wäre heute stolz auf meine Wahl.«

Roni war noch immer besorgt. »Ich glaube, für Michaela wird es schwer, wenn du wegfährst.«

Ich drückte ihm mein tief empfundenes Mitgefühl aus.

»Michaela denkt, wenn du zum Beispiel Gadischke geheiratet hättest, würde unser aller Leben anders aussehen. Schade, dass du ihn nicht geheiratet hast.« Er konnte es nicht lassen, mir das unter die Nase zu reiben.

»Schade, dass sie ihn nicht geheiratet hat.« Damit beendete ich das Gespräch.

Michaela rief an. »Was ist mit diesem Chesi? Du kennst ihn doch kaum. Was soll das? Ein paar Telefonate, ein gemeinsames Essen, einige E-Mails, das war alles, und schon beschließt du zu heiraten? Das reicht, dass du deine Arbeit aufgibst, bist du noch normal? Wer lässt in deinem Alter alles stehen und liegen, einfach so? Was wirst du dort überhaupt machen?«

»Freude«, sagte ich. »Ich werde Mutter Freude machen.«

»Du spinnst ja«, schimpfte sie, und ich nahm meine Kraft zusammen, brach das Gespräch ab und wusste, dass ich diesmal weggehen würde. Nach Paris.

»Frau Ben Ami«, sagte Liora wütend. »So geht das nicht mit Ihren seltsamen Launen und Überraschungen. Es gibt keinen Urlaub von einem Tag auf den anderen, auch wenn Sie es sind und auch wenn es Paris ist.«

Sie schrie, und ich hatte das Gefühl, dass niemand auf der Welt mir etwas gönnte.

»Ich bin jetzt über dreißig Jahre hier, ich wohne sozusagen im Sender, jeden Abend, gesund oder krank, ich bin hier, ohne Urlaub, ohne Ehemann, der ein Sabbatical nimmt, ohne kranke Kinder, ich arbeite und arbeite und arbeite!« Ich erinnerte sie daran, dass ich die Dumme vom Dienst war, die immer einsprang, wenn jemand heiratete, Kinder bekam oder sich scheiden ließ, krank wurde oder eine Depression bekam. »Ich habe mir Paris verdient«, sagte ich. »Paris und Anerkennung.«

Zum ersten Mal in meinem Leben bat ich um Urlaub, und Liora passte das nicht. Sie würde auch noch von mir verlangen, dass ich ihr den Tag meines Todes vorher ankündigte. Auch Ben Elijahu, der Intendant, ärgerte sich und ließ mich zu einem Gespräch kommen, aber ich blieb hart, ich war entschlossen zu fahren.

7

»Im Lande Israel entstand das jüdische Volk. Hier prägte sich sein geistiges, religiöses und politisches Wesen. Hier lebte es frei und unabhängig. Hier schuf es eine nationale und universelle Kultur …«, las ich vor allen Schülern laut aus der Unabhängigkeitserklärung vor, an jenem Tag, als ich in den Kibbuz kam, und Chawale, die Lehrerin für Gemeinschaftskunde, schaute mir tatsächlich in den Mund und fragte: »Woher hast du denn solch eine Stimme?«

Ich blieb ihr nichts schuldig. »Und woher hast du denn solche Beine?« Die Klasse lachte.

»Du hast die Stimme einer Radiosprecherin«, sagte sie begeistert. »Du bist genau richtig für die Zeremonie am Jom Ha-Sikaron, dem Tag der Erinnerung.« Jetzt verstand ich, dass sie es als Kompliment gemeint hatte.

Nach dem Unterricht versammelten sich die Kinder aus allen Klassen, um diese neue Schülerin zu begutachten, die von draußen gekommen war. »Ich bin nicht von draußen«, beharrte ich. »Ich bin aus Tel Aviv.«

»Und was macht dein Vater?«, fragte mich der dickste Junge aus der Klasse.

Ich wurde rot. »Er ist tot«, sagte ich mit erstickter Stimme.

»Ihr Vater ist tot, ihr Vater ist tot«, sang einer der Idioten, und alle lachten.

»Bist du neidisch?«, fauchte ich und brachte ihn damit zum Schweigen.

Beim Abendessen kam Boas zu mir, einer von den Großen. »Du hast wirklich sehr schöne Haare«, sagte er.

»Was kann man mit so einem Stroh, wie sie auf dem Kopf hat, schon anfangen?«, hörte ich Sarkes Stimme. Ich schaute Boas an. »Was für ein Kompliment hast du noch auf Lager?«

Ich war auf Streit aus. Boas schluckte. »Und eine tolle Figur.«

»Wie ein Muselmann«, hörte ich Sarke sagen.

»Ich möchte dein Freund sein«, erklärte Boas.

Nun war ich verwirrt.

»Aber unter einer Bedingung«, fuhr er fort, »dass man dich Amalia nennt. Malinka klingt polnisch, es ist der Name von einem Seifenmädchen.« Er wollte mir einen Kuss geben, und ich verpasste ihm eine Ohrfeige.

Am Tag darauf sah ich ihn einen Traktor fahren. Er lächelte mir zu. Seine Haare flogen im Wind. »Ich gebe nicht auf«, sagte er. Am Abend gingen wir zusammen spazieren. Das Licht unserer Taschenlampen fiel auf den Weg, und die Luft war erfüllt vom Duft der Orangenhaine. Wir gingen durch die Plantage und betraten den Hühnerstall und den Kuhstall.

»Nun, sind wir Freunde?«, fragte er.

Ich konnte ihm nicht antworten.

»Ja, Amalia?«, fragte er und küsste mich.

»Ab jetzt werde ich Amalia genannt«, sagte ich zu Mutter, als ich in den Ferien aus dem Kibbuz nach Hause kam.

Sarke lachte. »Von mir aus, sollen sie dich dort so nennen«, sagte sie. »Für deine Mutter, für Michaela, für mich und noch ein paar wichtige Leute bleibst du Malinka, da kann dich dein Bandit nennen, wie er will.«

»Sarke, er ist kein Bandit«, sagte Michaela zu meiner Überraschung. »Ich habe ein Foto von ihm gesehen. Er ist der schönste Junge von der Welt.«

»Alle Mädchen wollen Boas, aber er liebt nur mich«, erklärte ich.

»Weißt du«, wandte sich Sarke beruhigend an Mutter, »dieser Boas wird sie nicht heiraten, sie gehört nicht wirklich zu ihnen. Bei uns in Przedborz hat man gesagt: Jeder Topf findet sein Deckelchen, aber sie ist nicht sein Topf.«

»Doch, das bin ich«, widersprach ich. »Und unser Kibbuz ist tausend Mal mehr wert als dein Przedborz.«

Ich verließ das Haus in meinem abgetragenen Trainingsanzug, der nach Polen und Schweiß roch, und schloss die Tür ab. Ich lief in der Gegend herum und summte vor mich hin: »Wo gehst du hin, so ganz allein? Wohin führt dein Weg? Sag's mir, Na'ama. Ich hab ein Geheimnis, sag's nur mir allein, dem Wind vertrau ich es an …«

Das war unser Lied gewesen, von mir und Boas. Ich sehnte mich nach ihm. Plötzlich begriff ich, dass Boas mich geliebt hatte. Vielleicht war er der Einzige, der mich geliebt hat. Ich erinnerte mich daran, dass er unsere Tochter Na'ama nennen wollte, außerdem würden wir auch drei Söhne haben, die in der Armee dienten, wenn ich eine berühmte Radiosprecherin wäre und er Kibbuzsekretär, neben seiner Arbeit im Kuhstall.

Am Unabhängigkeitstag stand ich im Kibbuz als Einzige auf der Bühne, hinter mir die Feuerzeichen. Alle lauschten schweigend. Schon bei der ersten Zeile fingen Boas' Augen an zu strahlen. »Im Lande Israel entstand das jüdische

Volk. Hier prägte sich sein geistiges, religiöses und politisches Wesen …«

Plötzlich wollte ich Boas anrufen. Aber wenn ich im Kibbuz geblieben wäre, dann wäre ich heute Amalia Kremer, die Vorsitzende des Kulturausschusses, verantwortlich für die Zeremonien am Tag der Erinnerung für alle Kibbuzim im Jesreel-Tal, Mutter von vier Kindern, wie Boas es gewollt hatte. Ich sah die Kinder vor mir, die ich nicht hatte, zwei Jungen in Kathmandu mit Rucksäcken und Drogen, der Dritte, der den Wehrdienst verweigerte, lebte in der Schenkinstraße, und unsere Na'ama sah ich als Pflegerin der verwirrten Alten aus der Gründergeneration, die jetzt im Altersheim des Kibbuz auf ihren Tod warteten. Ich lief weiter durch die Straßen des Viertels und stand plötzlich vor der Tür von Gerschtajns Lebensmittelladen.

»Du bist das schönste Mädchen im Laden«, sagte der Lebensmittelhändler, und als er entdeckte, dass ich einen Büstenhalter trug, prophezeite er mir: »Alle Männer in ganz Israel werden dir nachlaufen.« Dabei ruhte sein Blick auf meinen kleinen Brüsten. Sarke, die am Regal mit den Konserven stand, bemerkte seinen Blick und beschloss, dass man mich nicht mehr allein zum Einkaufen schicken durfte.

Gerschtajn ließ mich auch Jahre später nicht in Ruhe. »Malinka, sag doch mal im Radio was Nettes über Herrn Gerschtajn vom Lebensmittelladen«, bat er. »Malinka, stimmt's, dass wir am Ende heiraten?«

Ich ging hinein. Gerschtajn empfing mich mit einem glücklichen Lächeln. In meinen Augen hatte er schon immer ausgesehen wie ein Verwandter seiner Salzheringe, und jetzt, wo er alt wurde, roch er auch nach Hering.

»Haben Sie eine Hefeschnecke mit Zimt und Rosinen?«, hörte ich mich zu meiner Überraschung fragen.

Ich wusste, dass er schon seit Jahren keine Hefeschnecken mehr führte, doch auf einmal ergriff mich eine seltsame Unruhe, und ich leerte die Regale, belud den Einkaufswagen mit Käse, Joghurt, Würsten, Brötchen, Butterkeksen, Waffeln, Schokolade und Salzstangen.

Wieder nutzte er die Gelegenheit. »Malinka, sag doch mal im Radio was Nettes über Herrn Gerschtajn vom Lebensmittelladen … Und, Malinka, stimmt's, dass wir am Ende heiraten?« Das ist also der Bräutigam, der mir geblieben ist, dachte ich erschüttert.

»Ausgeschlossen«, erklärte ich ihm ein für alle Mal.

Herr Gerschtajn sank in sich zusammen und schwieg. Er tippte die Preise in seine alte Rechenmaschine und stopfte die Sachen in braune Papiertüten. Ich betrachtete die Wand hinter ihm, von der schon der Verputz abblätterte. An diese Wand hatte Gerschtajn immer Traueranzeigen gehängt, und ich war von der Schule zum Lebensmittelladen gerannt, um zu erfahren, wer gestorben war.

Ich stellte mir meine eigene Todesanzeige auf der abblätternden Wand vor. »Mit großer Trauer geben wir den Tod von Malinka Zuckmayer bekannt …« Ich packte meine Tüten und verließ den Laden.

»Marek ist gestorben«, schrieb Sarke im Telegramm, das sie mir in den Kibbuz schickte. »Die Beerdigung hat bereits stattgefunden.«

Ich war wie versteinert. Zur Beerdigung von Gadis Vater wäre ich gekommen. Aber Sarke hatte mich nicht dabeihaben wollen, sie hatte das Telegramm erst danach zum Sekretariat des Kibbuz geschickt. Ich fuhr nicht zu den sieben Trauertagen, auch die Feier zum dreißigsten Tag nach seinem Tod habe ich boykottiert. Erst sechs Wochen nach Mareks Tod kam ich für die Ferien nach Hause und traf Mutter und Sarke in unserer Küche, wo sie schweigend kochten. Michaela lief auf Zehenspitzen im Haus herum, um sie ja nicht in ihrer Trauer zu stören. »Wir müssen uns still verhalten«, sagte sie zu mir. »Sarke ist schrecklich traurig.«

»Still, still, mein Kind, schweig still, hier wachsen Gräber«, summte ich zu Mareks Gedenken. Erst als wir uns zum Essen setzten, schwieg ich, mit dem Lahmen sprach ich nicht, Sarke gab ich keine Antworten, mit meiner Mutter hatte ich nichts, worüber wir sprechen konnten, nur mit Michaela hielt ich Kontakt. Sie schmiegte sich erfreut an mich, und während des Essens bat sie ausgerechnet mich um Erlaubnis, zu einer Feier ihrer Klasse gehen zu dürfen. Ich stimmte zu, ohne lange nachzudenken. Michaela gab mir einen Kuss und verschwand. Mutter verzog das Gesicht, als wolle sie sagen, man steht nicht vor dem Ende der Mahlzeiten auf. »Wie soll sie mal heiraten, wenn du sie jetzt nicht auf Feste gehen lässt?« Mutters Gesicht entspannte sich.

Nach dem Essen gingen Mutter und Sarke hinüber ins Wohnzimmer, um sich Platten von Dzigan und Shumacher anzuhören. Beide schliefen ein. Mutters Atemzüge waren kurz und rhythmisch, während Sarke laut schnarchte und

Dzigan und Shumacher weiterhin Witze erzählten. Gadi und ich blieben am Tisch sitzen.

Ich brach das Schweigen. »Nun, jetzt bist du also auch ein Waisenjunge.«

»Was … warum …«, stammelte er. »Wieso auch? Dein Vater ist doch nicht tot.«

»Und? Wo ist er?«, antwortete ich gereizt.

»Er ist nicht da.«

»Nicht da heißt tot.«

»Nein, nicht da heißt … das ist jemand, der … Das ist jemand, den man sucht«, stotterte Gadi.

»Und wer sucht ihn?«

»Meine Mutter … Meine Mutter schickt Briefe nach Ostdeutschland. Sie … Sie sucht ihn dort.«

Ich fuhr hoch, warf den Stuhl um, lief zu Mutter und schüttelte sie heftig. »Wo ist Vater?«

Sie riss die Augen auf und versuchte zu verstehen, was los war.

»Wo ist Vater?«, schrie ich.

Ihre Stimme zitterte. »Er hat mir nicht gesagt, wohin er geht.«

Sarke wachte auf. »Er hat dich verlassen«, sagte sie nachdrücklich.

Ich stürzte mich auf sie. »Was hast du gesagt?«

»Der Herr Arthur Zuckmayer ist nach Ostdeutschland gefahren.« Sie genoss es, mich zu informieren. »Er hat geglaubt, dass die kommunistischen Nazis nur auf ihn warten, dass er einen guten Lebensunterhalt und große Ehre bekommt, schließlich war Herr Zuckmayer vor dem Krieg ein bekannter Rechtsanwalt in Leipzig.« Die Boshaftigkeit troff ihr vom Gesicht. »Vermutlich haben sie ihm so viel Ehre gegeben, dass er nicht mehr zurückkommt«, fuhr sie fort. »Weißt du, Malinka, er hat sie geliebt, seine Deutschen. Er hat sie mehr geliebt als uns. Dein Vater hat sich für einen klugen Mann gehalten, er hat gedacht, er kennt die Deutschen besser als alle anderen. Über so jemanden hat man bei uns in Przedborz gesagt: Was nützen eine Kerze und eine Brille, wenn der Mensch nicht bereit ist, seine Augen zu benutzen.«

Ich wollte, dass sie schwieg, dass sie in ihr Przedborz und zu ihren Klugscheißern zurückfuhr, aber Sarke setzte ihre Verleumdungen fort, bis ich alles, was Mutter auf den Tisch gestellt hatte, hinunterwarf – den Aschenbecher, die Kerzenständer, das Schüsselchen mit Schokolade, alles lag auf dem Boden. Sarke schwieg nun, aber ich konnte mich nicht beruhigen, mit aller Kraft trat ich gegen die Tür zum Garten.

»Gadi, wir gehen heim«, befahl Sarke. »Ich ertrage ihre Verrücktheiten nicht mehr.«

»Ich bleibe bei Amalia«, sagte Gadi, aber Sarke zog ihn am Ärmel mit sich.

Ich hielt es im Haus nicht aus, deshalb rannte ich wie verrückt durch den Garten und pflückte alle Blumen. Lebte Vater, oder war er tot? Mit zitternden Fingern riss ich ein Blütenblatt nach dem anderen ab. Er lebt, er ist tot … Kurz nach Mitternacht kam Gadi und sagte glücklich: »Ich bin von zu Hause weggelaufen.«

Wir gingen zusammen zur Allee am Rand unseres Viertels und setzten uns auf eine der Bänke. Manchmal schlief er ein, manchmal ich. Wir unterhielten uns nicht wirklich miteinander. Er streichelte mich, dann schmiegte er sich plötzlich an mich und flüsterte: »Amalia, alle Briefe, die meine Mutter nach Deutschland geschickt hat, sind zurückgekommen.« Ich erbrach mich. Bis zum Morgen saßen wir dort auf der Bank und schwiegen.

Am Morgen, als die Schabbatsonne aufging, lief Gadi schnell nach Hause, zu seiner Mutter, und ich wanderte allein durchs Viertel. Ich wollte sterben und wusste nicht, wie. Ich überlegte, dass ich einfach vor ein Auto rennen könnte. Ich verließ den Bürgersteig, doch da hörte ich Bremsen quietschen. Ein Militärjeep hielt neben mir, aus dem Leutnant Boas Kremer stieg, mich anlächelte und die Arme ausbreitete. Ich verzichtete auf den Tod, den ich gesucht hatte, umklammerte ihn wie ein Affe und überhäufte ihn mit Küssen.

Michaela hörte unsere Stimmen und kam heraus in den Garten. »Ich glaub's nicht«, sagte sie und betrachtete Boas von oben bis unten. Dann berührte sie seine Uzi und die Fallschirmspringerabzeichen, die seine Uniform schmückten, und lief zu Gadis Haus. Sie klopfte an die Tür und schrie, er solle gleich kommen, um Amalias Boas zu treffen. Aber bei Familie Grin waren die Läden geschlossen und die Tür verriegelt.

Ein leichter Wind war aufgekommen. Chesi hat bestimmt schon angerufen, dachte ich plötzlich, und das gab mir neue Kraft. Ich bin sein Wunder, er liebt mich. Ich beeilte mich, nach Hause zu kommen.

8

Vor zwei Wochen landete ich auf dem Flughafen Charles de Gaulle. Paris passt zu mir, dachte ich. Ich entdeckte meinen Alain Delon, der mir fröhlich zuwinkte, und rannte zu ihm.

»Wir fahren nach Polen«, verkündete er mir.

»Nach Polen?«, fragte ich, überzeugt, nicht richtig gehört zu haben.

»Eine Überraschung«, sagte der charmanteste aller Männer. »Ich habe dir eine Überraschung vorbereitet. Wir fliegen nach Krakau.«

»Krakau?« Ich rang nach Fassung.

Hand in Hand saßen wir in einem schwankenden Flugzeug. Dem polnischen Piloten gelang es nicht, es zu stabilisieren. »Schlechte Wetterbedingungen«, verkündete er den Fluggästen. Drei Stunden lang erbrach ich mich in eine Tüte und stellte mir meinen Tod unter polnischem Himmel vor.

»Also, was genau werden wir hier machen?«, fragte ich, als wir in Krakau landeten.

»Geschichte«, antwortete er lächelnd.

»Genauer«, bat ich.

»Wir werden erneuern«, antwortete er nun ernst.

»Was genau werden wir hier erneuern?«

»Was zerstört wurde. Hier, in diesem Land, hat es vor dem Krieg siebenhundertfünfzig Synagogen gegeben, tausendeinhundertfünfzig jüdische Friedhöfe, dreieinhalb Millionen Juden! Heute könnten hier vierzig Millionen leben.« Er betonte: »Vierzig Millionen! Aber seit Hitler gibt es keine Juden mehr in Europa.«

Ich lachte. »Was soll das sein? Eine Lektion in Geschichte?«

»Das ist erst die Einführung«, sagte er.

Wir stiegen in das Auto, das uns erwartete, und fuhren zum Hotel. Auf dem ganzen Weg küssten und umarmten wir uns.

»Spürst du, dass du auch ein bisschen hierhergehörst?«, fragte er zwischen einer Umarmung und einem Kuss.

»Ich?«

Er deutete auf einen dichten Wald neben der Straße. »Von hier aus hat man vielleicht deine Tante ins Ghetto gebracht.« Und als wir an einem heruntergekommenen Wohnblock vorbeifuhren, sagte er: »Und das war vielleicht dein Haus.« Ich schmiegte mich fester an ihn. Ich zog seine Umarmungen seinem Reden vor.

Das Hotel war luxuriös. Davor ein Garten und ein See mit Schwänen, in der Lobby Kristalllüster, mit Samt bezogene Sessel und gläserne Aufzüge. Wir fuhren in den achten Stock. Die ganze Etage gehörte Chesi, und ich bekam die Suite.

»Hotel Ritz«, sagte Chesi. Er legte mir Krakau zu Füßen und sagte, es sei Paris.

Vom Hotel fuhren wir zu einem Empfang im Rathaus. Als wir den Saal betraten, sammelten sich sogleich der Bürgermeister und die Stadträte um uns. Chesi lächelte freundlich und verblüffte mich mit seinem fließenden

Polnisch. Flinke Kellnerinnen servierten Champagner und Salzheringe, Würstchen in Blätterteig, Häppchen und verschiedene Biere.

»Polen ohne die Juden ist nicht dasselbe Polen«, sagte der Bürgermeister, Pan Kaminowski, zu mir, ein grobschlächtiger, selbstgerechter Mann, mit einem Lächeln aus Plastik, die gefärbten Haare voller Brillantine. »Es ist mir eine große Ehre, Ihre Bekanntschaft zu machen«, sagte er und verbeugte sich vor mir.

»Malinka mit dem Bürgermeister von Krakau«, hörte ich Sarke Grin sagen, die in ihrem Grab vor Neid platzte. Ihretwegen erschien ein breites Lächeln auf meinen Lippen.

»Ich bin so froh, dass du gekommen bist«, sagte Chesi, als wir nach dem Empfang auf die kalte, dunkle Straße traten. »Uns ist ein Wunder geschehen. Ich baue uns hier ein Haus.«

»Ich ziehe Paris vor«, bemerkte ich.

»Ein Haus in Paris haben wir schon«, entgegnete er.

»Was, o was, kann wachsen ohne Regen«, sang Chesi, »tumbalalaika.« Und mit sehnsüchtigen Augen fügte er hinzu: »Malinka, weißt du, dass du das schönste Mädchen im ganzen Viertel warst?«

Ich lachte. »Schön war ich nie.«

Bis nach Mitternacht spazierten wir verliebt und umarmt durch die Straßen der Stadt, die nicht beleuchtet war, keinen Arc de Triomphe hatte und auch keine Champs-Élysées. Hauptsache, wir sind zusammen, redete ich mir ein.

Als wir zum Hotel zurückkehrten, entdeckte ich, dass jeder von Chesis Team ein Zimmer in unserer Etage hatte und dass alle Zimmer durch Türen miteinander verbunden waren.

»Eine Kommune?«, fragte ich überrascht.

Chesi gefiel diese Idee. »Eine Kommune«, wiederholte er und drückte sich leidenschaftlich an mich. »Nimm dir die Nacht zum Schlafen. Nimm dir Zeit, dich einzurichten. Am Morgen komme ich zu dir.« Er verabschiedete sich mit einem Kuss von mir.

Da habe ich einen polnischen Liebhaber gefunden, einen Ritter habe ich gefunden, dachte ich, beruhigte mich und schlief ein.

Wie habe ich es geschafft, mit solcher Leichtigkeit meine Welt auf den Kopf zu stellen? Wie wurde mir Polen zur Heimat, Krakau zu Paris und Chesi, der Lügner, zu meinem Traumprinzen? Wie habe ich seine Ausreden zu meinen vernünftigen Argumenten gemacht?

Schon damals wusste ich nicht wirklich, wer ich war, schon damals hatte ich mich vermutlich verloren.

9

»Erzähl von dir, damit wir dich kennenlernen«, forderte mich der Leiter des Militärsenders beim Vorstellungsgespräch auf.

Ich beherrschte die Situation. Von Malinka kein Wort, ich erzählte nur von Amalia und dem Kibbuz, von Boas, meinem Freund, der am Kampf um die Befreiung Jerusalems beteiligt gewesen war, und von der Auszeichnung, die er vom Oberbefehlshaber bekommen hatte.

Ruhig und selbstsicher stand ich vor den Prüfern und dem Mikrofon. »Im Lande Israel entstand das jüdische Volk. Hier prägte sich sein geistiges, religiöses und politisches Wesen. Hier lebte es frei und unabhängig. Hier schuf es eine nationale und universelle Kultur …«

»Du wirst die Sprecherin des Landes Israel sein«, hörte ich Boas sagen.

»… und schenkte der Welt das Ewige Buch der Bücher …«

»Amalia, ich bin Ram Gilboa«, stellte sich der Leiter des Militärsenders am Ende des Interviews vor. »Mit deiner Stimme ist der Himmel die Grenze.«

»Bei mir gibt es keine Zuckmayers«, verkündete Oberstleutnant Ram vor der ersten Sendung und bestimmte: »Für mich und für unsere Soldaten bist du Ben Ami.«

»Hier ist Galei Zahal, der Radiosender der israelischen Armee, es ist sieben Uhr, Sie hören die Nachrichten, gelesen von Amalia Ben Ami.« Ich stockte noch nicht einmal. Nach einer Woche beim Sender kehrte ich nach Hause zurück.

»Malinka, was hast du gemacht?«, fauchte Sarke.

Sie erschreckte mich. »Deinem Gesicht nach«, antwortete ich, »habe ich mindestens einen Völkermord begangen.«

»Seinen Familiennamen ändert man nur, wenn man heiratet«, schimpfte sie. »Auch wenn es deinem Vater recht geschieht, wechselt man nicht einfach im Radio den Familiennamen, dass ganz Israel es hört.«

Meine Mutter schwieg, nur Michaela sagte leise, mit dünner Stimme: »Aber Sarke, Zuckmayer ist wirklich ein hässlicher Name, alle in der Klasse lachen mich aus.«

»Halt den Mund!«, schrie Sarke sie an.

Im Kopf spielte ich Racheszenarios durch, ich wollte dieses Miststück kleinkriegen. Aber die Armee erledigte das für mich.

»Wir ziehen keine Gehbehinderten ein«, schrieb das Wehramt an ihren Gadischke.

Sarke tobte. »Hier liebt man nur Soldaten. Nicht alle sind Generale aus einem Kibbuz, so wie dein Boas.«

»Er würde alles dafür geben, wie Boas zu sein«, sagte ich.

Sarke warf mir einen bösen Blick zu. »Mein Gadischke wird nach Amerika fahren«, sagte sie entschlossen.

Ich kam nach Hause und packte die Tüten aus. Den Käse und die Wurst verstaute ich im Kühlschrank, die Schokolade und die Kekse in der Speisekammer, die Brötchen im Brotkorb, und meine Seele erbrach ich mit den Resten des

Schokoladenkuchens. Dann setzte ich mich erschöpft auf den Badewannenrand.

Die Sekretärin brachte mir mitten in den Nachrichten einen Zettel von Oberstleutnant Ram Gilboa: »Für Ben Ami, alle Achtung!«

»Ben Ami ist einzigartig«, »Ben Ami, du wirst es weit bringen«, »Ben Ami, du hast etwas, was alle anderen nicht haben«. Ram Gilboa verliebte sich in den Familiennamen, den er mir verpasst hatte, und während jeder Sendung ließ er mir eine Nachricht zukommen.

»Auch das Mikrofon liebt die warme Stimme Ben Amis«, schrieb er und schlug ein Treffen vor.

»Ben Ami, du bist einzigartig«, flüsterte er mir ins Ohr, auf dem knarrenden Eisenbett in einem armseligen Zimmer des Senders, auf der Rückbank seines klapprigen Citroën mit der Militärnummer.

Nach drei Monaten entschied er, dass es zu umständlich für ihn sei, spät in der Nacht noch in das Dorf im Süden des Landes zu fahren, wo seine Frau und seine drei Kinder lebten, und mietete für uns beide eine Wohnung im Norden von Tel Aviv.

Das bin ich, Amalia Ben Ami, dreiundfünfzig Jahre alt, bald vierundfünfzig. Ich betrachtete mich im Spiegel über dem Waschbecken und tat, als interviewte ich mich selbst. Amalia Ben Ami, die das israelische Volk davon unterrichtete, dass unsere Soldaten die entführte Sabena-Maschine gestürmt und befreit hatten, die vom Mord an den Sportlern in München berichtete, vom Jom-Kippur-Krieg, von den Abwehrkämpfen, der Gegenoffensive, von der Luftbrücke, von der Überquerung des Suezkanals. An Feiertagen las ich dem Volk die Unabhängigkeitserklärung vor und das »Gedenke, Israel, deiner Söhne und Töchter«.

Oberstleutnant Ram Gilboa war sechsunddreißig, und ich war achtzehn Jahre und fünf Monate alt, als ich Boas einen Brief schrieb und ihm erzählte, dass sich der Oberstleutnant in mich verliebt hatte.

Boas schrieb zurück, er habe sich sowieso in seine Unteroffizierin verliebt und er sei schon nicht mehr mein Freund. Danach bedauerte er es und schlug vor, wir sollten wieder zusammenkommen. »Du weißt nicht, wie sehr ich dich liebe«, schrieb er.

Ich ignorierte seinen Vorschlag, danach hörte ich nichts mehr von ihm. Und in den Kibbuz fuhr ich nicht mehr zurück.

Ich drückte mein faltiges Gesicht an den Spiegel. Das bin ich, Amalia Ben Ami, die mit dem Besitzer des schönen Haarschopfs und des kleinen Bauchs, Oberstleutnant Ram Gilboa, verheiratet und hochdekoriert, geschlafen hat. Auch der Luftwaffenkommandant schwor auf meinen Zauber, der Panzerkorpskommandant schickte mir jedes Wochenende Blumen, und ein Militärjournalist widmete mir ein Liebesgedicht in der Armeezeitung. Auf der Titelseite von *Ha-olam ha-se* erschien mein Bild mit der schmeichelhaften Überschrift: »Amalia Ben Ami – die kämpferischste, überraschendste und am meisten umworbene Sprecherin«. Ich bin also einzigartig.

Ich ging wieder in die Küche. Ich vertilgte eine Tüte

Bagels und wusste, dass Chesi nicht anrufen würde, dass Chesi auch nicht kommen würde. Chesi würde Ursula heiraten.

10

»Ich bin schwanger«, verkündete ich Ram nach fünf Jahren geheimer Liebschaft.

»Bist du sicher? Ist es von mir?«, drängte er. »Was sollen wir tun?«

»Heiraten«, erklärte ich.

Am nächsten Tag erschien er nicht im Sender. Man erzählte mir, er habe wegen familiärer Probleme Urlaub genommen. Andere sagten, er sei in staatlichem Auftrag ins Ausland gefahren. Ich war entschlossen, nicht auf ihn zu verzichten. Am Schluss des Morgenprogramms verkündete ich den Hörern, Oberstleutnant Ram Gilboa sei auf geheimnisvolle Weise von den Fluren des Senders verschwunden, ich gab eine Personenbeschreibung durch und betonte, er habe, als man ihn das letzte Mal sah, eine Militäruniform getragen, und bat jeden, der etwas über seinen Verbleib sagen könne, Amalia Ben Ami bei Galei Zahal, dem Sender der israelischen Armee, zu benachrichtigen. Nach der Sendung gab mir Rams Sekretärin einen Brief.

»An: Amalia Ben Ami. Wegen unpassenden Benehmens, das einer Sprecherin des Militärsenders unwürdig ist, und im Einklang mit der staatlichen Beamtenverordnung sind Sie entlassen. Oberstleutnant Schuki Hermesch, Leiter des Militärsenders.«

Ich verstand den Hinweis auf die staatliche Beamtenverordnung nicht, und ich kannte keinen Schuki Hermesch, aber ich verstand, dass Ram meinetwegen verschwunden war. Ich ging zu Schuki Hermesch, dem neuen Chef, und räumte seinen Tisch auf meine Art auf. Ich warf Orden, Unterlagen, eine Tasse Kaffee und Schreibzeug zu Boden und rannte wieder hinaus. Ich hatte vor, auch ein paar Regale mit Schallplatten zu zerstören, aber am Eingang zum Tonarchiv hielten mich zwei Journalisten und ein Militärpolizist zurück.

Drei Wochen verbrachte ich allein in meiner und Rams Mietwohnung, ich aß nichts und trank kaum etwas. Ich hatte mich mit meinem nahen Tod abgefunden. Doch dann rief Zvi Ben Elijahu an, der Intendant des Senders Kol Israel.

Die Sardine mit Hornbrille und Silberblick musterte mich von den Titten bis zum Arsch. Schließlich sagte er, er interessiere sich für die radiophone Qualität meiner einzigartigen Stimme, und lobte meine Aussprache, doch nach diesen Komplimenten entschuldigte er sich und sagte, er müsse passen, da ich unberechenbar und zügellos sei. Er schlug mir eine unbedeutende Nachtsendung vor.

»Das ist es, was ich dir anbieten kann«, sagte er zusammenfassend. »Wenn du dich entschieden hast, gib mir Bescheid.« Dann klopfte er mir auf die Schulter. Bevor ich das Zimmer verließ, sagte er noch zu mir: »Es wäre besser, wenn du diesen Hurensohn vergessen würdest.«

Wenn ich diesen Hurensohn geheiratet hätte, wäre ich heute Frau Gilboa-Ben-Ami, geschiedene Ehefrau des Oberstleutnants a. D., mit zwei Kindern, die bei Galei Zahal wären, ich würde in Ramat Hascharon wohnen und meine Tage mit Odeda verbringen, meiner guten Freundin, deren Ehemann, ein General, sie mit seiner Sekretärin betrügt, und mit Israela, deren Mann, ein Psychologieprofessor, sie nach seinem Coming-out verlassen hatte.

In der Leonardo-da-Vinci-Straße, neben dem Sender, entdeckte ich ein Schild: »Dr. Gal – Frauenarzt«.

»Ich möchte einen Schwangerschaftsabbruch«, erklärte ich dem Arzt.

»Ihr Name?«, fragte er.

»Malinka Zuckmayer«, rutschte es mir heraus. Das war der passende Name für die Schande.

»Wie alt sind Sie, Kindchen?«

»Dreiundzwanzigeinhalb«, antwortete ich.

»Und wo ist Ihr Freund?«, fragte er.

Ich schwieg. Ich zitterte am ganzen Körper und brachte nur drei Worte heraus: »Wann? Und wie viel?«

Nach der Abtreibung ging ich nach Hause. Mutter klopfte die Hühnerbrust, die zu einem Schnitzel werden sollte, und sang ihr Lied: »Still, still, mein Kind, schweig still, hier wachsen Gräber«. Sie versuchte sich fröhlich zu stimmen.

»Ich habe mich von Ram getrennt«, sagte ich, um ihre Freude noch zu vergrößern.

Die Sängerin des Hauses hörte auf zu singen, fuhr aber fort, die Hühnerbrust zu klopfen, und fragte: »Und was wird jetzt mit Malinka?«

»Ich werde wieder zu Hause wohnen«, sagte ich.

»Na ja«, sagte Sarke, als sie kam, um Mutter zu helfen. »Sie wird das ganze Leben lang bei dir wohnen.«

»Ach!« Mutter stieß einen Seufzer aus und erschöpfte damit ihren reichen Wortschatz.

»Weißt du, dass mein Gadischke in Amerika schon eine Frau gefunden hat?«, sagte Sarke, um meine Mutter auf ihre spezielle Art zu trösten. »Und was für eine Frau! Wie man bei uns in Przedborz gesagt hätte, jeder Topf findet sein Deckelchen, und mein Gadischke hat sein passendes Deckelchen gefunden. Eine reiche Frau, eine Tochter der berühmten Kushnirs aus Lodz.« Ihre Augen funkelten.

Ich spürte, wie das Blut aus meinem Körper lief, ich hatte Bauchkrämpfe und schwor mir, dass ich ihr irgendwann einmal die Briefe zeigen würde, die ich von ihrem Gadischke bekommen hatte. Sie wusste nicht, dass ihr verliebter Sohn mich seit seiner Ankunft in Amerika mit Briefen überschüttete.

Ich krümmte mich vor Bauchschmerzen, ich bekam kein Wort heraus. Mein Schweigen befriedigte Sarke, sie verzog sich. Meine Mutter setzte ihre Unterhaltung mit dem toten Huhn fort. »Und wann wird sie mir mal ein bisschen Freude machen?«, fragte sie enttäuscht.

Das Huhn schwieg erwartungsgemäß. Ich hatte keinen einzigen Verteidiger auf der Welt.

Ich zerknüllte die Bageltüte, die ich geleert hatte, und warf sie in den Mülleimer. Zwischen dem Mülleimer und dem Spülbecken blieb ich stehen. Ich mit all meinen Erinnerungen. Sie werden mich noch auffressen. Hier, in diesem Haus, in dem ich aufgewachsen bin, hatte ich eine Eingebung, hier werde ich – noch heute – sterben.

Ich entdeckte den Tretroller, den ich vor vielen Jahren auf der Küchenveranda abgestellt hatte. Seine rote Farbe war ausgebleicht, die Metallteile verrostet. Ich konnte mich nicht beherrschen, ich bewegte die Räder vorwärts und rückwärts und betätigte die Klingel. Klingelingeling. Ich hatte diesen Klang geliebt.

In den großen Ferien, als ich neun war, ging Vater mit mir in den Tel Aviver Zoo. Zusammen spazierten wir an den Käfigen vorbei. Wir gingen langsam, und ich betete, dass dieser Ausflug nie zu Ende wäre. Vater erzählte mir, dass er, als er so alt war wie ich, davon geträumt habe, einen eigenen kleinen Zoo zu Hause zu haben.

Am Abend brachte ich ihm ein kleines Kätzchen, das ich im Garten gefunden hatte.

»Wir machen einen Zoo für dich«, schlug ich ihm vor. Er freute sich.

Mutter erschrak. »Katzen haben Flöhe.«

Vater versuchte sie zu überreden. »Das ist gut für Malinka.«

Aber Mutter kratzte sich schon wie verrückt. »Schau nur, was du ihr angetan hast«, schimpfte Sarke, die angelaufen kam, um Mutter in ihrer Not zu helfen. »Sie hatte schon genug Flöhe in ihrem Leben«, entschied sie.

Am Abend fuhr Marek Grin zum Tierheim und ließ mein Kätzchen dort. Ich weinte die ganze Nacht. Am nächsten Tag kaufte mir Vater den roten Tretroller.

»Du musst einen Fuß auf den Roller stellen, der zweite bleibt auf der Erde«, erklärte er mir und versprach: »Du wirst nicht hinfallen, Malinka, ich passe schon auf.« Er legte eine Hand auf meinen Rücken. »Los, vorwärts«, ermunterte er mich. »Du kannst das.«

»Aus dem Weg!«, schrie ich auf der leeren Straße.

Klingelingeling, ich fuhr dahin, klingelingeling, ich flog über die Straße.

»Malinka, du schaffst es.« Vater war glücklich. Ich fuhr weiter und träumte davon, eines Tages mit dem Roller so weit weg wie möglich zu fliehen. Mutter, Michaela und Sarke würden mich suchen, aber nicht finden, nur Vater würde wissen, wohin ich gefahren war.

Meine Augen füllten sich mit Tränen. Aus dem Weg. Ich klingelte mit aller Kraft und schloss die Augen. Klingelingeling, klingelingeling.

Von draußen hörte ich ein metallisches Klicken und schaute aus dem Fenster. Es waren die Pfennigabsätze meiner Schwester. Sie trug zum Mittag einen lässigen Versace-Anzug und schwenkte die Hüften, als wäre sie auf dem Laufsteg.

»Ich habe dir ein paar Leckerbissen gekocht«, rief sie, als sie das Haus betrat.

»Ich brauche keine Leckerbissen«, informierte ich sie, »ich bin am Sterben.« Aber sie ignorierte meinen Einwand und stellte einen Kartoffelkugel auf den Küchentisch, Klopse und einen frisch gebackenen, noch warmen Schokoladenkuchen.

»Du hättest mir lieber Schlaftabletten bringen sollen«, sagte ich.

»Hör auf mit diesem Blödsinn«, sagte sie erschrocken. »Ich sehe dir an, dass es dir schlechtgegangen ist.« Sie war betont empathisch und schaute mich besorgt an. Ich riss die Augen auf und erwiderte ihren Blick.

Sie fand ein Beruhigungsmittel. »Aber was gibt es nach einer Enttäuschung Besseres als Mutters Klopse?«

»Klopse ohne eine Enttäuschung«, antwortete ich, dann schwieg ich. Sie würde es sowieso nie verstehen.

Michaela wechselte zu einem fröhlicheren Thema. »Hier im Haus kann man ja ersticken. Ich mach mal die Läden auf, ja?«

»So bin ich eben, ich liebe Dunkelheit und stickige Luft«, erinnerte ich sie und schloss die Läden wieder, die sie schon geöffnet hatte.

Ich brachte Michaela zur Verzweiflung. Sie ging in den Garten und fummelte dort mit ihrem Handy herum. »Ja, ja«, hörte ich sie sagen. »Sie sitzt wieder im Dunkeln, ich kann jetzt nicht sprechen, Roni, man muss etwas mit ihr unternehmen.«

Dann bekam sie einen Anruf von der strahlenden Tuli, der Frau des Diamantenhändlers. »Ach, Tuli, was soll ich dir sagen«, sagte meine bedauernswerte Schwester mit ihrer Stimme von Beerdigungen, »wo ist eine Hochzeit, und wo ist meine Schwester?« Und flüsternd fügte sie hinzu: »Ich rufe dich später an, sie kann mich hören.«

Michaela und ihr Handy spazierten nach ihrem Gutdünken im Haus herum. »Amalia!«, schrie sie plötzlich. »Wieso hast du aus Mutters Haus einen Friedhof gemacht?« Ich verstand, dass sie auf den Steinhaufen gestoßen war. Ich ging zu ihr hinüber und lachte laut. Sie prüfte einen Steinbrocken nach dem anderen, beeindruckt von der Qualität des Marmors.

Völlig überflüssigerweise sagte sie besorgt: »Amalia, diese Steine sind wirklich gefährlich. Du kannst im Dunkeln darüber stolpern und dir das Genick brechen. Ich bringe sie ins Studio.«

»Von diesen Steinen lässt du deine Finger«, sagte ich, um ihre Begehrlichkeit zu bremsen.

»Aber warum?« Sie richtete ihre Barbieaugen auf mich. »Was kannst du schon mit ihnen anfangen?«

»Ich werde im Dunkeln über sie stolpern und mir das Genick brechen.« Es gelang mir, ihr meinen Standpunkt klarzumachen, bevor ihr Handy wieder klingelte. »Natürlich, Zuki, klar, ich komme, ich bin gleich da«, sagte sie schmeichlerisch. »Amalia, ich habe es schrecklich eilig, das war Zuki von der Galerie«, sagte sie, zog ihr Schminkset aus der Tasche und schmierte sich rosafarbenen, fetten Gloss auf die Lippen. »Ich werde in der Galerie benötigt, ein Fall von SOS.« Schon hatte sie vergessen, dass ich in Lebensgefahr schwebte. Bevor sie ging, zog sie noch einen Umschlag mit einer Einladung aus der Tasche. »Du musst unbedingt kommen.« Ein Artikel, aus der *Stadtmaus* herausgeschnitten, fiel aus ihrer Tasche auf den Boden. Die Überschrift lautete: »Die Installationskünstlerin Michaela Chen bei ihrer neuen beeindruckenden Ausstellung«.

»Wow, du stehst in der Zeitung, endlich ist Michaela Chen wirklich berühmt«, sagte ich schmeichelnd.

Ich kehrte ins Wohnzimmer zurück und legte meinen Kopf auf ein Kissen.

Vielleicht würde mein Erinnerungsanfall Ruhe geben.

Vielleicht würde Chesi anrufen.

Vielleicht würde ich für immer einschlafen.

11

Der erste Morgen in Krakau. Ich wachte früh auf. Ich wollte so schön sein, wie es überhaupt möglich war. Ich betupfte mich mit Parfüm und cremte mich ein, ich band die Haare zusammen, prüfte mich vor dem Spiegel von vorn und im Profil und wartete.

Auch Chesi hatte einen Duft benutzt. Er trug Jeans, ein dunkles T-Shirt, einen Blazer und um den Hals einen Schal. Sein französisches Aussehen gefiel mir sehr.

Wir gingen zusammen hinunter zum Frühstück.

Ich hatte das Gefühl, als würden dreißig Jahre von mir abfallen, ich hatte das Gefühl, ein anderes Leben würde beginnen, ich hatte das Gefühl, als würden meine Träume wahr. Mir fehlten die Worte, ich kicherte fast die ganze Zeit. Und dann, plötzlich, sah ich Ursula.

»Achtung!« Ich nahm sofort eine Schutzhaltung ein. Arisch, blond, ein Meter achtzig groß, mit Volumen und Präsenz kam sie auf mich zu. Ich machte einen Schritt rückwärts.

Sie ignorierte mich. »Die Perlmutters kommen morgen aus Amerika«, sagte sie, auf Chesi zugehend. »Sie werden eine Woche bleiben. Ich habe vorgeschlagen, dass Wojtek und du sie nach Czchów und Szczebrzeszyn begleiten – und natürlich nach Majdanek und Auschwitz.« Chesi betrachtete die Reiseleiterin des Dritten Reichs mit sehnsüchtigen Augen.

»Chesi!« Ich rief ihm meine Anwesenheit in Erinnerung.

Er riss sich aus der Verzauberung durch die Blondine. »Ach, Malinka. Darf ich vorstellen, Ursula ist unsere Architektin.«

Mich vergaß er vorzustellen und hatte nur noch Augen und Ohren für sie.

»Weißt du«, flüsterte er mir auf Hebräisch zu, als er sich ihrem Charme für einen Moment entzog, »ihr Vater war vermutlich … na ja …«

»Auch ihre Mutter. Sie sieht aus wie eine mit zwei Nazielternteilen, nicht nur mit einem«, erwiderte ich laut.

Chesi war böse auf mich, er glaubte, Ursula habe mein Kompliment verstanden. Ich wusste, dass es zwischen ihr und mir nie zu einer Liebesgeschichte kommen würde.

Eine Gruppe von Studenten betrat die Lobby.

»Alle von der Sorbonne«, flüsterte Chesi mir stolz zu.

Mitten aus den Studenten, wie aus einer Geburtstagstorte, sprang eine kleine Frau in einem engen schwarzen Kleid und mit einer Kamera, die ihr vor der Brust baumelte.

»Das ist Monique«, stellte Chesi sie vor. »Sie ist unsere Fotografin und Kamerafrau. Sie hat mit Victor Roger im französischen Fernsehen gearbeitet.« Ich war nicht wirklich an dieser *petite Monique* aus Paris interessiert.

Am anderen Ende der Lobby tauchte ein magerer, blasser Mann in einem grauen Anzug auf.

»Und das ist Wojtek, der Inhaber des Hotels.« Chesi ging ihm entgegen. Ich ignorierte den grauen Mann mit dem einfältigen Blick und zog Chesi zum Frühstückssaal, wo es herrlich nach Kaffee, Rührei und Würstchen duftete.

Wir setzten uns einander gegenüber an einen Tisch, aber

Ursula Achtung kam und machte alles wieder kaputt. Sie bat Chesi, sich zu beeilen, denn gleich würde das Team zu einer Arbeitsbesprechung für die Ustrzyki-Aktion eintreffen. Ihre Anwesenheit nervte mich. Ich stand auf, um ins Zimmer zurückzugehen.

»Du bist mit mir, wir bleiben zusammen«, beharrte Chesi und nahm meine Hand in seine. Und so fand ich mich mit einer Tasse Kaffee in der Hand in der Gesellschaft von sieben oder acht Restaurateuren von der Sorbonne, einer zwergwüchsigen Fotografin und einer Naziarchitektin.

»Im Jahre 42 haben die Deutschen den jüdischen Friedhof von Ustrzyki zerstört«, musste ich mir in Ursulas abgehacktem Englisch anhören. »Die herausgerissenen Grabsteine benutzten die Deutschen für die Fußböden öffentlicher Gebäude und für Bürgersteige. Viele Bruchstücke sind heute in den Wäldern von Ustrzyki verteilt, und noch immer kann man auf ihnen jüdische Symbole und hebräische Buchstaben entdecken.« Die Studenten notierten jedes Wort aus ihrem Mund. »Unser Auftrag ist es, alle Grabsteinstücke in den Wäldern zu sammeln und sie ins Hotel zu bringen, damit sie untersucht und registriert werden. Das Sammeln wird in den Nachtstunden stattfinden. Unser Auftrag muss in aller Stille und im Geheimen ausgeführt werden, um die Einheimischen nicht zu beunruhigen. Meiner Meinung nach werden wir die meisten Grabsteinüberreste von Ustrzyki genau da finden, wo sich früher der jüdische Friedhof befunden hat.«

Ursula verteilte an alle einen Plan der Umgebung von Ustrzyki. Die Studenten betrachteten den Plan und zeichneten sich den Weg zum Wald und die früheren Zugänge zu dem zerstörten Friedhof ein. Auch Chesi widmete sich dieser Aufgabe, nur ich rutschte unruhig auf meinem Stuhl herum. Monique, die rechts neben mir saß, spürte, dass ich nicht wirklich begeistert war. »Ich war schon in Ustrzyki«, flüsterte sie mir zu. »Das ist eine ideale Location: alte Eisenbahnschienen, grauer Himmel, Schnee und Wald. Eine Landschaft ohne Sonne, nur graues Licht, gibt es etwas Apokalyptischeres zum Fotografieren?«

Ich achtete nicht auf die Perlen, die sie mir vorwarf, mich beunruhigte etwas anderes. »Diese Deutsche, sag mal, ist sie verheiratet?«

»Geschieden«, antwortete Monique.

Diese Antwort gefiel mir nicht.

Ursula warf mir einen wütenden Blick zu. Ich störte sie dabei, die Sünden ihres Vaters zu sühnen.

»Also vergesst nicht«, warnte sie die Studenten, »nicht auffallen, nicht bemerkbar machen, nicht den Alltag der Einheimischen stören.«

Im Raum breitete sich eine ehrfürchtige Stille aus.

Chesi umarmte mich begeistert. »Es wird Wirklichkeit!«

Ich erklärte ihm, dass mich Landkarten, Grabsteine und Restaurierungen nicht besonders interessierten. Sie blieben noch alle beisammen, um die letzten Anweisungen vor der Aktion zu bekommen, und ich schlenderte durch die Straßen von Krakau.

Ich versuchte, Ordnung in meinen Kopf zu bekommen: Hör auf, so negativ zu sein, nimm dich zusammen, er liebt dich, du liebst ihn, ihr seid beide ein Wunder füreinander, bald werden wir nach Paris fliegen.

12

Wie konnte ich nur diesen Blödsinn glauben? Wie konnte ich auf so dumme Gedanken kommen? Wie konnte ich nur glauben, dass Chesi in mich verliebt sei? Schließlich habe ich doch eine beeindruckende Geschichte. Ram hat meinetwegen nicht auf seine Frau verzichtet, Boris nicht auf seine Olga, und sogar von dem hinkenden Gadischke, der mir Liebesbriefe voller Sehnsucht aus Amerika geschickt hatte, habe ich am Schluss eine Einladung zu seiner Hochzeit bekommen: »Dina Kushnir und Gadi Grin heiraten.«

In Gadis Hochzeitsnacht saß ich mit Mutter in der Küche. Sarke war zur Hochzeit nach Amerika geflogen, und Michaela war im Sommerlager der Pfadfinder.

»Nun, Malinka, wie geht es dir?«, fragte Mutter, als sie für mich und für sich Tee eingoss.

»Malinka, geht es dir gut beim Radio?«

»Malinka, verdienst du genug?«

»Malinka, hast du einen, der dich liebt?«

Ich fragte sie: »Und was ist mit dir?«

Sie seufzte. »Ach.« Ihr fehlten die Worte.

Ich betrachtete sie. Ihre Haare wurden weiß, und ihre sorgenvolle Stirn war von tiefen Falten durchzogen. Plötzlich dachte ich an meinen Vater. Warum hatte er uns verlassen? Was war mit ihm geschehen? Lebte er, oder war er tot? Ich wollte wissen, ob Mutter sich nach ihm sehnte, ob sie noch genauso auf ihn wartete wie ich, aber ich wagte nicht, sie zu fragen.

Bevor ich einschlief, setzte sich Mutter auf meinen Bettrand. »Malinka, was soll ich für dich singen?« Sie hatte sich entschlossen, mir etwas Gutes zu tun. »Hier wachsen Gräber«, antwortete ich. Meine Mutter und ihre klare Stimme. Plötzlich kamen die Worte zu mir zurück, und ich sang mit ihr. »Du singst sehr schön«, sagte sie. Ich gab ihr das Kompliment zurück. »Du auch.«

»Als Kind wollte ich Sängerin werden, aber daraus ist nichts geworden«, sagte sie. »Vielleicht, Malinka, vielleicht wirst du ja Sängerin an meiner Stelle?«

»Vielleicht«, antwortete ich. An diesem Abend brachte ich es nicht über mich, sie zu enttäuschen.

»Mein Gadischke ist versorgt«, sagte Sarke stolz, als sie nach der Hochzeit aus Amerika zurückkam, und fragte besorgt weiter: »Aber Malinka, was wird aus dir?«

Ich beruhigte sie. »Sarke, ich bin hier zu Hause, mit Mutter und mit Michaela.« Ich tat besorgt. »Aber was wird aus dir? Du wirst alt werden, so allein wie ein Hund.«

Sie fiel über mich her. »Du Miststück! Bei uns in Przedborz würde man sagen, dass jemandem mit einem Charakter, wie du ihn hast, zehn Feinde nichts so Schlimmes antun können, wie er sich selbst antut.«

Es war schon Mittag. Ich hatte noch nicht aufgegeben, ich wollte, dass es Chesi zerriss. Ich wollte, dass er kam, dass er mir einen Heiratsantrag machte, dass er sich entschuldigte, dass er sagte, ich liebe dich. Und dann würde ich sagen: Hau ab.

13

Die Lobby füllte sich, das ganze Team versammelte sich, mitsamt den Studenten – Ursulas Sturmtrupp. Sie machten Pläne, verteilten Aufträge, bezeichneten Ziele. Ich saß abseits. Ich dachte daran, dass ich eigentlich nach Paris gefahren war, und kochte vor Wut.

»Malinka«, sagte Chesi schmeichelnd.

Ich erinnerte ihn wieder daran, dass ich Amalia war.

Er versuchte mich versöhnlich zu stimmen und versprach: »Heute Abend gehen wir schön essen.«

Am Abend fand ich mich bei einem romantischen Essen mit Chesi und mit Wojtek. Chesi entschuldigte sich: »Heute Abend sind wir nur zu dritt, die anderen Mitglieder des Teams sind einfach zu müde von diesem gedrängten Sitzungstag.«

Ich wollte ihn für mich allein, aber er konzentrierte sich auf Wojtek.

»Wojtek Stefanianski, ein Gerechter unter den Völkern«, sagte Chesi über diesen Mann, der dem Team sein Hotel, ein Auto und einen Fahrer zur Verfügung stellte.

Der Gerechte unter den Völkern lächelte unaufhörlich und betrachtete mich mit gierigen Augen. Ich drückte mich an Chesi, versuchte dem klebrigen Gerechten zu zeigen, dass er an diesem Abend überflüssig war. Aber Wojtek und Chesi unterhielten sich interessiert über Wein und Träume und über Ustrzyki, das bald wiedererstehen würde, über die Synagoge, die wiederaufgebaut werden würde, und über den Friedhof, der sich wieder mit Grabsteinen füllen würde. Schließlich verstand ich, dass ich es war, die überflüssig war. Ich sagte, ich sei müde, und ging in mein Zimmer.

Es war meine zweite Nacht in Krakau, und ich schlief allein.

Warum hatte er mir ein Flugticket geschickt? Warum war ich gefahren?

Am folgenden Morgen fand ich einen Zettel: »Malinka, ich war hier, und du hast geschlafen, ich erwarte dich morgen in der Lobby, Dein Chesi.«

Beim Frühstück breitete Chesi seine romantischen Pläne vor mir aus. »Heute brechen wir auf und fahren mit den Perlmutters für eine Woche durch Polen. Nach der Reise beteiligen wir uns an der nächtlichen Aktion in Ustrzyki, und dann fliegen wir nach Paris.«

Ich vertauschte meinen sauren Blick gegen ein Lächeln. Während dieses Lächeln auf meinen Lippen lag und mir der Eiffelturm in seiner ganzen Pracht vor Augen stand, betraten zwei alte Männer den Speisesaal, in karierten Anzügen mit Hosenträgern. Zwei Brüder, Leon und Selig, die ein polnisches Englisch sprachen, der eine hatte eine Zigarre im Mundwinkel und der zweite einen Tick am Auge.

Chesi stand auf. »Darf ich dir die beiden Herren Perlmutter vorstellen, unsere Rothschilds. Sie besitzen eine Bagelkette in Brooklyn. Sie sind Überlebende aus Ustrzyki.« Die beiden gebückten Alten richteten sich auf. »Sie sind auf einer Reise zu ihren Wurzeln und haben Ursula getroffen. Und sie sind sehr beeindruckt von der Idee, Ustrzyki wieder zum Leben zu erwecken. Verstehst du, ich habe ihnen nicht nur die Wiederherstellung des Friedhofs vorgeschlagen, sondern mich auch mit ihnen über den Wiederaufbau der Synagoge, der Schule und jüdischer Wohnhäuser in Ustrzyki geeinigt. Ich habe ihnen versprochen, dass wir, die Kinder der zweiten Generation, in unser Ustrzyki zurückkehren werden, dass wir das Städtchen zurückerobern und in altem Glanz neu erstehen lassen werden.«

»Chasamba, Chasamba, Chasamba«, das war alles, was ich darauf sagen konnte. Ich fand mich witzig.

»Wir werden hierher zurückkehren«, sagte Chesi ernst. »Du und ich, wir werden Pioniere sein.«

Ich verschluckte die Olive, die ich im Mund hatte, samt Kern und erstickte fast.

»Das ist erst der Anfang, du wirst es schon noch verstehen«, erklärte mir Chesi. »Polen lässt keinen Juden gleichgültig, es ist nur eine Frage der Zeit, du wirst es schon noch sehen.«

Am Nachmittag des dritten Tages fuhr ich mit Chesi, den Mochileros von der Bagel-Company und Pawel, dem Fahrer, durch den Wald von Lopochova, nach Majdanek und nach Auschwitz. Sieben Tage und sieben Nächte durch unendliche Ebenen. Chesi klebte an den Perlmutters, entlockte ihnen jedes bisschen Wissen über die Familien, die einmal hier gelebt hatten, und notierte jeden Namen, an den sie sich erinnerten, in seinem Laptop, den er sogar an seine Brust drückte, wenn er schlief. Nachts war ich gezwungen, mir das rhythmische Schnarchen von Leon Perlmutter anzuhören, der sich an meinen Hintern drückte.

Chesi hielt den Perlmutters begeisterte Reden. »Wir

werden nicht aufgeben, wir werden Hitler nicht den Sieg überlassen. Tief im Herzen eines Juden liegt noch die alte Sehnsucht, und irgendwann werden in Polen wieder Jankeles und Mojscheles herumlaufen, man wird hier Jiddisch hören, und von hier wird wieder das ›Schma Israel‹ zum Himmel aufsteigen«, versprach er ihnen.

Auch über mich senkte sich der Geist. »In Polen wird das jüdische Volk erstehen. Hier wird sich das geistige, religiöse und politische Wesen von Topele Tuturitu prägen, von Herschele Ostropoler und von Tewje, dem Milchmann.« Aufrecht und stolz sprach ich vor dem neu erstehenden Volk – den Bagel-Brüdern und Professor Sonnenschajn: »Durch Gewalt vertrieben, blieb das jüdische Volk auch in der Verbannung seiner Heimat in Treue verbunden. Nie wich seine Hoffnung. Nie verstummte sein Gebet um Heimkehr und Freiheit.«

»Am Schluss wirst auch du verstehen, dass die Judenheit ewig ist und der Zionismus vergänglich«, sagte das Sensibelchen gekränkt.

Aber Leon Perlmutter lachte. Ihm gefiel meine Version der Unabhängigkeitserklärung. »Wenn ich nur jünger wäre, würde ich sie mir nicht entgehen lassen«, sagte er zu Chesi. Und dann fragte er mich: »Und was hast du in den Kriegen gemacht?«

»Nun, Malinka, erzähl ihnen doch, dass du gekämpft hast, sie lieben die israelische Armee«, sagte Chesi begeistert.

»Ich bin nicht Malinka«, brach es aus mir heraus. »Merk dir das ein für alle Mal, ich bin Amalia Ben Ami, und außerdem wäre es besser, sie würden ihre Millionen der Armee spenden, der Universität von Tel Aviv, sogar dem Krankenhaus Ma'ajanei Ha-Jeshua in Bnei Brak!« Auf einmal war ich aus eigenem Antrieb Zionistin. »Sag ihnen doch, dass es ihr Polen nicht gibt, ihr Polen ist gestorben, dieses Polen gibt es auf der ganzen Welt nicht mehr, erinnere sie daran, dass ihr Städtchen zerstört wurde, und mach ihnen klar, dass das jüdische Volk in Israel auferstanden ist.« Ich kochte. »Wann verschwinden wir endlich von hier? Warum hast du mich hierhergebracht?«

Chesi wurde blass und antwortete nicht.

Leon erfasste meine Krise und sagte: »Pass auf unseren Professor auf, dieser Mann ist ein Schatz, er hat die Eigenschaften eines Anführers.«

Einen Moment lang dachte ich wirklich, es sei ein Vorrecht, dass mich Professor Sonnenschajn, der Visionär und Erretter, liebte und dass wir auf dem rechten Weg waren, dass wir wirklich ein Wunder waren, aber mein Verstand warnte mich rechtzeitig. Ich ertrug Polen nicht, mein Körper schmerzte von der holprigen Fahrt des Wohnmobils auf den schlechten Straßen. Ich empfand Mitleid mit mir selbst. Ich empfand sogar Mitleid mit meiner Mutter, die in diesem Land aufgewachsen war.

Plötzlich wollte ich nach Hause. Ich nahm mein Handy, das ich am Tag meiner Ankunft hier ausgeschaltet hatte, aus der Tasche, schaltete es ein und entdeckte sofort die Telefonnummern von Michaela, Boris und sogar von Liora. Alle suchten sie mich. Ich hätte gern mit ihnen gesprochen, aber ich schämte mich, zu erzählen, dass ich in den polnischen Ebenen herumzog, in einem Wohnmobil lebte, das bisschen Essen mit zwei alten Männern, einem autistischen polnischen Fahrer und einem Professor von der

Sorbonne teilte, einem Professor, der komplett verrückt geworden war und sich einbildete, Herzl zu sein, nur andersherum: Er schickte die Juden nach Polen zurück.

»Amalia, wo bist du? Amalia, bitte, gib ein Lebenszeichen.« Schließlich gab ich den flehenden Bitten nach, die Michaela auf der Voicebox hinterlassen hatte.

»Ich bin in den Flitterwochen.«

»Wo?«, fragte sie erstaunt.

»In Majdanek, mit Chesi Sonnenschajn und unseren Trauzeugen.«

Sie verstand, dass etwas geschehen war. »Willst du, dass Roni kommt und dich holt?«

Ich legte auf.

»Malinka, du musst verstehen, dass die Bedingungen gerade jetzt schwierig sind, aber das ist nur vorübergehend.« Chesi schenkte mir einen strahlenden Blick und überhäufte mich mit Liebesworten, Umarmungen und Küssen.

Ich antwortete mit Erbrechen.

Chesi nahm Rücksicht auf meinen Zustand und schlug vor, die Reise um einen Tag zu verkürzen. Seine Geste rührte mich. Meine romantischen Fantasien kehrten zurück. Vor meinem geistigen Auge sah ich bereits unsere Vermählungsanzeige: Amalia und Chesi heiraten. Die Trauung findet, so Gott will, am Tag der Schoah in den Gärten von Treblinka statt.

»Ich bin sehr stolz auf euch«, verkündete Leon bei unserer Rückkehr nach Krakau. »Ich sehe in euch die Leitfiguren der zweiten Generation. Ich glaube, dass ihr diejenigen seid, die dafür sorgen, dass die Welt nichts vergisst. Dass wir uns trafen, war ein Wunder, einfach ein Wunder.«

Chesi war begeistert. »Ich habe dir ja gesagt, dass wir ein Wunder sind.«

Selig, der während der Reise meistens geschwiegen hatte, wachte plötzlich auf und versprach Chesi eine Spende von achtzehn Millionen Dollar. »Zum Wohl von Ustrzyki, das bald aufgebaut wird, und zum Wohl von Chesi und Malinka, dem wunderbaren Paar.«

Nach unserer Rückkehr saßen wir in der Lobby. Die Sturmtrupps und Ursula hatten geduldig auf uns gewartet. Chesi breitete seine Zukunftspläne aus.

»Wir fahren in den nächsten Tagen nach Ustrzyki, Malinka und ich werden die Aktion persönlich beaufsichtigen«, sagte er und machte damit ganz überraschend klar, dass wir ein Paar waren. »Wir werden die Aktion mit einer symbolischen Handlung beginnen, indem wir Schilder mit den Namen der Opfer an den Türen der Häuser befestigen, in denen Juden gewohnt haben.«

Monique machte große Augen. »Aber Chesi, da wohnen heute andere Menschen.«

»Das Schilderprojekt wird unsere Toten in die Häuser zurückbringen, in denen sie gelebt haben«, antwortete er.

»Das Skelettprojekt«, fuhr es mir heraus.

Chesi hatte, wie üblich, wenig Sinn für meinen Humor. »Malinka, das ist nur ein symbolischer Akt in dem langen und komplizierten Prozess der Rückkehr der Juden zu ihren Bezirken.« Und pathetisch fuhr er fort: »Der Zweite Weltkrieg wird an dem Tag zu Ende sein, an dem die Juden zurückgekehrt sind, am Tag, an dem hier unsere Kultur und unsere Religion wieder aufleben, an dem Tag, an dem hier Jiddisch wieder lebendig wird. Erst dann wird Hitler wirklich besiegt sein. Malinka und ich werden auch nach der Aktion hier bleiben, wir werden nicht weggehen, bevor Ustrzyki wiederersteht.«

Ich verstand, dass er den Flug nach Paris abgeblasen, dass er all seine Versprechen vergessen hatte. Mir wurde übel. Ich konnte keine Sekunde länger bleiben, ich ging in mein Zimmer.

»Wer ist dieser Chesi? Ein Anruf, ein Restaurantbesuch, und schon fährst du zu ihm?«, hatte Michaela mir vorgeworfen. »Wer ist dieser Mini-Herzl?«

Ich wusste nicht, an was ich glauben sollte, an sein beeindruckendes Gesicht und seine ausdrucksvollen Augen oder an seine verrückten Worte.

Chesi folgte mir zu meinem Zimmer, blass und besorgt. Er stand nahe vor mir, aber ich gab ihm kein Zeichen der Ermutigung. Ich betrachtete meinen Koffer. Was werde ich Michaela sagen? Was werde ich Liora sagen? Und Boris?

Chesi erschrak angesichts meines distanzierten Blicks.

»Malinka, ich liebe dich«, sagte der trügerische Mann. Er zog eine kleine Schachtel aus der Tasche und hielt mir das Goldkettchen mit einem Davidstern hin, das er zu seiner Bar Mizwa bekommen hatte.

Ich erstarrte, ich konnte es noch nicht einmal berühren.

Er umarmte mich. »Heute Abend werden wir ganz allein sein. Es fällt mir schwer, dich jetzt allein zu lassen, aber ich muss, der Auftrag muss erfüllt werden«, entschuldigte er sich. »Ich liebe dich wirklich.« Obwohl ich wie eine Mumie war, umarmte er mich innig, gab mir einen langen Kuss und verließ das Zimmer.

Der Geschmack seines Kusses erinnerte mich an frühere

Liebesbeziehungen, an den Geruch von Uniformen und den Duft von Orangenhainen. Ich verließ das Hotel, lief durch die Straßen der Stadt und beschloss, an diesem Abend schöner als Frau Achtung zu sein, aufreizender als Monique und charmanter als Michaela. Die Fantasien überwältigten mich, und bis zum Abend traf ich die Vorbereitungen einer Braut.

Ich überließ mein Gesicht der Kosmetikerin in einer Parfümerie. Ich bat sie, die Flecken und das Alter verschwinden zu lassen. Sie schmierte mich mit allen Cremes des Ladens ein. »Wie sechzehn«, sagte das hirnlose Mädchen, »Sie sehen aus wie sechzehn.« Und bedauerlicherweise glaubte ich ihr.

Die Hormone überfluteten mich. Ich kaufte mir ein neues Parfüm, ein schwarzes, enges Verlobungskleid, durchsichtige Spitzenunterwäsche und Schuhe mit Stöckelabsätzen, wie Michaela sie immer trug.

Am Abend war ich eine Femme fatale: geschminkt, in einem engen schwarzen Kleid. Auch Chesi hatte sich verkleidet. Er trug einen schwarzen Anzug mit einer silbernen Krawatte, an seinem Ärmel glitzerten Manschettenknöpfe, und in der Hand hielt er eine in Pergament verpackte weiße Rose. Bräutigam und Braut.

Vermutlich hatte ich meinen Verstand verloren, als ich glaubte, ich könnte Chesi dazu überreden, alles stehen und liegen zu lassen und nach Paris zu fahren, vermutlich war ich von einer Demenz befallen, die es mir unmöglich machte, die Realität zu erkennen.

Ich hatte geglaubt, Amalia würde Malinka besiegen, ich

hatte geglaubt, sie wäre stärker als Majdanek und Ustrzyki, die wahren Liebesobjekte dieses Fantasten.

Ruhelos lief ich durch das Haus und blieb vor den Grabsteinstücken stehen. Ich betrachtete die noch erkennbaren Buchstaben und die Symbole einer Menora, eines Kelchs und der segnenden Hände, die das Grab eines Cohen geschmückt hatten – Liebeserinnerungen aus Polen.

Chesi reichte mir die Rose. »Malinka, jetzt sind wir zusammen. Nur wir beide.« Ich spürte, wie sich mein Körper mit Blumen und Schmetterlingen füllte, dass mein wabbeliger Bauch verschwand, dass die Falten verschwanden. Ich drängte mich an ihn, legte meinen Kopf auf seine Schulter und ließ keine Luft zum Atmen zwischen uns.

Trotz allem bin ich Teil eines Paares, dachte ich und wollte es auch glauben. Ich schloss die Augen, ich war erregt. Er war mir so nahe. Aber Chesi löste sich aus meiner Umarmung. Sofort fing ich an, mit mir zu hadern. Warum war ich so klobig, warum hatte ich ihm meine Brüste direkt ins Gesicht gedrückt?

Chesi nahm mir den Mantel und den Schal ab, bevor wir uns setzten. Seine Berührung ließ mich schon wieder erzittern. Auf dem Tisch brannten Vanillekerzen, und zwischen uns stand ein frischer Strauß Narzissen.

»Wie findest du es?«, fragte er.

»Wunderbar«, antwortete ich. Ich war beeindruckt von allem, von den Kristalllüstern, die von der Decke hingen, von dem Geruch des Essens, der sich mit dem von Zigaretten und Wein mischte, und von Chesi natürlich.

»Ursula hat diesen Raum renoviert«, sagte mein Traumprinz stolz. »Sie hat Talent, diese Deutsche, sie ist unvergleichlich.«

Eine Hitzewelle schlug über mir zusammen. Ich schaute mich um, suchte Ursula. Das Restaurant war voller Menschen, Stimmen erfüllten den Raum. Hinter mir hörte ich zwei polnische Damen miteinander sprechen. Ich hörte ihnen nicht wirklich zu, aber ich hatte das Gefühl, dass die eine der anderen zuflüsterte: »Er wird sie nicht heiraten.«

Plötzlich verstand ich Polnisch. Das ist es, was Sarke zu meiner Mutter gesagt hätte. Ich spürte, wie das Blut in meinen Adern klopfte. Und ich schwitzte so sehr, dass mir mein festliches Kleid am Rücken klebte.

»Boas wird sie nicht heiraten.« »Ram wird sie nicht heiraten.« »Keiner wird sie heiraten.«

Ich drehte mich zu ihnen um, sah Mutter und Sarke, und dann schaute ich wieder Chesi an.

Der Kellner sah aus wie Herr Gerschtajn aus dem Lebensmittelladen. Er reichte mir die Speisekarte. »Malinka Zuckmayer«, hörte ich ihn flüstern, er schaute auf meine Brüste und lächelte. »Nicht wahr, wir werden am Ende heiraten?«

Ich sprang auf, rannte zur Toilette und erbrach mich.

»Bist du krank?«, fragte Chesi erschrocken, als ich zurückkam.

Ich lag auf dem Rücksitz von Wojteks Auto, und Chesi drückte sich an mich. »Ich habe mich genauso gefühlt, als ich hergekommen bin. Polen fällt uns schwer.«

Aber ich wollte nur, dass er sagte, ich liebe dich, ich wollte, dass er sagte, ich sei für ihn das größte Wunder seines Lebens.

»Ich weiß, dass unter Amalia noch immer Malinka steckt«, plapperte er. »Ich weiß, dass Malinka Zuckmayer in Ustrzyki wieder zum Leben erwachen wird.«

Im Hotel teilte ich Chesi, dem Propheten, mit, dass Malinka Zuckmayer schon wieder zum Leben erwacht sei, und dann schlug ich ihm die Tür vor der Nase zu.

Ich ging ins Badezimmer und wusch mir das Gesicht. Meine Falten blickten mir entgegen. Sarke lächelte mich aus dem Spiegel an: »Stroh auf dem Kopf«, »Muselmann«, »wer wird dich heiraten?«

Das Klingeln des Telefons lähmte mich. Der Anrufbeantworter antwortete für mich.

»Malinka«, hörte ich ihn rufen, »Malinka, antworte, wenn du da bist. Bitte, antworte. Ich bin es, Malinka, Chesi.«

Ich fing an zu zittern, etwas Saures stieg mir in der Kehle auf. Ich griff nach dem Putzeimer und erbrach mich.

Sarke ist jetzt bestimmt glücklich.

»Malinka«, Chesis Stimme zerschnitt mir den Kopf, »Malinka …«

»Malinka, ich mache mir Sorgen um dich.« Chesi bestand darauf, in mein Zimmer zu kommen, und ich erlaubte ihm einzutreten. Meine Muskeln zitterten, meine Augen brannten von heißen Tränen, das Fieberthermometer stieg bis zum Maximum. Chesi rief Wojtek. »Er wird dich besser als jeder andere pflegen«, versprach er und entschuldigte sich: »Ich muss mich um die letzten Vorbereitungen für die Aktion kümmern.«

Wojtek übernahm den Auftrag und saß wie angeklebt im

Sessel meines Zimmers. »Tee, Kaffee, Suppe, du brauchst es nur zu sagen«, bot mir diese verschrumpelte polnische Pflaume mit den dunklen, traurigen Augen an.

Mir fiel nur Gift ein, um mich umzubringen, aber ich schwieg. Ich hoffte, Chesi würde vielleicht doch kommen und mich pflegen. Wojtek versuchte, das Schweigen zwischen uns zu brechen, und fragte mich nach meiner Familie.

»Alle tot«, sagte ich. »Sie haben hier einen beschleunigten Prozess zum Tod durchgemacht.«

Ich schloss die Augen und hoffte darauf, einzuschlafen.

Ein weiterer Tag und eine weitere Nacht wurden aus meinem Leben radiert. Als ich die Augen aufmachte, stand Wojtek mit einem Glas Tee und Keksen vor mir.

Ich trank ein bisschen Tee und tauchte die Butterkekse ein. Im Zimmer war es dämmrig und still. Ich glühte vor Fieber. Gedanken bedrängten mich. Wer ist dieser Chesi? Du kennst den Mann doch kaum. Was hat er dir versprochen?

Ich habe Liebe gefunden. Ich erinnerte mich an Boris' zweifelnden Blick und wollte aufhören zu denken. Ich wünschte mir einen Hirntod.

»Ich habe beschlossen, es dir zu erzählen«, hörte ich Wojteks zitternde Stimme. »Als ich ein Säugling war, haben mich meine leiblichen Eltern einem polnischen Ehepaar übergeben. Sie versprachen, mich nach dem Krieg wieder zu holen. Aber sie sind nicht gekommen, und so blieb ich bei den Polen, meinen Adoptiveltern. Ich habe keine Dokumente. Meine Mutter und mein Vater haben mir nie gesagt, dass das die Wahrheit ist, aber ich habe immer gespürt, dass ich Jude bin. Ich habe es bisher noch niemandem gesagt, aber wenn wir die Grabsteine von Ustrzyki gesucht haben, werde ich nach Israel auswandern, ich werde zum Judentum übertreten.«

Ich hielt seine Aufgewühltheit nicht aus. Ich wollte weg und fand eine ehrenhafte Lösung. Ich würde mitfahren nach Ustrzyki. Ich werde den Ort besuchen, in dem meine Mutter geboren wurde, ich werde zu den anderen sagen, dass ich einen kurzen Ausflug auf der Suche nach meinen Wurzeln mache, aber das wird nur eine Ausrede sein. Auf einmal fühlte ich mich erleichtert. Noch einen Tag und eine Nacht und Schluss, dann verlasse ich diese Horde von Fantasten. Ich glaube, dass es dieser Gedanke war, der mich gesund machte.

14

Ich zog den abgetragenen Trainingsanzug aus und stieg in die Badewanne. Weiße Schauminseln streichelten mich, bis das heiße Wasser abkühlte und in meine Haut biss. Aus dem Spiegel schaute mich eine lange, magere Gestalt an. Ich erkannte mich nicht. Ich musste zugeben, dass ich so dünn war wie ein Model, ich sah wirklich gut aus, doch sofort fiel mir ein, dass ich nur abgenommen hatte, weil es mir schlecht ging. Vom Leid geschlagen, dachte ich, und vor lauter Verzweiflung drängte sich mir wieder Sarkes Frage auf: »Was wird mit dir, Malinka, wann machst du deiner Mutter endlich ein bisschen Freude?«

»Roni und ich heiraten«, eröffnete uns Michaela, als sie zwanzig war.

»Du bist meine Freude«, sagte Mutter und lief zum Fenster. »Sarke, unsre Michaela heiratet!«, verkündete sie ihr großes Glück, und dann erst erinnerte sie sich an mich. »Was wird aus ihr werden?«, fragte sie Sarke, die angelaufen kam.

»Ich«, sagte ich zu meiner Mutter, »ich bin keine Freude, für niemanden.«

Ich zog Mutter in den Festsaal in der Masgerstraße, zwischen den Autowerkstätten. Sie betrat den Raum mit ihrem verschlossenen Gesicht. Kein bisschen Freude drang durch ihre Haut nach außen. Michaela erwartete uns in ihrem weißen Chiffonkleid und einer mit Glitzersteinen übersäten Schleppe, Satinhandschuhen und einem Strauß Veilchen.

Ich war kaum eingetreten, da umarmte sie mich schon heftig. »Alle haben mich gefragt, wann du heiraten wirst.«

»Sag ihnen einfach, ich wäre lesbisch«, schlug ich vor.

Kurz vor der Trauung stellte Michaela fest, dass vierundzwanzig Tische für die Familie Chen reserviert waren und nur zwei für die Familie Zuckmayer. »So viele Gäste hat Roni.« Sie konnte ihre Tränen nicht zurückhalten. »Zu uns kommt keiner. Sie werden noch denken, dass uns keiner mag.«

»Sag ihnen, dass unsere Toten uns sehr mögen«, tröstete ich sie. »Aber zu ihrem großen Bedauern können sie nicht kommen.«

Sarke erschrak über mein Benehmen und kämpfte an jenem festlichen Abend einen harten Kampf, um meine Ehre zu retten und auch für mich einen Bräutigam zu finden.

»Zwei Vögel mit einem Schlag«, sagte sie zu mir, schmiegte sich glücklich an mich und deutete auf Marko, den rumänischen Fotografen, der einen weißen Anzug und eine gelbe Krawatte trug. Vor seinem Bauch baumelte ein unförmig großer schwarzer Fotoapparat. Als er mich anlächelte, sah ich, dass er einen Goldzahn hatte. Ich lachte laut.

»Das ist keine schlechte Partie. Er ist erst sechsundvierzig, er hat ein gutes Einkommen, ist Witwer und kinderlos«, sagte Sarke, begeistert von ihrer Eroberung. »Auch in Przedborz«, flüsterte sie, »hätte man gesagt, dass es in deinem Alter Zeit ist, Hochzeitslieder zu hören.«

Ich brachte sie zum Schweigen. »Warum willst du ihn

nicht heiraten? In Przedborz wäre es doch bestimmt eine gute Tat gewesen, einen rumänischen Witwer mit einer polnischen Witwe zu verheiraten.« Ich lächelte ihren Gadischke an, der zu Michaelas Hochzeit aus Amerika gekommen war, allein.

»Dich hätte ich geheiratet«, sagte ich bei dieser Gelegenheit zu ihm. »Aber nur, um das Gesicht deiner Mutter auf unserer Hochzeit zu sehen.« Gadi wurde rot und schwieg.

»Hol dich der Teufel«, hörte ich Sarke fluchen.

Als die Burekas verteilt wurden, bat Mutter, ich solle sie nach Hause bringen. Ich wusste, dass sie Roni und seine Familie nicht besonders mochte, das Ladino, das sie sprachen, das ungesunde Essen seiner Mutter, die Burekas, die ihr Sodbrennen verursachten und ihr Magengeschwür reizten. Ich wusste, dass sie sich nicht freute und sich schon nach ihrer Ecke sehnte, um ganz allein zu weinen.

Als wir zu Hause waren, setzte sich Mutter in die Küche. »Er ist keiner von uns«, zitierte sie Sarke und beharrte darauf, sich nicht zu freuen. So, ohne zu essen, saß sie die ganze Nacht in der dunklen Küche und ging erst morgens schlafen.

Ich führte ein freundschaftliches Gespräch mit Sarke. »Chesi Sonnenschajn ist einer von uns. Und, magst du ihn? Solche Schmocks waren vermutlich deine Freunde in Przedborz.« Ich hoffte, sie konnte mich hören, obwohl sie tot war.

15

Die Stille machte mich krank, ich konnte die Stille nicht mehr aushalten. Ich machte das Radio an, um meine Erinnerungen zu übertönen. »Der Schakal heulte, und du bist zum Weinberg gegangen«, sang Arik Einstein. »Und du erinnerst dich an die Stunden, bevor wir in den Kampf zogen.« Die Kette der Trauer- und Unabhängigkeitslieder wurde von ersten Berichten begleitet: eine heftige Explosion am zentralen Busbahnhof in Tel Aviv. Dann teilte der Reporter mit, dass es keine Verletzten gegeben hatte, der Attentäter hatte sich nur selbst in die Luft gesprengt.

»Im Lande Israel entstand das jüdische Volk …«, hörte ich die süßliche Stimme Sivits sagen.

Am Vorabend des achtundvierzigsten Unabhängigkeitstags des Staates Israel begann die Zeremonie auf dem Herzlberg ohne mich, die Organisatoren hatten Sivit, das Model, vorgezogen. Ich verbrachte den Abend mit Mutter und mit Sarke. Gadi und seine kleinen Kinder waren aus Amerika gekommen, um die Unabhängigkeit auf den Vergnügungsbühnen der Stadt zu feiern, mit Michaela und ihren Töchtern.

Sarke warf mir einen anschuldigenden Blick zu. »Nun, Michaela hat schon zwei Töchter, und Gadi hat zwei Söhne.« Genau in diesem Moment fiel es Boris ein, mir mitzuteilen, dass sein erster Sohn heil und gesund auf die

Welt gekommen sei. »Vier Kilo und zweihundert Gramm«, berichtete er stolz.

»Sogar dieser Russe hat schon ein Kind«, sagte Sarke zu meiner Mutter. »Siehst du, sie hat noch nicht mal diesen Kosaken geheiratet.«

Die Tränen meiner Mutter flossen. »Jetzt kann ihr nur noch ein Wunder helfen.«

»Aber Etka, du erlebst doch viel Freude an Michaelinka, sogar Enkelkinder hat sie dir geschenkt«, besänftigte Sarke meine Mutter großmütig.

Ich ging in die Küche und füllte meinen hohlen Magen mit den Erdnussflips, die meine Mutter für ihre Enkelinnen gekauft hatte. Dann schloss ich mich in meinem Zimmer ein, verbarrikadierte mich in meiner Höhle und zwang mich zu schlafen.

Ich wachte am Unabhängigkeitstag mittags auf, schlapp und schweißgebadet. Vor der Haustür stand Herr Gerschtajn vom Lebensmittelladen mit einem Schokoladenkörbchen.

»Wen suchen Sie?«, fragte ich den Störenfried.

»Meine Frau«, sagte er und lächelte.

»Und wieso hier?«

»Sarke hat gesagt, dass du und ich …«

»Was hat sie gesagt?«

»Dass du und ich …«

Ich knallte die Tür zu. Und explodierte. Ich sann auf Rache. Eine Stunde später strich ich den Vorfall aus meinem Gedächtnis. Doch am Ende der Woche überraschte ich mich sogar selbst.

»Ist was aus der Sache mit Gerschtajn geworden?«, hörte ich Sarke fragen. Mutter schwieg. »Ach, Etka, wie hart sie doch ist, sie bringt dich noch um. Wenn sie dir doch wenigstens einen Enkel schenken würde, der für dich das Kaddisch sagt.«

Dieses Gespräch brachte mich auf die Palme. Sie würde mich nicht mit Füßen treten, sie würde meine Ehre nicht beschmutzen! Aus lauter Zorn schwor ich mir, ein Kind zu bekommen, aber nicht von Gerschtajn, Gadischke sollte der Vater meines Kindes sein. Plötzlich kam mir Gadischke als der geeignete Mensch vor – reich, in mich verliebt und weit weg. Ich würde mit unserem Kind im Kinderwagen durch die Straßen des Viertels wandern und mit ihm im Garten spielen.

Ich überließ mich meinen Gedanken und stellte mir voller Vergnügen den Moment vor, in dem ich Sarke sagen würde, dass mein Sohn ihr gelungenster Enkel sei.

Ich rief Gadischke an. »Möchtest du ein israelisches Kind?«, fragte ich.

»Ich liebe dich«, antwortete er voller Gefühl.

Fast ein Jahr waren wir zusammen – Gadi, ich und meine Eisprünge. Jeden Monat verbrachten wir eine Woche mit wilden Nächten in einem Hotel. Das Lächeln schwand nicht von seinem strahlenden Gesicht. »Du hast mich glücklich gemacht«, sagte er dankbar, und ich sagte: »Und deine Mutter krank.«

Gadi lachte, er mochte meinen Humor. »Auf ihre Art liebt sie dich auch«, sagte er.

Ich stritt mich nicht mit ihm. Aber ich verlangte, dass sie nichts von unseren Treffen erfuhr, damit sie ja nichts kaputt machte.

Ich liebte die Nächte, in denen mich Gadi umarmte, die

Aufregung, die ihn ergriff, wenn er mich sah. Ich liebte die fragenden Augen von Liora und Boris, die verstanden, dass sich nachts etwas ereignete. Ich liebte Michaelas erstauntes »Wohin bist du denn verschwunden?« und Mutters hoffnungsvolle Blicke.

Ich richtete mich genau nach den ärztlichen Anweisungen, ich ging rechtzeitig zu den Behandlungen, ich verabreichte mir alle Spritzen. Nach Gadis Abreise lief ich in der Stadt herum und machte Einkäufe für das Kind, das wir haben würden. Ich suchte einen Kinderwagen aus, ein Bett, eine Kommode und sogar einen Teddy und einen Hasen. Ich war überzeugt, in Kürze Mutter, Michaela und die ganze Welt damit überraschen zu können, und ich vergnügte mich mit der Vorstellung, dass ich eines Tages Liora und Boris erzählen würde, ein reicher Geschäftsmann aus Amerika habe mir ein Kind gemacht. Und ich freute mich über die Möglichkeit, dass Sarke es schließlich erfahren und vor Wut platzen würde. Aber dann teilte mir der Arzt mit, dass meine Eierstöcke nicht mitspielten.

Ich war sicher, dass er sich irrte. »Betrüger, Scharlatan!«, schrie ich ihn an. »Geldgieriger Kerl! Was ist, haben wir nicht genug bezahlt?« Ich verlangte, er solle seine Zulassung der Ärztekammer zurückgeben. »Dieses Kind hätte mir das Leben in Ordnung gebracht«, sagte ich zu ihm. »Dieses Kind hätte das Kaddisch für meine Mutter sagen sollen.«

Der Arzt erblasste. Er führte mich zur Tür und schlug mir höflich vor, dringend einen Termin bei einem Psychologen zu vereinbaren.

Ich verließ die Praxis mit lautem Türenknallen, ging in die nächste Apotheke und kaufte mir alle Medikamente, die nicht verschreibungspflichtig waren, und rannte nach Hause in meine Einzelzelle. Stundenlang lag ich zusammengekrümmt in meinem Bett und schwor, dieses Zimmer nie mehr lebend zu verlassen.

»Malinka, was ist passiert?«, wollte Mutter wissen. »Malinka, warum gibst du mir keine Antwort? Malinka, warum sagst du nichts? Gadi ruft dauernd an. Er macht sich Sorgen um dich.«

»Soll er sich doch um Dina und seine Mutter Sorgen machen!«, brüllte ich.

»Bitte, sag mir doch, was passiert ist«, flehte sie.

»Misch dich nicht ein!«

Am nächsten Tag fand Mutter die Tüte mit den Medikamenten, sagte Sarke Bescheid und verkündete, sie halte es nicht mehr aus, ich würde sie umbringen. Am Abend brach sie zusammen, klagte, dass sie ersticke, sie würde keine Luft mehr bekommen und könne sich nicht mehr auf den Beinen halten. »Es besteht kaum Hoffnung«, sagten die Ärzte, als wir sie ins Krankenhaus brachten. »Eine so schwere Lungenentzündung ist bei alten Menschen meist tödlich.« Sie versuchten uns zu trösten. »Aber wir sind nicht Gott.«

Obwohl der Arzt ausdrücklich betonte, dass sich eine Lungenentzündung nicht innerhalb eines Tages entwickelt, konnten mich die beschuldigenden Blicke, die Sarke mir zuwarf, nicht täuschen.

Stundenlang lief ich durch die Flure des Krankenhauses. Ich verfluchte Gadi, den Angsthasen, Dina, Sarke und Michaela. Ich verfluchte meine Mutter, die ausgerechnet jetzt beschlossen hatte zu sterben.

Zu Mutters Beerdigung kam Michaela mit ihren Yuppies.

Die Straßen um den Friedhof herum füllten sich mit ihren Volvos und ihren BMWs. Michaela ging hinter dem Sarg her, an der Spitze des Trauerzugs, und hielt einen Strauß Orchideen im Arm.

Sarke zählte die Trauergäste. »So viele Leute sind gekommen«, sagte sie begeistert und erklärte zur Freude Michaelas, »unsere Beerdigung ist die größte.«

Plötzlich fiel auch ich ihr ein. »Nun, Malinka, siehst du, dass unsere Michaela sogar heute ihrer Mutter Freude macht? Schade, dass Etka nicht sieht, was für eine schöne Beerdigung Michaela ihr bereitet.«

Ich konnte mich nicht bewegen. Ich schaute zum Tor hinüber und wünschte mir, mein Vater würde zurückkommen. Wenn er jetzt nicht auftaucht, ist er bestimmt tot, sagte ich mir.

Jeder, der den Friedhof betrat, jeder, der zwischen den Grabsteinen herumlief, kam auf den Prüfstand meiner Erinnerungen: sieht Vater ähnlich, sieht Vater nicht ähnlich. Ich veranstaltete eine Selektion.

»Amalia, geht es dir gut?« Roni hatte von Michaela den Auftrag bekommen, sich um mich zu kümmern.

»Warum weint Tante Amalia nicht?«, fragte Tamar ihren Vater.

»Vielleicht ist es gut, dass sie stark ist, vielleicht ist es gut, dass sie ist wie ein Stein«, antwortete Sarke.

An den sieben Trauertagen für Mutter trauerte ich um meinen Vater, ich hörte nicht auf zu denken, dass ich ein anderes Leben gehabt hätte, wäre er bei uns geblieben.

»Was weißt du von Vater?«, fragte ich Michaela. »Warum hat er das Haus verlassen?«

Michaela wurde blass.

Meine Fragen ärgerten Sarke. »Malinka, deine Mutter ist gestern gestorben«, sagte sie. Ich achtete nicht auf ihre Worte.

»Hat dir jemand gesagt, ob er lebt oder tot ist? Warum stellst du keine Fragen? Interessiert dich dein Vater nicht?« Ich ließ Michaela keine Ruhe. Bis sie Schutz in der Küche suchte. Auf einmal spülte die herausgeputzte Lady mit Begeisterung das Geschirr.

»Wie wagst du es überhaupt, an deinen Vater zu denken, der dich verlassen hat?«, schimpfte Sarke. »Er ist wegen der Partei weggegangen, wegen des Kommunismus, wegen irgendeines Marx, der Blödsinn geschrieben hat. Wenn ein Kind geboren wird, füttert die Mutter das Baby, zieht es an und macht seinen Hintern sauber. Wenn ein Mann alt wird, füttern ihn seine Frau oder seine Kinder, ziehen ihn an und machen ihm den Hintern sauber. Ich kenne keine Partei und kein Land, die so etwas tun.« Michaela hielt ihr ein Glas Tee hin, um sie zu beruhigen. Sarke goss das heiße Getränk in sich hinein, ihr Blick ruhte auf mir. »Auch du brauchst jemanden …«

»Damit er mir den Hintern sauber macht«, ergänzte ich ihren Satz, der in der Luft hing.

»Sarke hat recht, jeder braucht jemanden«, sagte meine Schwester plötzlich.

»Ja. Roni!«, rief ich. Er war in eine Fernsehsendung versunken, er beschäftigte sich lieber mit einem Golfwettbewerb in Südafrika, als sich einzumischen. »Roni!«, rief ich ihn zur Ordnung. »Du solltest dich mit Toilettenpapier bewaffnen, dich erwartet ein großartiger Job.« Dann fiel ich über Michaela her. »Und du, dir wird es schwerfallen, Hintern sind ja nicht gerade dein Spezialgebiet, nur Kristall, das wischst du mit Hingabe sauber.«

»Reg dich nicht auf, Michaelinka, unsere Malinka ist nicht umsonst unverheiratet«, beruhigte Sarke meine Schwester.

Ich warf Sarke aus dem Haus. Am nächsten Tag bat sie Gadi, er solle sie nach Amerika holen.

»Malinka«, schrieb sie mir in ihrem Abschiedsbrief, »heute fahre ich nach Amerika. Ich bin schon alt und müde, und ohne unsere Etka würde ich bestimmt nur noch ein paar Monate leben. Aber Du bist noch jung, pass auf Dich auf, mein Kind, und mach keinen Blödsinn, Blödsinn hast Du schon genug gemacht. Und bitte streite nicht mehr mit Michaela, mach ihr das Herz nicht schwer, Michaela ist Deine ganze Familie. Sei gesund und stark, mein Kind, und vergiss Tante Sarke nicht, die sich um Dich sorgt und Dich sehr liebt.«

16

Es reicht mit den Erinnerungen, beschloss ich und wählte die Nummer des Senders. Liora antwortete mir. »Amalia! Wo bist du?«

»Hier.«

»Was heißt hier?«

»Im Heiligen Land«, sagte ich.

Sie verstummte.

»Liora, ich bin zum Spätdienst da.«

»Für heute haben wir schon disponiert.« Sie stotterte noch nicht einmal.

»Dann morgen«, sagte ich entschlossen.

»Unmöglich …«

Ich verstand, dass Liora es mir ausführlich erklären wollte. Ich schloss das Haus ab und fuhr zum Sender.

Ich hatte das Gefühl, nach Hause zu kommen. Zuerst ging ich in die Cafeteria. Boris war der Erste, der mich bemerkte. Boris Joffe, der Tontechniker, war vor fünfundzwanzig Jahren aus Moskau nach Israel gekommen. Er sah damals genau wie Baryschnikow aus, der märchenhafte Tänzer. Ich hatte schon immer eine Schwäche für schöne Männer.

»Mit dir klappt das Einleben perfekt«, sagte er.

Ich gab seiner Werbung nach, aber ich konnte nicht mit Olga konkurrieren, die ebenfalls in Russland geboren war, in Leningrad, die Piroschki kochte und mit ihm auf Russisch lachte.

Ich war eine großherzige Geliebte. Anfangs erlebten wir stürmische Nächte, zwischen einem Lied und dem nächsten, und manchmal, wenn er zu mir nach Hause kam, betrachtete Sarke von ihrem Fenster aus meinen russischen Liebhaber.

»Nun, wann wirst du ihn heiraten?«, wollte sie wissen, nachdem sie verstanden hatte, dass seine Besuche immer häufiger wurden.

»Wenn seine Frau stirbt«, antwortete ich.

Meine Mutter stieß einen Seufzer aus. »Oj wej!«

»In ihrem Alter ist auch so einer besser als nichts«, beruhigte Sarke meine Mutter.

»Aber Sarke, er hat eine Frau und Kinder«, merkte Michaela an.

»Hat dich jemand um Erlaubnis gefragt, du scheinheiliges Stück?«, schrie ich sie an.

Sie blieb stur. »So etwas tut man nicht.«

Ich war nicht zu bremsen. »Man sollte dir ein Schild auf die Stirn kleben, ›Michaela, die Perfektion in Person‹, und ein Poster von dir sollte an jeder Bushaltestelle hängen.«

Ich lief mit großen Schritten auf sie zu.

»Michaela, gib ihr keine Antwort«, befahl Sarke und stellte sich zwischen uns.

Ich konnte mich nicht beherrschen. »Ein Plakat, du bist nichts anderes als ein Plakat!«

Michaela packte ihre Tasche und floh. Mutter weinte, und ich ging in mein Zimmer und knallte die Tür hinter mir zu.

Trotz Michaelas Protesten blieben Boris und ich weiterhin ein Paar. Bis Olga vor sechs Jahren in der Zeitung las, ein Tontechniker und eine bekannte Sprecherin seien im Studio in einer intimen Situation überrascht worden. Unsere Romanze war ans Licht gekommen. Olga machte ihm Angst, sie drohte, mit den Kindern nach Russland zurückzukehren, und dann würde er sie nie mehr wiedersehen. Boris war bereit, sich zu fügen, aber ich gab nicht auf.

»Sing mir ein Liebeslied«, flüsterte ich ihm in den frühen Morgenstunden zu und brachte ihn fast zum Weinen. »Die Reinheit des blauen Tuches, das Streicheln der weichen Hand, damals hast du mir gesagt, nein, nie werde ich unser Treffen vergessen.« Ich sah die nicht enden wollende Liebe in seinen Augen.

Ruthi, die Köchin, kam aus der Küche und stellte mir mein übliches Essen hin: ein Sandwich mit bulgarischem Käse und Kaffee mit Kardamom.

»Amalia, was ist passiert? Hat es dir in Paris nicht gefallen?«, erkundigte sich Boris und versuchte, mich in den Arm zu nehmen. Ich spürte, wie ich schwach wurde. Der Geruch der Resopaltische, der abgenutzten Holzstühle und des rissigen Bodens erstickte mich. Ich ließ den Kaffee, das Sandwich und Boris zurück und ging ins Studio.

Auf Lioras Gesicht breitete sich ein schmieriges Lächeln aus. »Kommst du uns besuchen?«

Ich wischte ihr aufgesetztes Lächeln weg. »Nein, ich komme, um einen Arbeitsplan zu bekommen.«

»Aber wir haben dir doch einen Brief geschickt.«

Mein überraschter Blick erschreckte sie. »Tut mir leid, Amalia.« Sie griff mit beiden Händen nach ihrem kleinen

Kopf. »Ich habe heute eine starke Migräne, ich kann mich kaum auf den Beinen halten. Lass uns ein andermal sprechen.«

Liora verließ das Studio, und ich blieb dort, bis Eden, die neue Sekretärin, von Herrn Ben Elijahu entsandt wurde, um mich wegzuschicken. Ich schaute verwundert auf die kleine, dünne Person ohne Brüste, sie trug ein ärmelloses T-Shirt und Jeans mit Nieten. Sie stand vor mir, selbstsicher, wie es nur eine dumme Gans von zwanzig Jahren sein kann, und verkündete mir, ohne mit der Wimper zu zucken, dass ich das Studio verlassen müsse und Liora mir schon für die nächste Woche einen Termin mit dem Boss ausgemacht habe.

»Aber was ist mit meinem Programm?« Ich beharrte stur auf einer Antwort.

»Es werden keine neuen Verträge abgeschlossen«, sagte sie. »Sparmaßnahmen. Zurzeit gibt es vor allem Sparmaßnahmen.« Sie demonstrierte ihr Wissen.

»Ich bin seit über dreißig Jahren hier«, informierte ich die unreife Sekretärin. »Ich war nur zwei Wochen im Urlaub.«

»Nehmen Sie es nicht persönlich«, schlug Miss Eden vor.

Ich machte einen Schritt auf sie zu, klebte fast an ihren Pupillen. Sie erschrak, und ich fragte: »Was ist mit meinem Programm?«

Sie zog die Schultern hoch und riss ein Paar leere Augen auf.

»Nach über dreißig Jahren teilt man mir auf so eine Art mit, dass ich entlassen bin?«, schrie ich sie an. Endlich merkte dieses unreife Stück, wie geladen ich war. Ich verließ das Studio und fing einfach an zu laufen, nur zu laufen. Boris kam mir nachgerannt. »Amalia«, flehte er, »ich muss zur Sendung, komm heute Abend in die Singer-Bar.«

Ich blieb nicht stehen. Ich lief, so schnell ich konnte. Meine Beine zitterten. Sie werden schon noch vor mir kriechen, dass ich zurückkomme, redete ich mir mit Gewalt ein.

Ich ging von dort weg, ohne zu wissen, wohin. Plötzlich befand ich mich in der Kaplanstraße. Als die Kaplanstraße aufhörte, lief ich zur Petach-Tikwa-Straße. In Gedanken sagte ich: Hier ist Galei Zahal, der Radiosender der israelischen Armee. Es ist Mitternacht, und hier sind die Nachrichten, gelesen von Amalia Ben Ami.

Frau Gerschtajn, hörte ich Sarke sagen, Frau Gerschtajn, nannte sie mich und verlangte zweihundertfünfzig Gramm Salami, hundertfünfzig Gramm Schnittkäse und einen Hering mit viel Zwiebeln.

Ich ging in Richtung Straße des Friedens. Von Weitem sah ich den Friedhof in Nachlat Jizchak. Ich konnte ihn nicht betreten, und ich konnte nicht weitergehen.

Ich stand vor dem Friedhofstor, und wieder klopfte mir das Herz. Hier war es schöner als in Ustrzyki und schöner als in unserem Haus im Viertel. Das ist der schönste Ort, an dem Mutter je gewohnt hat. Hohe Kiefern, bunte Blumen, klare Luft mit dem Duft von Blumen.

Mutter war die traurigste Frau gewesen, die mir je begegnet ist. Sie hatte nichts Böses an sich und kannte keinen Hass, ein verirrtes Mädchen aus Auschwitz, siebzig Jahre lang betrachtete sie die Welt, und ohne Sarkes Erklärungen verstand sie nichts. Und nun, einfach so, hielt ich eine Grabrede. Plötzlich sehnte ich mich nach ihr.

Ich bekam Hunger und betrat das kleine Café dem Friedhof gegenüber.

»Sind Sie neu hier?«, fragte mich der Inhaber gelangweilt.

»Ja«, antwortete ich. »Ich bin heute Morgen aus Polen gekommen.«

»Wissen Sie«, prahlte er und hielt mir die Speisekarte hin, »ich kenne alle Toten. Das ist ein kleiner Friedhof, familiär, alle kennen alle.«

Sofort fragte ich ihn nach Etka Zuckmayer. »Bestimmt kennen Sie auch Michaela Chen, ihre Tochter«, sagte er.

Sogar hier hat sie Bewunderer. Ich gab ihm die Speisekarte zurück, bevor er mit Lobpreisungen anfangen konnte, und ging weg.

»Still, still, mein Kind, schweig still, hier wachsen Gräber«, summte ich vor mich hin.

»Amalia«, hörte ich Ronis Stimme in dem Moment, als ich vor der Haustür stand.

»Ist etwas passiert?«, fragte ich ihn überrascht.

»Ich bin hier, um dich zur Galerie zu bringen, Michaela hat mich gebeten, dich zur Feier zu holen.«

»Feiern sind nicht gerade meine Leidenschaft«, erinnerte ich ihn.

Er versuchte mich zu überreden, während wir das Haus betraten. »Auch Tamar und Hod werden da sein.«

Ich schwieg. Auch zu ihnen hatte ich keine Beziehung mehr. Früher nahm ich sie mit ins Studio, um ihnen Shamira Imber zu zeigen. Früher gab es auch im Studio etwas zu sehen.

Er riss mich aus meinen Gedanken. »Tamar wird in zwei Monaten eingezogen.«

»Zum Armeesender?«, fragte ich. »Zweite Generation?«

»Sie ist wie ich«, korrigierte er mich. »Die zweite Generation bei der Marine. Und Hod ist bald sechzehn, und schon hat man ihr eine Setcard gemacht.«

»Sie machen Michaela Freude«, unterbrach ich ihn und stand auf, um Kaffee zu kochen. Roni ging zu dem Steinhaufen. »Amalia, was soll das sein?«

»Andenken«, antwortete ich mit einem Lächeln.

»Marmor von hervorragender Qualität«, stellte der Architekt fest. »Verkauft man in Polen so etwas an jüdische Touristen?« Und plötzlich fiel ihm eine Frage ein. »Wie bist du eigentlich dorthin gekommen?«

»Ich habe meine Zukunft gesucht«, antwortete ich.

»Die Vergangenheit«, verbesserte er mich. »Folgst du auch dem Trend, zu den Wurzeln zu reisen? Sag mir bloß nicht, dass du zu all denen gehörst, die dorthin fahren und ihre Familien suchen, die alten Zeiten glorifizieren und sich nach dem sehnen, was einmal war.« Er war zornig. »Als ob es ihnen dort gut gegangen wäre.«

Das Klingeln des Telefons unterbrach Ronis Rede.

»Guten Tag, *kochanie*, hier ist Wojtek …«

»Wer ist das?«, fragte Roni neugierig. »Der, zu dem du gefahren bist, hieß doch Chesi, nicht wahr?«

»Von mir aus sollen sie alle verrecken«, beendete ich das Gespräch.

Roni verstand, dass es besser war zu gehen.

17

Gestern wollte ich Chesi sagen, dass ich vorhatte, nach der Ustrzyki-Aktion abzureisen, zurück nach Israel, dass es keine Wunder auf der Welt gebe. Ich ging in sein Zimmer und sah, was ich gewusst hatte. Chesi telefonierte, und Ursula kam aus der Dusche, ging, ein Handtuch um ihren Wikingerkörper geschlungen, an mir vorbei und war verschwunden.

Chesi wand sich. »Sie hat kein heißes Wasser, sie hat hier nur geduscht.«

»Es gibt nichts Besseres, als eine deutsche Frau zu ficken«, zischte ich. »Noch dazu in der Dusche.«

»Malinka, wie redest du?« Er versuchte mich zu beruhigen. »Ich werde doch keine Schickse heiraten.«

Ich warf ihm einen bösen Blick zu. »Nicht heiraten, aber eine Liebe, geheiligt durch Blut, wird dein Herz nicht vergessen.«

»Hier ist kein Ort für Liebe, hier ist alles unrein! Wir werden eine andere Liebe haben«, versprach er, »eine reine Liebe.«

»Jetzt weiß ich wenigstens, dass du nicht schwul bist.« Das war ein Kompliment für seine Männlichkeit.

»Malinka, du weißt, dass es uns verboten ist, uns mit dem Körperlichen zu verwirren, wir haben geistige Verpflichtungen, wir dürfen einander nicht verfehlen, Malinka, du weißt so gut wie ich, dass wir der Anfang von etwas Schönem sind.«

»Amalia!«, brach es aus mir heraus. »Ich heiße A-ma-li-a! Und wir sind kein Anfang, wir sind das Ende.«

Ich saß in der Küche und verschlang die Klopse, die Michaela gekocht hatte. Geistige Verpflichtungen, ein Bund von Brüdern, ein Weltbund, charmant, geistig krank, ein Lügner, ein Fantast, ein Größenwahnsinniger – bei jedem Bissen warf ich ihm eine neue Schmeichelei zu –, Psychopath, impotenter Perverser.

»Komm, lass uns heute Abend nicht streiten«, flehte Chesi. »Es ist die Nacht, die meiner und deiner Mutter gewidmet ist, das ist unsere Nacht.«

Ich ging in mein Zimmer zurück und schloss die Tür zu. Die Fieberschauer kamen wieder. Nur noch diese Nacht, sagte ich mir, und dann haue ich ab.

»Malinka«, hörte ich Chesis Stimme von draußen, »du bist mir wichtig, verlass mich jetzt nicht.«

Monique hatte gesagt, Chesi sei Ursula hörig. Warum hatte ich nicht auf sie gehört? Für ihn, hatte sie gesagt, sei der Krieg nicht zu Ende. Er tue alles, was die Deutsche wolle.

Die Nacht in Ustrzyki war kalt und dunkel. Der Himmel war hinter schweren, tief hängenden Wolken verborgen, sie sahen aus, als könnten sie sich jeden Augenblick auf uns senken und uns von dieser Welt wischen.

Als wir den Wald erreichten, bat Chesi Ursula darum, dass wir beide die Ersten sein sollten, die diesen Ort betreten. Er hielt meine Hand fest, und in der anderen hatte er eine Taschenlampe, die den schlammigen Weg erhellte.

Langsam und vorsichtig gingen wir durch die Stille, bis wir auf einen Haufen mit Schlamm bedeckter Steine stießen. Auf einem erkannte Chesi hebräische Buchstaben.

»Ich habe es gefunden!«, rief er.

»Wir fangen an«, befahl Monique und sprang aus dem Wohnmobil, sie nahm ihre Kamera und beleuchtete mit einem Scheinwerfer das Waldstück. »Ich habe dir gesagt, dass dieser Ort hier genial ist«, rief sie. »Schau, was für ein besonderes Licht auf Chesi fällt, Glanz erstrahlt in der Dunkelheit. Hier wird noch etwas Großes geschehen!«

Einen Moment lang glaubte ich ihr und hoffte, Chesi würde mir wieder sagen, dass er mich liebte, dass er jetzt und hier vor allen verkünden würde, dass ich die Liebe seines Lebens sei und wir nach Paris fahren würden, um zu heiraten. Aber Chesi ließ mich stehen, er umarmte einen Stein und sagte das Kaddisch. Ich verstand, dass es zwischen uns zu Ende war.

Ursula, Wojtek und Pawel stiegen aus dem Wagen, um das Schauspiel zu beobachten. Ich dachte, die Polen würden das Licht des Scheinwerfers bald entdecken und eine Anzeige machen, dass zwei Juden Marmorsteine im Wald stahlen. Ich hatte Angst, dass ich diese Nacht in einem polnischen Gefängnis beenden könnte statt in einem Flugzeug zurück nach Hause. Ich stellte mir Deutsche in Uniform vor, die durch den Wald rannten, ich hörte sie näher kommen und hatte Angst, dass genau an dem Ort, an dem Familienmitglieder ermordet worden waren, auch ich ermordet werden würde. Allein dieser Gedanke verlieh mir Kraft. Ich klaubte aus der schlammigen Erde Steine, kleine und große, und verstaute sie in Chesis Tasche. Bei jedem Stein, den ich aufhob, betete ich, dass Chesi mich mehr lieben würde, und ich würde ihn für immer hassen, und ich schwor, nie mehr im Leben diese Erde zu betreten.

18

Boris stand vor der Haustür. »Ich bin hergekommen, weil ich beunruhigt war.«

»Dann nimm Valium«, schlug ich ihm vor.

»Ich ziehe dich vor«, antwortete er. »Dein Benehmen heute Mittag hat mich bedrückt, ich war nicht sicher, ob du in die Singer-Bar kommen würdest.«

Er trat ins Wohnzimmer und entdeckte sofort den Steinhaufen. »Was ist denn das?«

»Geschichte«, sagte ich.

Boris lachte. »Von der ersten Intifada?«

»Noch älter.«

»Was willst du damit anfangen?« Er kicherte. »Wir sind schon lange auf Feuerwaffen umgestiegen.«

»Ein Denkmal für die Gefallenen.«

Er versuchte mich zu umarmen, aber ich wich ihm aus.

»Schade, dass du nie verstanden hast, dass ich dich liebe«, sagte er plötzlich.

Das Telefon klingelte. »Die Steine … Malinka, wo sind unsere Steine?«, hörte ich Chesis Stimme auf dem Anrufbeantworter.

Ich nahm den Hörer ab. »Willst du sie haben?« Plötzlich hatte ich die Kraft, ihm zu antworten. »Wenn du sie willst, dann komm und hol sie.«

»Malinka, diese Steine sind kein Privatbesitz. Sie sind der Besitz des ganzen jüdischen Volkes.«

Ich erinnerte den Demagogen daran, dass es auch hier im Land ein jüdisches Volk gab, dem ebenfalls ein paar Grabsteine von dort zustünden.

»Wir haben uns zu zweit auf den Weg gemacht.«

»Und Ursula?«

»Malinka«, schmeichelte er, »wir hätten heiraten sollen.«

»Bist du in Ordnung?«, fragte Boris.

»Ich bin stark, ich bin wie ein Stein«, wiederholte ich, was Sarke gesagt hatte.

Boris schlug vor auszugehen. Ich ging ins Badezimmer, um mich zu schminken. Ein heftiger Schmerz am Zwerchfell packte mich, wie ein Metallklotz lag er mir zwischen Lunge und Magen. Wer fährt mit vierundfünfzig nach Paris, um zu heiraten, und kommt mit Grabsteinen aus Polen zurück?

Auf dem Rückweg von Ustrzyki nach Krakau war Chesi völlig in den Anblick der Steine versunken. Die aufgeregte Achtung verkündete ihren Gefolgsleuten, dass wir alle, um die gelungene Aktion zu feiern, ein Restaurant aufsuchen würden. »Dort warten die Perlmutters und ihr Geld auf uns«, sagte sie.

Ich betrachtete den Mann neben mir, diesen Fantasten, der davon träumte, Juden in ihr Altneuland zurückzubringen, den Größenwahnsinnigen, der den alten Glanz in Europa auferstehen lassen wollte. Ich betrachtete den Propheten und seine Architektin, und ich wusste, dass sie es waren, die jahrelang auf diesen Moment gewartet hatten. Und dass ich nur irrtümlich hierhergeraten war. Mir tat der

Körper weh, ich spürte jeden Knochen. Ich erinnerte Chesi daran, dass ich eigentlich noch krank sei, und bat ihn, mich am Hotel abzusetzen, bevor sie zum Restaurant fuhren.

Ursula umarmte Chesi. Ich sah, wie sie sich an ihn drückte, wie sie auf ihr »Fundstück« aufpasste. Chesi reagierte gelassen auf ihre Umarmung.

Ich unterbrach die Harmonie mit verführerischer Stimme. »Chesi, es ist doch schade, dass du unsere Steine mit ins Restaurant nimmst, ich werde auf unseren Schatz aufpassen.«

Er schmolz dahin, hypnotisiert von meiner Stimme. »Malinka, das ist unser Schatz«, wiederholte er und reichte mir die Tasche mit den Steinen.

Ich spürte, dass er sie wollte, diese Malinka Zuckmayer. Das war der liebevollste Blick, der ihm zur Verfügung stand. Ich wusste, er würde sie immer und ewig lieben. Ich drückte die Tasche mit den Steinen an mich, ging ins Hotel und änderte meinen Racheplan. Ich ging noch nicht einmal in mein Zimmer. Ich rief aus der Lobby Chesis Reisebüro an.

»Ich muss nach Hause zurück, sofort«, sagte ich.

»Für Herrn Sonnenschajn habe ich immer eine Karte«, antwortete die Agentin.

Ich fuhr in meinem abgetragenen Trainingsanzug zum Flughafen, mit wenig Geld und der Tasche in der Hand. Auf dem ganzen Weg stellte ich mir vor, wie Chesi in den Straßen Krakaus nach Malinka Zuckmayer und den Grabsteinen suchte.

19

Die Luft in der Singer-Bar war stickig. Laute Jazzmusik, Rauch und Bier. Ich bedauerte, dass ich das Haus verlassen hatte. Es passte nicht zu mir, hier zu sein. Ich wollte wieder nach Hause. Ich wusste, dass der Dibbuk zurückkommen würde, ich dachte, vielleicht würde Chesi wieder anrufen. Ich bestellte beim Kellner ein Bier.

»Also, was war dort?«, fragte Boris.

»Liebe, vor allem Liebe«, sagte ich.

Ich sah, dass Liora die Bar betrat, zusammen mit Eden, der unreifen Göre. Es war wie immer, die Schicht war zu Ende, und sie kamen. Sie demonstrierten mir gegenüber offene Feindseligkeit und setzten sich an einen anderen Tisch. In die Bar kamen auch noch Sprecher. So war es immer, es war die Kneipe der Leute vom Radio, von der Presse und dem Fernsehen. Hier mischten sie sich, und nur ich war allein, ich mischte mich mit niemandem, nirgendwo.

Niemand kam zu mir, ich blieb allein mit Boris und sah, dass Eden, dieses freche Ding, Boris ein Zeichen gab, sich neben sie zu setzen.

»Hör zu«, sagte Boris, und seine Stimme klang auf einmal bestimmt, er war kühl und distanziert. »Halt einmal in deinem Leben den Mund, und hör mich bis zum Ende an.« Plötzlich war er sicher, schimpfte. »Du zerstörst mit deinem Verhalten alle Beziehungen, du nimmst die anderen gar nicht wahr, auch die nicht, die dich lieben.«

War ich dafür mit ihm ausgegangen?

»Ich brauche keine Vorhaltungen«, fuhr ich ihn an. »Noch dazu von dir!«

Boris war wütend. »Warum hörst du nicht zu? Du hast mich gezwungen, auf dich zu verzichten, du hast mir das Gefühl gegeben, dass du eigentlich allein sein willst. Und bevor du es von anderen erfährst, will ich es dir lieber selbst sagen, Olga ist ausgezogen.«

Der Boden zitterte unter meinen Füßen wie bei einem Erdbeben.

»Und vor einer Woche bin ich mit Eden zusammengezogen«, fuhr Boris fort.

Mir wurde schwindlig, mein Magen brannte, der Rauch erstickte mich. Ich fühlte jeden Pulsschlag meines Blutes wie einen Alarm.

»Eden passt zu dir«, sagte ich und stand auf.

Boris fasste mich an der Hand. »Schade, dass du nicht bis zum Ende zuhörst, schade, dass man nicht mit dir sprechen kann.«

»Schade, dass wir uns getroffen haben, schade, dass ich da war, schade für alles«, sagte ich laut zu mir selbst und lief hinaus.

Ich schaute mich kurz um, aber Boris folgte mir nicht. Ich wusste nicht, wohin ich gehen sollte. Die Autoscheinwerfer blendeten mich. »Hier ist Kol Israel aus Jerusalem …«, sprach ich mir selbst die Nachrichten vor, um das, was Boris gesagt hatte, zu übertönen. »Die Armee hat einen Attentatsversuch in Nablus verhindert. Die Luftwaffe hat Gaza bombardiert, dabei kamen drei Palästinenser ums Leben.«

Mein Handy klingelte. »Überraschung«, hörte ich Michaelas fröhliche Stimme. »Amalia, es gibt eine Überraschung für dich. Komm schnell in die Galerie und schau, wer gekommen ist …«

»Der Messias«, sagte ich und brach die Verbindung ab.

»Ich weiß nicht, was soll es bedeuten, dass ich so traurig bin … – Die schönste Jungfrau sitzet … – Und singt ein Lied dabei … – Und ruhig fließt der Rhein …«

Das Gedicht zerfiel in Splitter. »Ich passe auf dich auf«, hörte ich meinen Vater sagen.

»Den Schiffer im kleinen Schiffe
Ergreift es mit wildem Weh;
Er schaut nicht die Felsenriffe,
Er schaut nur hinauf in die Höh.«

Ich hielt ein Taxi an und fuhr nach Hause. Ich kroch durch die Zimmer. Mein Körper wurde schwer, meine Bewegungen langsam. Ich schaute in den Badezimmerspiegel und erkannte mich nicht. Wie Spinnweben hatten sich tiefe Falten über mein Gesicht gebreitet. Ich wollte den bekannten Anblick zurückholen und wusch mir das Gesicht, doch nichts änderte sich. Ich duschte kalt und wickelte mich in ein Handtuch. Und dann holte ich alle Schlaftabletten und Schmerzmittel, die ich im Lauf der letzten Jahre gesammelt hatte. Ein Cocktail. Mein Cocktail.

In der dunklen Küche kochte ich mir einen Tee. Dann versank ich im Sessel und rührte den Zucker um. Klingelingeling. Ich liebte das Klappern des Löffelchens in meinem Teeglas. Der Zucker wirbelte im Glas herum.

»Ich glaube, die Wellen verschlingen
Am Ende Schiffer und Kahn;
Und das hat mit ihrem Singen
Die Lorelei getan.«

Ich warf einen Blick auf die wenigen Kristallsachen, die in der Vitrine zurückgeblieben waren und im Mondlicht glitzerten. Ich betrachtete die Marmorsteine und dachte, Michaela wird sich über das Erbe freuen, das ich ihr hinterlasse.

»Malinka, los …« Vaters Stimme war klar und näher denn je. Freude erfüllte mich.

»Ich komme«, versprach ich ihm. »Wir werden uns bald treffen.« Und ich wusste, dass ich diesmal mein Versprechen halten würde.

Eine Zitronenscheibe schwamm im Glas und versank. Schwamm und versank. Und der Zucker sank auf den Grund, bis er sich auflöste.

Chesi

Holocauster

1

Die Ustrzyki-Aktion wurde erfolgreich beendet. Ein neues Kapitel meines Lebens hat begonnen. Obwohl ich nur zwei Stunden geschlafen hatte, war ich fröhlich. Ich ging hinunter in den Speisesaal des Hotels und setzte mich ans Fenster. Ich betrachtete die Polen, die sich auf dem Weg zur Arbeit beeilten, und dachte an meine Familie. Ich sah meinen Vater und Wolf Katzenellbogen an einem Sommerabend in Tel Aviv auf der Veranda sitzen, Vater raucht Dubek 10, eine Zigarette nach der anderen, Wolf Katzenellbogen trinkt wie immer Wein, und meine Mutter sitzt mit ihren Freundinnen in der Küche und unterhält sich auf Jiddisch.

Ein regnerischer Herbstmorgen in Krakau. Heute ist mir nur Wolf Katzenellbogen geblieben, nur ihm werde ich mitteilen, dass ich Malinka Zuckmayer aus unserem Viertel heirate. Malinka, werde ich ihn erinnern, ist die Tochter von Etka aus Ustrzyki.

Der Kellner stellte meine geliebte Kanne Kaffee auf den Tisch, Rührei, Baguette, ein Schälchen mit Butter und eines mit Honig – mein festes Frühstücksmenü, seit ich hierhergekommen bin. Während des Frühstücks schaute ich auf die nasse Straße hinaus, und andere Landschaften tauchten vor mir auf.

Ich war sieben, als Wolf Katzenellbogen aus Paris zu uns kam. Mutter sagte, Katzenellbogen sei der nächste Verwandte, der uns geblieben sei, und Vater erzählte, Wolf sei ein Held bei der Résistance gewesen.

»Warum nennt ihn Mutter Katzenellbogen und du Wolf?«, fragte ich.

»Für mich wird Jurek für immer und ewig Katzenellbogen bleiben«, zischte Mutter.

Vater warf ihr einen Blick zu, der sagte, sie solle endlich den Mund halten, und ich wollte nicht, dass sie meinetwegen stritten, deshalb beschloss ich, ihn Wolf Katzenellbogen zu nennen.

Ich fragte nicht, wie er mit Mutter verwandt war, und ich hatte auch keine Ahnung, was Résistance war. Ich freute mich, dass jemand aus Paris zu uns kam, denn bis dahin kannte ich nur Menschen, die aus Ländern wie Polen, Rumänien, Ungarn oder der Tschechoslowakei gekommen waren, und ein paar aus Deutschland, das war alles.

Vor Wolf Katzenellbogens Ankunft lief Vater in der Wohnung herum und rauchte ohne Unterlass. Mutter stand in der Küche, bereitete Leckerbissen vor, füllte in die Schabbatschüsselchen Eiersalat, gehackte Leber und Hering. In die Mitte des Tisches stellte sie den Kidduschwein, Gläser zum Anstoßen und einen Hefekuchen mit Mohn. Das war das einzige Mal, dass meine Mutter an einem gewöhnlichen Werktag den Tisch deckte wie am Schabbat.

Gegen Abend, zwischen Sonnenuntergang und Dunkelheit, kam Herr Wolf Katzenellbogen die Treppe unseres Hauses herauf, mit einem Strauß roter Rosen. Ich versteckte mich hinter der Tür meines Zimmers und spähte hinaus.

So ist Paris, dachte ich begeistert, als ich ihn sah, in einem dunklen Anzug und mit einer bunten Krawatte. Alle Männer unseres Viertels trugen nur alte graue Anzüge.

Nach den Umarmungen, den Küssen und Mutters Weinen forderte mich Vater auf, aus meinem Zimmer zu kommen und mich zu ihnen zu setzen.

»Guten Tag, junger Mann«, sagte Wolf Katzenellbogen. Ich gab ihm die Hand und wurde rot. Ich wollte so gern einen guten Eindruck auf ihn machen. Ich hatte mir vorgenommen, höflich zu sprechen und ihn zu beeindrucken, aber er interessierte sich kaum für mich.

Ich betrachtete sein scharf geschnittenes Gesicht und die Augen, die wie Glühwürmchen glühten. Ich erinnere mich, dass ich erschrak, als ich sah, dass eines von ihnen blau war und das andere grün. Er kniff mich in die Wange, lächelte, nahm die Weinflasche und ein Glas vom Esstisch in der Küche und ging zu Vater, um sich mit ihm zu unterhalten.

Sie setzten sich auf die Veranda, mit dem Gesicht zum Garten, Mutter erstickte fast in der Küche mit seinem Rosenstrauß und mit dem ganzen Essen, das sie vorbereitet hatte. Sie machte die Fenster auf, um Luft zum Atmen zu bekommen, und kratzte an der Nummer auf ihrem Arm. Das war mein erstes Zusammentreffen mit Wolf Katzenellbogen.

Danach kam Wolf Katzenellbogen regelmäßig zu uns. Jedes Mal setzte er sich mit Vater auf die Veranda. Auch im Winter saßen sie beide draußen, dicht an dem Heizöfchen, das mit seinem warmen, leuchtend orangefarbenen Licht Petroleumgeruch verströmte. Immer rauchte mein Vater, Wolf Katzenellbogen trank Wein, und meine Mutter blieb in der Küche. Ich saß in der Essecke und hörte Herrn Wolf

Katzenellbogen zu, der über die Résistance sprach, die Nazis und die Kommunisten hasste und davon träumte, eines Tages alle Araber aus Israel zu vertreiben.

Meiner Meinung nach sprach von allen Erwachsenen, die ich kannte, nur Wolf Katzenellbogen ein schönes Hebräisch, wegen seines französischen Akzents.

Seit Wolf Katzenellbogen ins Viertel gekommen war, träumte ich davon, so wie er zu werden. Ich hatte das Gefühl, dass auch mein Vater wie er sein wollte. Er wechselte seine gesamte Garderobe. Plötzlich ging er in einem feinen Anzug zur Arbeit, seine Schuhe waren geputzt, und er trug eine Ledertasche. Obwohl er Angestellter bei der Post war, ging er wie ein Rechtsanwalt zur Arbeit. Er setzte auch ein würdiges Gesicht auf und änderte seine Redeweise.

»Sprachen, mein Sohn, du musst Sprachen lernen.« Plötzlich träumte mein Vater von Sprachen. »Monsieur Wolf spricht fünf Sprachen«, sagte er zu mir. »Er ist Französischlehrer in einem Gymnasium.«

»Hat er eine Frau? Hat er Kinder?«, fragte ich Mutter.

»Seine Manitschka«, sagte Mutter, »liegt seit Jahren im Bett und träumt davon, schnell und schmerzlos zu sterben, und seine Tochter Rita, das Püppchen, ist in einen Kibbuz gegangen. Monsieur Katzenellbogen hat alle Zeit der Welt, um deinen Vater verrückt zu machen.«

Ich fragte meine Mutter, ob Wolf Katzenellbogen wirklich ein Held sei.

»Ein feiner Held«, antwortete sie und kratzte sich am Arm. Immer, wenn sie beunruhigt war, kratzte sie sich am Arm, bis die Nummer rot wurde und anschwoll wie eine Wunde.

Ich bedauerte, sie gefragt zu haben, und verriet ihr nicht, dass ich vorhatte, ein Held wie Monsieur Wolf zu werden, und dass alle Kinder im Viertel wie Monsieur Wolf werden wollten. Wir wussten nicht genau, was diese Résistance war, aber wir wussten, dass er im Krieg ein Held gewesen war. Man erzählte sich, er sei von der Kugel eines Deutschen am Auge verletzt worden, trotzdem habe er weitergekämpft, bis er den Nazi umgebracht hatte, und nach dem Krieg habe er von den Franzosen einen goldenen Orden und ein blaues Glasauge bekommen. Für mich war er mein Trumpeldor.

Dank Wolf Katzenellbogen, der sozusagen mein Onkel war, wurde ich zum König des Viertels. Seit er aus Paris gekommen war, war ich es, der entschied, wann man Kakao aus einer Packung über die Mädchen kippte, wann man Bella, die schon Brüste bekam, am Gummi ihres Büstenhalters zog und wann man Etan und Jigal losschickte, um Mispeln von Fischs Baum zu stehlen. Alle Kinder des Viertels folgten mir und taten, was ich wollte: Sie spielten mit mir Verstecken, Guten Tag, Herr König, Fährtensucher und spritzten mit mir von der Veranda aus die Nachbarn mit einem Wasserschlauch nass.

Ich lächelte. Ich werde Malinka vorschlagen, dass wir im Viertel heiraten. Wir werden auf der Allee heiraten, auf der wir einmal Wahrheit oder Pfand gespielt hatten.

Jeden Nachmittag kamen meine Schulfreunde zu mir, und ihre Mütter besuchten meine Mutter. Ich liebte Spiele, und meine Mutter erlaubte allen Kindern, zu mir zu kommen und auf dem Rasen Fußball zu spielen, mit dem Wasserschlauch im Garten herumzuspritzen und Pflaumen und Zitronen von unseren Bäumen zu pflücken.

Auch die Nachbarinnen kamen gern zu meiner Mutter. Sie servierte ihnen Hefekuchen, und dann saßen sie in der Küche und unterhielten sich auf Jiddisch. Manchmal lachten sie, und manchmal weinten sie.

Damals kam auch Frau Zuckmayer, Malinkas Mutter, zu uns. Sie saß neben meiner Mutter und stellte ihr Fragen über Menschen aus Ustrzyki. Meine Mutter erzählte ihr dann von den Toten des Städtchens, als würden sie noch leben. Frau Zuckmayer hörte ihr zu und weinte. Bis meine Mutter sie bat, ein paar jiddische Lieder zu singen. Mutter sagte immer, Frau Zuckmayer habe die Stimme einer Sängerin. Und dann tauschten sie die Rollen, Frau Zuckmayer sang, und Mutter weinte.

Ich weiß noch, dass von allen Kindern des Viertels Malinka Zuckmayer die Einzige war, die nicht in unseren Garten kam. Malinka spielte mit dem hinkenden Gadi. Mich nannte sie »Holzkopf«. Ich war nicht beleidigt. Ich erfand einen Namen für Gadi: »Hinkebein«.

An Chanukka, ich war zehn Jahre alt, nahm Malinka Feuer von meiner Fackel. Danach gingen wir Hand in Hand an der Spitze des Umzugs. Etan und Jigal platzten beinahe vor Neid und sangen laut: »Chesi und Malinka, ein Hochzeitspaar!« Malinka ärgerte sich und rannte weg. Ich liebte dieses Viertel im Süden von Tel Aviv.

Ich rief Malinka an. Normalerweise erinnere ich mich nicht an Telefonnummern, noch nicht mal an meine eigene, aber an diesem Morgen war ich ganz klar, und meine Gedanken waren ungetrübt. Ich muss mit Malinka sprechen, dachte ich und fügte, um meine Stimmung zu heben, hinzu, mit Amalia, meiner Frau. Ich muss ihr unbedingt von meinen Erinnerungen erzählen.

Amalia antwortete nicht. Ich weiß, dass sie erst mittags aufsteht. Deshalb rief ich nicht noch einmal an.

2

»Wer in Auschwitz war, muss das Geld von den Deutschen nehmen, das ist unsere Rache«, erklärte Wolf Katzenellbogen. »Ihr wart beide in Auschwitz, und ihr werdet doppelt Rache nehmen.« Er überzeugte meinen Vater, die Wiedergutmachung der Deutschen zu akzeptieren.

Meine Mutter war gegenteiliger Meinung. Gerade der, der in Auschwitz war, dürfe nie das Geld der Deutschen annehmen. Als sie miteinander über die Wiedergutmachung diskutierten, kratzte meine Mutter so heftig an der Nummer auf ihrem Arm, dass Dr. Wollmann die Wunde verbinden musste und ihr Penicillin verschrieb. Meine Mutter hasste Wolf Katzenellbogens Einstellung zur Wiedergutmachung, aber mein Vater tat immer, was Wolf Katzenellbogen entschied.

An dem Tag, an dem wir die Wiedergutmachung bekamen, saßen Mutter und ich in der Küche. Niemand kam zu Besuch. Niemand näherte sich unserem Haus. Am Abend kam Sarke Grin in unseren Garten und rief laut, wir seien verflucht und unsere Strafe sei auf dem Weg.

»Chesinka, was hat sie gesagt?«, fragte Mutter, als Sarke still war.

»Dass unsere Strafe auf dem Weg ist«, sagte ich. Ich war ein Kind und verstand nicht genau, was damit gemeint war.

»O weh«, sagte Mutter und zitterte, sie verriegelte die Tür, machte die Fensterläden zu und schloss die Fenster.

Dann fing sie mit ihren Selbstgesprächen an. »Die Strafe soll nur mich treffen«, sagte sie, kratzte an ihrer Nummer und flehte: »Dass nur Chesinka nichts passiert.«

Von da an besuchte uns niemand mehr.

Mutter hatte Albträume, ich würde auf der Straße überfahren, jemand würde mich zur Strafe mit Tuberkulosebazillen anstecken oder der Hund der Nachbarn würde mich in den Hals beißen, sodass ich verbluten und auf der Stelle sterben würde.

Nach der Schule kam ich nach Hause und ging nicht mehr hinaus, um mit Freunden zu spielen. Mutter saß neben der Tür und schwieg. Wenn ich sie fragte, auf wen sie warte, sagte sie, sie warte auf Ischo, auf Ceska, auf Ethel und andere Menschen, die ich nicht kannte. Meinen Vater erschreckte ihre Antwort.

Wolf Katzenellbogen entschied, dass wir wegen des Zustands meiner Mutter umziehen müssten. Er fand zwei Wohnungen in der Dizengoffstraße, Ecke Bar-Kochba-Straße, und sagte, dort, in dem Neubau im Norden von Tel Aviv, hätten wir das ganze Stockwerk für uns.

Wir verließen das Viertel zusammen mit Wolf Katzenellbogen. Er organisierte uns eine riesige Hypothek und den Transporter von Judel, dem Kutscher, seinem Freund. Auf dem Weg zur neuen Wohnung saß Vater wie ein feiner Herr mit Wolf Katzenellbogen und Judel in der Kabine. Manitschka Katzenellbogen fuhr wie eine Lady in einem Taxi, wegen ihrer Krankheit – Rita, ihre Tochter, lebte bereits im Kibbuz –, und nur Mutter und ich saßen hinten auf dem Wagen, zusammengequetscht wie die Möbelstücke und die Kisten mit Geschirr und Kleidung. Ich fiel in einen

Haufen Bettwäsche und musste niesen von dem Staub, der aus den Decken kam, und dem Geruch nach Mottenkugeln. Mutter saß auf der Kiste mit den Töpfen, die so laut klapperten wie Trommeln, und weinte auf dem ganzen Weg.

In den Ferien, bevor ich in die siebte Klasse kam, wohnten wir schon in der neuen Wohnung, Wohnung Nummer acht, im vierten Stock, ohne Aufzug. Gegenüber, in der Wohnung Nummer neun, wohnte Wolf Katzenellbogen mit seiner Manitschka, die ihre Tage im Bett verbrachte und die neue Wohnung kein einziges Mal verließ. Mein Vater machte Überstunden, um die Hypothek für die Wohnung abzuzahlen, und kam erst spätabends nach Hause.

Ich hatte weder Freunde noch einen Garten zum Spielen, es gab am Ende der Straße nur einen Platz, auf den Bänken dort saßen die alten Leute von Tel Aviv, und auf dem kleinen Rasenstück spielten ihre Hunde und ihre Katzen. Stundenlang saß ich neben diesen Alten auf einer Bank vor der Haltestelle und wartete auf den Bus Nr. 5, der alle zwanzig Minuten kam und Leute aus- und einsteigen ließ, die ich nicht kannte.

Und Mutter stand zu Hause am Küchenfenster und betrachtete die Kunden, die den Laden des Optikers Ostrowski betraten oder das Wäschegeschäft von Mirjam – Unterhosen, Büstenhalter und Unterröcke.

Nach dem Umzug beklagte sich Mutter, dass die Leute in der Dizengoffstraße keine »von unseren« seien, dass sie kein Jiddisch könnten und sie die Verkäuferin im Lebensmittelladen nicht verstehe, dass der Gemüsehändler von Simon-Gemüse zu schnell rede und Schmuel, der jemenitische Angestellte in der Krankenkassenambulanz, ein ganz anderes Hebräisch spreche. Ab da musste ich mit ihr alle Einkäufe und sonstigen Besorgungen erledigen.

»Entschuldigung, wie bitte? Was haben Sie gesagt?«, fragte meine Mutter überall. Wenn ich sie begleitete, hoffte ich immer, dass mich niemand sehen würde. Ich hatte Angst, jemand könne merken, dass ich meine Zeit nur mit meiner Mutter verbrachte und dass ich Jiddisch sprach.

Manchmal wollte Mutter sich in einem Café ausruhen, das von den reichen Frauen der Ben-Jehuda-Straße besucht wurde. Dort bestellte sie für sich Kaffee und für mich heiße Milch und ein Stück Mohnkuchen mit Schokoladencreme. Meine Mutter betrachtete den Schmuck, die Taschen und die Kleider der anderen Frauen, und ich schwieg. Ich spürte, dass sie die Gespräche auf Polnisch belauschen wollte.

Ich erinnere mich, dass sie einmal, als wir in diesem Café saßen, plötzlich sagte: »Chesinka, irgendwann werden auch wir reich sein, und dann kaufe ich dir in den Geschäften auf der Dizengoffstraße die schönsten Anziehsachen.«

»Und für dich auch«, sagte ich.

Sie antwortete: »Oj, mein Kind, alles für dich, nur für dich.«

Eines Tages, beim Nachhausekommen, hörte ich sie weinen. »Vielleicht geben wir den Deutschen die Wiedergutmachung zurück und ziehen wieder in unser Viertel?«, schlug sie Vater vor. »Ihr Geld macht mich krank. Alles wird für Ärzte und Medikamente draufgehen, und für Chesinka wird uns kein Grusch bleiben.« Ihre Stimme brach. Vater gab keine Antwort.

Noch am selben Abend saß Mutter in der Küche und kritzelte mit einem Bleistift Rechnungen vom Lebensmittelladen voll. Beim Kratzen des Bleistifts bekam ich eine Gänsehaut. Ich konnte nicht einschlafen. Als ich Vater schnarchen hörte, stand ich auf.

Ich ging in die Küche und sah, dass Mutter Häuser zeichnete und dass ihre Augen nass waren von Tränen. »Das ist das Haus der Familie Minz«, erklärte sie mir. »Minz war mein Mädchenname. Das ist die Synagoge von Rabbiner Friedman, und hier gegenüber der Synagoge ist das Haus von den Katzenellbogens. Und schräg gegenüber die Metzgerei von Serach Glick und die Schuhmacherei von Großvater und das Kurzwarengeschäft von Lolek. Weißt du, in unserem Viertel, aus dem wir weggezogen sind, waren alle von den Unsrigen, so wie es damals in Ustrzyki war.« Für einen Moment erschien ein Lächeln auf ihren Lippen. »In Ustrzyki«, sagte sie, »lag dort, wo die Häuser aufhörten, der Friedhof. Dort ruhen unsere Toten.« Und dann begann sie, Gräber zu zeichnen, viele, viele Gräber, und auf jeden Grabstein schrieb sie den Namen des Verstorbenen.

Von Tag zu Tag sprach meine Mutter weniger mit meinem Vater und zeichnete immer mehr. Am Schluss beantwortete sie auch meine Fragen nicht mehr.

»Sie ist wegen der Wiedergutmachung mit uns allen böse«, beklagte sich Vater bei Wolf Katzenellbogen.

Wolf Katzenellbogen rief die berühmte Frau Dr. Schefer, die Mutters Ohren untersuchte und feststellte, es handle sich nicht um Bösesein, sondern sie höre immer schlechter und sei fast taub.

Ich erinnere mich, dass Vater und ich dicht vor Mutter standen und langsam und laut mit ihr sprachen, wir bewegten auch deutlich die Lippen, aber sie antwortete nicht. Dr. Schefer schlug vor, wir sollten alles aufschreiben. Vater kaufte einen Block und schrieb Fragen darauf. Wir stellten Fragen, und Mutter zeichnete Menschen, Häuser und Grabsteine. Ihre kleinen Zettel waren überall im Haus verstreut.

»Warum antwortest du mir nicht?«, schrie Vater eines Abends. »Warum sprichst du nicht?« Er sammelte alle ihre Zettelchen von den Kommoden, aus den Schubladen und Schränken zusammen, zerknüllte sie mit der Hand und warf sie in den Mülleimer. Mutter holte sie wieder heraus, eins nach dem anderen, und strich sie mit den Fingern glatt, und am Schluss legte sie alle in eine Schublade. Vater und ich schauten ihr zu und schwiegen.

3

Viele Jahre lang dachte ich, für mich wäre es am besten, ein Mädchen aus dem Viertel zu heiraten, denn sie würde sich daran erinnern, dass ich mal König war, sie würde meine Mutter noch als gesunde Frau kennen und meinen Vater aus der Zeit, als er noch gekleidet wie ein Rechtsanwalt zu seiner Arbeit bei der Post ging. Mit einer solchen Liebe würden nur fröhliche Erinnerungen zu mir zurückkehren. Und jetzt geht mein Wunsch in Erfüllung.

»Weil deine Mutter taub ist und weil sie kein Hebräisch versteht«, sagte meine Lehrerin in der Bar-Kochba-Schule einmal vor der ganzen Klasse zu mir, »möchte ich, dass dein Vater zum Elternabend kommt.« Ich wurde rot. Die anderen Kinder lachten.

In der Pause spielte keiner mit mir. Ich spielte ganz allein Fußball. Ich trat mit aller Kraft gegen den Ball. Er landete im Wohnzimmer der Leute, die gegenüber der Schule wohnten. Sie rannten herbei, zerrten mich zum Direktor und verlangten, ich müsse ihnen den Schaden bezahlen. Der Direktor sagte, man müsse mich von der Schule verweisen. »Verbrecher!«, schrien sie mir zum Abschied nach.

In der neuen Schule sangen alle Kinder meiner Klasse im Chor: »Deine Mutter ist taub!« Ich bewarf sie mit Steinen. Mein Vater wurde in die Schule bestellt. Nach dem Gespräch mit meiner Lehrerin war er weiß wie Kalk. Als wir nach Hause kamen, schlug er mich mit dem Gürtel.

»Schlechtere Leistungen – einmal. Lehrer stören – zweimal. Einen Ball in Wohnungen kicken – dreimal. Mit Steinen nach anderen Kindern werfen – viermal. Und damit du ein Mensch wirst – fünfmal.«

Ich schwieg. Ich presste die Lippen zusammen und biss mir auf die Zunge, ich war störrisch und gab keinen Ton von mir. Als ihm keine Vorwürfe mehr blieben, band er sich den Gürtel wieder um, und mich schloss er in mein Zimmer ein. Bevor er hinausging, schrie ich ihn an: »Ich wäre froh, wenn Hitler dich umgebracht hätte!«

Er antwortete: »Ja, ich wäre auch froh.«

Er knallte die Tür zu, und ich plante, durch das Fenster zu fliehen, ich packte sogar Kleidungsstücke in meinen Schulranzen. Aber dann fiel mir ein, dass wir im vierten Stock wohnten, nicht in einem kleinen Haus mit Garten. Einen Moment lang überlegte ich, trotzdem aus dem Fenster zu springen und zu sterben, doch dann änderte ich meinen Entschluss. Ich rollte mich im Bett zusammen. In meinem Herzen verfluchte ich meinen Vater und betete, er möge es hören. Im Haus war es still. Ich hörte nur das nervöse Bleistiftkratzen meiner Mutter. Ich wusste, dass sie zeichnete, um sich zu beruhigen.

Am Abend, als Wolf Katzenellbogen kam, sprach meine Mutter plötzlich wieder. Aber nur mit ihm.

»Alles wird gut«, versprach er ihr.

»Steh auf, du hast jetzt Französischunterricht«, verkündete mir Wolf Katzenellbogen, als er mein Zimmer betrat.

Und er flüsterte mir ins Ohr, damit mein Vater es nicht hörte: »Damit ist deine Strafe vorbei.«

Ich zog mir die Decke übers Gesicht, damit er meine Tränen nicht sah.

»Wenn du Französisch kannst, schenke ich dir ein Flugticket nach Paris«, versprach er mir.

Ich blinzelte ihn durch die Falten der Decke hindurch an. Ich bat ihn, mein Vater zu sein, bis zu meiner Reise nach Paris. Ich weiß noch, dass er sagte: »Keinem gelingt es wirklich gut mit seinem eigenen Kind.«

»Was heißt Idiot auf Französisch?«, fragte ich mit erstickter Stimme, und Wolf Katzenellbogen lachte.

Ich wischte mir mit dem Ärmel die Tränen ab und setzte mich mit brennendem Hinterteil an den Schreibtisch.

»Warum hat Mutter ihn geheiratet?«, fragte ich.

»*Amour*«, antwortete Wolf Katzenellbogen und fügte hinzu: »*Famille. Futur. Destin.*«

»Also, warum haben sie geheiratet?«, beharrte ich.

»*Espoir*«, sagte er und lehrte mich noch ein Wort. »Das heißt Hoffnung.«

»Wie seid ihr miteinander verwandt, du und Mutter?«, wollte ich wissen.

»Für dich bin ich wie ein Onkel«, sagte er. »*Oncle*. Und Tante heißt *tante*.« So vergrößerte er meinen Wortschatz.

»Und was ist deine Résistance?«

Wolf Katzenellbogen spannte sich. »Die Résistance ist eine Untergrundbewegung der Franzosen, die gegen die Deutschen gekämpft haben«, sagte er und erklärte mir, dass die israelische Armee nur deshalb erfolgreich sei, weil sie von Frankreich Militärflugzeuge bekommen habe, die Mirage hießen. »Es ist Frankreich zu verdanken, dass das israelische Volk lebt.«

»Aber was hast du in der Résistance gemacht?«, fragte ich.

»De Gaulle hat eine große Nase«, antwortete er. Ich verstand, dass es sich um ein Geheimnis handelte, das man nicht verraten durfte, dass das alles war, was Wolf Katzenellbogen mir verraten durfte.

»Wer schickt uns Mirages?«, fragte mich Wolf Katzenellbogen und brachte mir bei zu antworten: *»Le peuple français.«*

»Was isst man in Frankreich?«

»Baguette, Camembert und *saucissons secs*«, sagte ich und achtete auf die Aussprache.

»Was trinken die Franzosen?«

»Café crème und Beaujolais.«

Am Ende der Unterrichtsstunde hob er sein Glas und trank auf Frankreich: *»Vive la France!«* Dann sang er mir Chansons von Brassens, Brel und Piaf vor.

»Chesi, wo sind unsere Grabsteine?«, unterbrach Monique meine Gedanken.

»Bei Amalia«, antwortete ich.

»Merde«, fluchte sie. »Dann kannst du mir vielleicht sagen, wohin deine Amalia verschwunden ist? Wo ist sie?«

»Sie ist in ihrem Zimmer und schläft«, sagte ich.

»Nein, dort ist sie nicht.« Monique wurde lauter. »Die Steine sind bei ihr, und ich muss sie für diese Ursula fotografieren.« Sie war wütend.

Ich lächelte. Amalia verschwand immer wieder für Stunden und lief in den Straßen herum.

»Ich habe die Nase voll von euch allen«, sagte Monique, wütend über meine Reaktion, und verschwand.

Ich blieb mit dem Kaffee, dem Frühstück und meinen Gedanken zurück. Ich schaute aus dem Fenster hinaus auf die Straße. Polen liefen vorbei, in Mäntel gehüllt und mit Schirmen in den Händen.

Fast zwei Wochen waren seit unserem ersten Abend in Krakau vergangen, seit jener kalten Nacht, in der Amalia und ich durch die Straßen der Stadt gelaufen waren und ich für sie »Tumbalalaika« gesungen hatte, wie ihre Mutter es immer für meine Mutter getan hatte: *»Mejdl, mejdl, 'ch wel baj dir fregn, wos ken waksn, waksn on rejgn?«* »Mädchen, Mädchen, ich will dich fragen, was kann wachsen, wachsen ohne Regen?« Und den Refrain sangen wir zusammen: *»Tumbalalaika, schpil balalaika!«*

Schon an diesem ersten Abend erzählte ich ihr, dass ich hier an jedem dunklen Fenster eine Chanukkia brennen und an jedem Türpfosten eine Mesusa hängen sah und in den leeren Straßen fromme Männer, die zum Gebet in die Synagogen laufen. Ich war so froh, dass ich endlich jemandem erzählen konnte, was ich hier empfand.

Amalia hörte mir zu und sagte kein Wort.

»Vierhundert Jahre lang haben hier unsere Familien gelebt. Diesen Geruch haben sie gerochen, diese Luft haben sie geatmet, diese Bäume, diese Straßen und diesen Himmel haben sie gesehen.« Es tat mir leid, dass Amalia lachte.

»Still, still, mein Kind, schweig still, hier wachsen Gräber«, verspottete sie mich. Sie verstand noch nicht die

Größe dieses Ereignisses und erfasste auch nicht die Macht unseres Zusammentreffens.

Ich dachte an meine Mutter, die in der Küche saß und auf ihre Zettelchen das Leben zeichnete, das sie hier, auf dieser Erde, geführt hatte, und ich wusste, dass Amalia es noch verstehen würde.

Gestern Nacht hat sich der Kreis geschlossen. Gestern, als wir nebeneinander durch den Wald von Ustrzyki gingen, richtete ich die Taschenlampe auf den Sandweg und entdeckte die Grabsteine, die wir gesucht hatten. Ich versuchte, einen der Steine aus dem Boden zu ziehen, und wäre fast im Morast versunken. Aber Amalia war da. Sie streckte mir die Hand hin und zog mich zu sich. Wir umklammerten uns. Zerbrochene Grabsteine tauchten vor unseren Augen auf wie im Märchen. Auf jedem Stein waren Reste hebräischer Inschriften. »Hier ruht die bescheidene Frau …«, »Jehuda, Sohn von Rabbi …«, »Seine Seele möge am ewigen Leben teilhaben«, »Unser Vater …« Ich streichelte jeden Buchstaben, der erhalten war, und sagte das Kaddisch. Ich schaute zu Amalia. Sie ging von Stein zu Stein und sammelte die Bruchstücke in meine Tasche, als wären sie gewichtslos, als würden sie und die Steine in dieser Nacht nicht der Schwerkraft unterliegen. Plötzlich verstand ich, dass ich nicht zögern durfte. Dass Amalia für mich bestimmt war.

4

»Frau Sonnenschajn hat ihr Gehör verloren«, stellte Dr. Schefer fest, als sie die Ergebnisse der Laboruntersuchungen betrachtete. »Vielleicht wird sie mit einem Hörgerät noch etwas verstehen können.«

Aber Mutter warf das Hörgerät, das Vater für sie kaufte, in den Mülleimer. Fast ständig zeichnete sie und schwieg, und Vater verbrachte immer mehr Zeit mit Wolf Katzenellbogen.

Dann starb Frau Katzenellbogen. Wolf Katzenellbogen fand sie eines Morgens still und blau im Bett. Mutter sagte, sie sei fast so gestorben, wie sie es sich gewünscht hatte, nicht wirklich schnell, aber still und ohne Schmerzen.

Das geschah kurz vor dem Sechstagekrieg. Niemand hatte wirklich Zeit, um um Frau Wolf Katzenellbogen zu trauern, wir saßen noch nicht mal Schiwa. Alle warteten darauf, dass der Krieg ausbrechen würde. Mutter nahm mich mit, um in allen Läden in der Gegend Lebensmittel auf Vorrat zu kaufen. Vater stand viele Stunden zusätzlich in der Post, um alle Einberufungsbescheide zu verschicken. Wolf Katzenellbogen meldete sich freiwillig zum Luftschutz.

In der Nacht, bevor der Krieg ausbrach, zog Wolf Katzenellbogen in unser Gästezimmer. Wenn die Sirenen heulten, zitterten meiner Mutter die Beine. Sie konnte die vier Treppen nicht hinuntergehen, sie blieb in der Küche, zeichnete mit dem Bleistift ihre Zettel voll und schluckte Beruhigungstabletten. Mein Vater saß mit seinen Zigaretten im Wohnzimmer.

»Geh mit Wolf«, drängte Vater, wenn die Sirenen anfingen. »Geh mit ihm.«

Wir rannten hinunter und versteckten uns hinter Sandsäcken vor dem Gebäude. Wir waren allein. Die anderen Hausbewohner hatten sicherere Verstecke.

Wolf Katzenellbogen machte mir Angst. »Du weißt bestimmt, dass die Araber und die Deutschen uns vernichten wollen«, sagte er, als wir hinter den Sandsäcken kauerten. »Die einen wollen uns ins Meer treiben, die anderen in die Gaskammern. Aber wir werden gewinnen. Und außerdem bekämpfen wir sie mit französischen Waffen«, fügte er hinzu, um mir und sich selbst Mut zu machen.

Er versprach, auf mich aufzupassen. Ich dachte daran, dass er ein großer Held der Résistance war, und zwang mich zur Ruhe.

Als wir die Entwarnung hörten, stiegen wir die vier Stockwerke hinauf, dabei ließ Wolf Katzenellbogen das runde Licht seiner Taschenlampe über die Stufen tanzen und hörte nicht auf zu sprechen. »Wir müssen siegen«, sagte er. »*Merde*«, seine Stimme zitterte, »nie wieder. Nie wieder. Wir haben Mirages und Centurions, sie werden uns nicht mehr umbringen können. Sie werden unsere Kinder nicht mehr ermorden, sie werden unsere Eltern nicht mehr verschleppen, wir lassen nicht zu, dass es noch mal passiert.«

Ich verstand, dass er Angst hatte. Er nahm die Stufen langsam, und ich rannte, so schnell ich konnte. Ich hüpfte über die Stufen wie das Licht der Taschenlampe und lief ihm davon. Noch im vierten Stock hörte ich ihn sprechen. »Wir werden kämpfen, wir werden siegen, sie werden Esterke nicht ins Gas bringen, sie werden Tonischkas Kopf nicht mit einem Stein zerschmettern.«

So lief es nach jeder Entwarnung ab, vom Erdgeschoss bis zum vierten Stock. Nur noch drei Stockwerke, sagte ich mir, und zählte die Stufen – vierunddreißig, dreiunddreißig, zweiunddreißig … nur noch ein Stockwerk, ermutigte ich mich, nur noch neun Stufen, nur noch acht, sieben, sechs …

Ich rannte, so schnell ich konnte, um möglichst wenig von dem zu hören, was er sagte.

In der Wohnung fuhr meine Mutter fort zu zeichnen, Vater rauchte, Wolf Katzenellbogen trank ein paar Gläser Wein und schlief auf dem Sofa im Gästezimmer. Ich erzählte niemandem, was Wolf Katzenellbogen im Treppenhaus vor sich hin gesprochen hatte.

Nach dem Krieg, die dreißig Trauertage für Frau Wolf Katzenellbogen waren kaum vorbei, heiratete Rita, seine Tochter.

Wir fuhren in den Kibbuz. Als wir ankamen, wartete ein mit Blumen geschmückter Traktor, der uns zur Zeremonie brachte. Unterwegs trafen wir auch die vier Bräute und Bräutigame, die in einer Baggerschaufel saßen. Wolf Katzenellbogen erklärte uns, ein Kibbuz sei eine kommunistische Kommune, in der alle immer alles gemeinsam machten – sogar die Hochzeit mache man mit ein paar anderen zusammen.

Wir näherten uns dem Bagger mit den Brautpaaren. Um

sie herum bildeten die Leute vom Kibbuz einen großen Kreis. Alle trugen Arbeitskleidung, manche hatten sogar schwarze Gummistiefel an.

Mutter erschrak vor den Kibbuzniks. Sie brachten ihr Wasser, damit sie nicht ohnmächtig wurde.

»Was ist hier mit den Juden passiert?«, fragte sie mich auf Jiddisch. Ich wusste nicht, was ich ihr antworten sollte, ich wollte, dass sie schwieg, ich wollte, dass sie mich in aller Ruhe mit den Kibbuzniks gehen ließ, die den Bagger begleiteten und im Chor Lieder sangen, ich wollte mit ihnen singen: »Wer hat ein solches Mädchen, ein so wunder-wunderbares Mädchen …« Aber Mutter umklammerte meine Hand, und ich war gezwungen, mit ihr Richtung Speisesaal zu gehen.

Bei der Zeremonie stand ich neben Wolf Katzenellbogen. Er hielt sich an den Vater des Bräutigams, hörte nicht auf, ihm von der Résistance zu erzählen, und davon, dass wir den Krieg nur wegen der Mirages der Franzosen gewonnen hätten. Auch während die Brautleute unter dem Hochzeitsbaldachin standen, sprach Wolf Katzenellbogen weiter, nur ein bisschen leiser.

Am Schluss liefen die Bräute und Bräutigame zu ihren Eltern und küssten sie. Wolf Katzenellbogens Tochter kam zu ihm, aber statt ihn zu küssen, schrie sie ihn an, er solle endlich von seiner Résistance aufhören. »Hör auf, mir Schande zu machen«, fuhr sie ihn an. Seine Nasenflügel weiteten sich vor Zorn. Er schnappte nach Luft und sagte kein Wort.

Danach stellte Rita ihn den Eltern ihres Bräutigams vor. Erst da verstand ich, dass Wolf Katzenellbogen den ganzen

Abend mit dem Vater eines anderen Bräutigams gesprochen hatte, und musste laut lachen.

»Wir haben auf den Festen der Kommunisten nichts verloren«, entschied Wolf Katzenellbogen. Obwohl das Tanzen erst angefangen hatte und ich tanzen wollte, verkündete er, wir würden jetzt nach Hause fahren.

Im Autobus, auf der Rückfahrt, saßen Mutter und ich nebeneinander, und Vater und Wolf Katzenellbogen saßen hinter uns. Wolf Katzenellbogen schob den Kopf zwischen meine Mutter und mich und begann mit einer Rede. »Du wirst nach Paris fahren«, »du wirst ein Weltmann werden«, »du wirst kein Kommunist werden«.

»Soll er doch sein Püppchen nach Paris schicken«, zischte Mutter. Vater, der fast eingeschlafen war, riss die Augen auf und starrte sie überrascht an, aber ich hatte immer gewusst, dass Mutter alles hörte, was mit mir zu tun hatte.

Der Kellner fragte, ob ich noch etwas wolle, und entschuldigte sich, dass er nun den Raum für das Mittagessen herrichten müsse. Ich bat um einen Toast und eine Tasse Kaffee. Ich wollte nicht gehen. Ich hatte Angst, meine Erinnerungen könnten dann verschwinden.

Ich fasste alles zusammen, was mir je passiert war und was mir von heute an passieren würde. Ich lachte laut bei der Vorstellung, dass Amalia und ich in einem Kibbuz heiraten, dass wir auf einem mit Blumen geschmückten Bagger fahren würden und im Hintergrund das Lied zu hören sein würde, das uns zusammengebracht hatte: »Still, still, mein Kind, schweig still, hier wachsen Gräber …«

Bei meiner Einberufung zur Armee bat ich darum, zur Fallschirmtruppe zu kommen. »Du hast eine taube Mutter, und außerdem bist du ein einziger Sohn«, sagte die zuständige Offizierin, nachdem sie die Unterlagen gelesen hatte, die mein Vater ohne mein Wissen an sie geschickt hatte. »Du wirst in der Nähe deines Wohnortes dienen.« Ich war entsetzt. »Aber du kannst Französisch«, fügte sie hinzu und schickte mich zum Nachrichtendienst.

»Officier de renseignement«, sagte Wolf Katzenellbogen zu meinem Vater und meiner Mutter. Mit einem einzigen Satz machte er ihnen eine Freude und mich zum Offizier. Ich kam jeden Tag von der Basis und schlief zu Hause. Ich wartete nur auf den Tag, an dem ich wieder entlassen würde. Doch da brach erneut ein Krieg aus.

Beim Jom-Kippur-Krieg kam ich aus dem Gefechtsbunker nicht heraus. In diesem Krieg wollte Mutter aus dem Land fliehen. Jeden Tag erfuhr sie, dass wieder jemand ums Leben gekommen war.

»Dovele von Dorka aus dem Viertel ist umgekommen, Mischka von Rochele ist vermisst, und Jossi Ostrowski, der Sohn vom Optiker aus der Dizengoffstraße, ist gefallen.«

Und sie flehte Wolf Katzenellbogen an: »Jurek, rette Chesinka. Hier hören die Kriege nicht auf. Ich wollte immer nach Amerika. Nur wegen seines Zionismus sind wir hier.« Sie deutete anklagend auf Vater. »Ich will nicht, dass Chesi hier bleibt.«

Wegen des Kriegs dauerte mein Wehrdienst länger, aber an dem Tag, als ich entlassen wurde, wartete schon ein Flugticket nach Paris auf mich.

»Bei Pierre und Adèle Dubon«, versprach Wolf Katzenellbogen, »wirst du König sein.«

»Bei wem?«, fragte ich überrascht.

»Sie sind Freunde von mir aus der Résistance«, sagte er stolz und fügte flüsternd hinzu, als handle es sich um eine Information, deren Zeit noch nicht gekommen war: »Sag ihnen, dass Wolf dich schickt.«

Er riss ein Blatt von Mutters Block und schrieb darauf: »Pierre und Adèle Dubon, dritter und letzter Stock, Rue St. Jacques 32, bei der Kirche St. Séverin, im Quartier Latin (Eingang hinter dem Haus).«

Am Flughafen war Vater wie versteinert, er schaffte es noch nicht einmal, mich zu umarmen. Mutter umarmte mich mit aller Kraft, und in dem Blick, den sie Wolf Katzenellbogen zuwarf, lag Dankbarkeit.

5

»Hier gibt es keinen Pierre, keine Adèle und kein Dubon«, sagte eine französische Schickse, die mir die Tür aufmachte. Ich stotterte auf Französisch eine ganze Reihe von Entschuldigungen und sagte auch ein paar Worte über Wolf Katzenellbogen und die Résistance.

»Ich heiße Solange«, stellte sich die attraktive Frau vor, die in der Tür stand, und lud mich sogar ein einzutreten. »Ich wohne seit zwei Jahren hier, vielleicht war derjenige, der vorher hier gewohnt hat, bei der Résistance.« Sie lachte. »*Alors*, wir waren alle bei der Résistance, alle Franzosen.«

Ich erzählte ihr, dass ich für ein paar Monate nach Paris gekommen sei.

»Du kannst das Dachzimmer mieten«, schlug sie vor. »Ich hatte mir sowieso vorgenommen, dieses Zimmer zu vermieten, das ist ein hübscher Zuschlag zu meinem Einkommen.«

Und schon befand ich mich im Dachzimmer im Quartier Latin mit Solange, einer Bodenstewardess, geschieden, ohne Kinder, die vier Jahre älter war als ich. Sie hatte Mandelaugen, braune Haare im Pagenschnitt mit Pony und ein süßes Lächeln. Nach einer Woche saßen wir schon eng umschlungen im Café Bonaparte mit Espresso und einem Buttercroissant, speisten in feinen Restaurants, und nachts, unter ihrer Daunendecke, lernte ich alles über die Liebe. Ich schritt durch die Stadt von Wolf Katzenellbogen, vollgepumpt mit Adrenalin, ich sprach Französisch mit ihr und mit mir selbst, und alle Chansons, die mir Wolf Katzenellbogen beigebracht hatte, sang ich für sie in den Straßen.

Ich erkannte mich selbst nicht wieder, als ich meine Haare auf ihren Rat hin wachsen ließ, in dem Anzug von Yves Saint Laurent, den wir gemeinsam gekauft hatten, und mit dem Duft des Aftershaves von Guerlain, einem Geschenk von ihr.

Es geht nichts über Wolf Katzenellbogen, es geht nichts über Paris, es geht nichts über Solange, dachte ich glücklich.

Paris. Ich fasste endgültig den Entschluss, dass Amalia und ich in Paris heiraten würden. Sie wird ihr Hochzeitskleid in der Rue du Faubourg St. Honoré kaufen, wir werden die Gäste zum Essen ins L'Ambroisie einladen und den Abend in Willy's Wine Bar beschließen, und unsere Hochzeitsnacht werden wir im Hotel Ritz verbringen. Ich werde Wolf Katzenellbogen ein Flugticket zur Hochzeit schicken, damit er noch einmal die Stadt sieht, die er so liebte.

»Ich verstehe nicht, was das für ein Film sein soll«, hörte ich Monique maulen. Sie saß mit Wojtek am Nachbartisch. »Ohne Drehbuch, ohne Regisseur, ohne Bühnenbildner«, flüsterte sie ihm zu, »Victor würde es verrückt machen, wie ich arbeite. Und außerdem macht mich dieses Polen depressiv, es war eine Dummheit von mir, überhaupt herzukommen.« Wojteks mitleidiger Blick und Moniques Tränen passten mir nicht, ich verließ den Speisesaal, um Amalia zu suchen.

Am Ersten jedes Monats schickte mir Wolf Katzenellbogen einen Umschlag mit fünfhundert Francs und einem Brief.

»Du musst das Marais besuchen, und geh in den wunderbaren Buchladen von Speiser.« »Mach einen Spaziergang im Jardin du Luxembourg, einen schöneren Park gibt es nicht.« »Steig auf den Eiffelturm, um die Schönheit von Paris zu sehen.« Ja, in jedem Brief ein guter Rat, auf Französisch.

Auch meine Mutter schrieb mir Briefe. Einmal in der Woche schickte sie mir eine ihrer Zeichnungen. Sie malte ihren Vater und ihre Mutter, ihren Großvater und ihre Großmutter und ihre Schwester, alle saßen um den reich gedeckten Schabbattisch. »Ich habe den Mohnkuchen mit Schokoladencreme von meiner Mutter sehr geliebt, aber leider habe ich das Rezept nicht«, schrieb sie darunter.

»Die Familie Katzenellbogen«, schrieb sie und zeichnete alle Katzenellbogens. »Ischo am Klavier, Schlomo (der Vater), Bella (die Mutter), Esterke (schwanger) und Jossel Gold (ihr Mann) stehen hinter den Eltern. Jurek Katzenellbogen fehlt (er ist nach Paris gefuhren, um Sprachen zu studieren, er wollte Philolog werden). Sie waren unsere besten Nachbarn, und Ischo war der schönste junge Mann in Ustrzyki.«

Immer hatte ich über ihre Schreibfehler gelacht. »Auf Jiddisch mache ich keine Fehler«, hatte sie dann beleidigt gesagt und sich geweigert, die Fehler zu korrigieren.

Ich betrat Amalias Zimmer. Ihre Kleider, ihre Tasche und ihre Unordnung, alles war wie vorher. Sogar auf ihrer Zahnbürste waren noch Reste von Zahnpasta. Alles war an seinem Platz, alles war wie am Tag davor. Ich schrieb auf einen Zettel: »Malinka, ich warte auf dich, in Liebe.«

Vier Mädchen zeichnete meine Mutter. »Meine besten Freundinnen«, schrieb sie darunter und zeichnete sie in langen Röcken, dicken Pullovern und mit einem scheuen Lächeln. »Ethel Hertschik (das ist die Kleinste) ist ins Gas geschickt worden. Mirale Friedländer (die Lange mit dem Zopf) starb in Birkenau an Typhus. Ina Weber (das schönste Mädchen auf dem Bild) starb auf dem Todesmarsch am Ende des Kriegs (traurig). Genia Lipski (das Mädchen mit den Locken) wird vielleicht noch zurückkommen, niemand hat sie seit Beginn des Kriegs gesehen.«

»*O, mon dieu!*« Solange umarmte mich, als ich ihr erklärte, was in dem Brief stand.

Ich blieb in Amalias Zimmer und dachte, dass sie nach der Hochzeit bestimmt darauf bestehen würde, in Israel zu leben. Immer schaue ich in die Zukunft. Ich wusste, dass ich meine Gründe vernünftig formulieren musste, dass ich Malinka überzeugen musste, dass wir hierhergehören, dass wir einen Auftrag haben, dass wir diesem Ort verpflichtet sind, von dem man unsere Eltern weggejagt hat.

Nach vier Monaten hörten meine Pariser Ferien auf, und das Studium begann. In meinem Kurs waren zwanzig Studenten aus aller Welt, aber ich sah nur eine, ich sah nur Ursula. Ich wusste auf den ersten Blick, dass sie Deutsche war. Die einzige Deutsche in der Klasse und die erste, die ich in meinem Leben sah. Ein Bilderbuchmodell des Führers: groß, breitknochig, aber nicht dick, sonnenblonde

Haare, meerblaue Augen, eine Stupsnase. Am liebsten hätte ich »Heil« gesagt, als sie an mir vorbeiging. Bestimmt war es ihr Vater, der den Kopf der kleinen Tonischka mit einem Stein zerschlagen hat. Ich konnte die Augen nicht von ihr lassen. Mein Blick klebte an ihr. Sie bemerkte es und setzte sich an den Rand des Klassenzimmers. Bis zum Ende des Kurses betrachtete ich sie, ohne ein Wort zu sagen. Ich wollte sie gedemütigt sehen, ich wollte sehen, wie sie sich wand und um Verzeihung bat.

»Nazi«, schrieb meine Mutter und zeichnete einen Mann in einer SS-Uniform, der Kinder, Männer und Frauen in die brennende Synagoge trieb. »Sie sind gestorben«, fügte sie hinzu.

»Diese Schweine«, sagte Solange, als sie das Bild meiner Mutter betrachtete. »Mein Vater hat die Nazis gehasst. Er hat es ihnen nie vergessen und vergeben, immer hat er mich daran erinnert, wie sie über die Champs-Élysées marschiert sind. Er hat sie bis zu seinem letzten Tag gehasst.« Sie erzählte mir von ihm und bedauerte, dass ich ihn nicht kennengelernt hatte.

Besorgt verließ ich Amalias Zimmer. Wie kann ich ihr klarmachen, dass sie hierbleiben muss, dass wir Hitler den Sieg nicht überlassen dürfen? Sie muss verstehen, dass der Staat Israel kein wirklicher Sieg über die Nazis ist, der Staat Israel gibt uns nicht zurück, was wir verloren haben. Nach dem Krieg blieben die Franzosen in Frankreich, die Holländer in Holland, die Rumänen in Rumänien, nur die Juden blieben nicht hier, genau wie Hitler es gewollt hatte. Ich wusste, dass dies das entscheidende Argument war. Ich würde aus Amalia das herauslocken, was sie in Israel nicht ausdrücken konnte, und spürte, dass wir es gemeinsam schaffen würden.

»Der beste Teilnehmer: Monsieur Sonnenschajn aus Israel«, verkündete der Lehrer am Ende des Kurses und forderte mich auf, vorzutreten und die Auszeichnung in Empfang zu nehmen: ein Stipendium zum Studium an der Sorbonne.

Alle Studenten des Kurses klatschten. So sind die Juden, dachte ich, als ich an Ursula vorbeiging und ihr mit meiner Auszeichnung zuwinkte.

»Mutter, ich war der Beste des Kurses, ich habe ein Stipendium für die Sorbonne bekommen«, schrieb ich und machte sie glücklich damit.

Ich schickte eine Postkarte: »Ich bleibe noch ein bisschen hier, aber bald komme ich zu Besuch.«

Damals kostete ein Telefongespräch ein Vermögen, und ein Flug war ein außergewöhnliches Ereignis.

Ich ging wieder in mein Zimmer. Dort erwartete mich Ursula. »Amalia ist verschwunden«, sagte sie. Sie dachte, das würde mich überraschen.

»Hast du das von Monique erfahren?«, fragte ich gereizt.

Ursula schwieg, dann sagte sie: »Gut, dann gehe ich jetzt los, um mich mit den Perlmutters zu treffen.« Mit diesen Worten war sie verschwunden.

Professor Henri Lucien, ein vornehmer Franzose in einem dreiteiligen Anzug und mit einer brennenden Pfeife im

Mund, stand aufrecht am Pult. Der Hörsaal an der Sorbonne war voll.

»Im Juni 1940 fiel Frankreich in die Hände der Deutschen«, so begann er seine erste Vorlesung. »Die Kapitulation von Marschall Pétain beendete die französische Herrschaft von tausendvierhundert Jahren auf französischem Boden. Dafür gibt es keine Entschuldigung. Leider wurde die Vichy-Regierung unter Pétain gezwungen, alle Bedingungen der Deutschen zu akzeptieren.« Das war die erste Vorlesung des Kurses »Frankreich im Zweiten Weltkrieg«. Ich war so dumm, dumm und ungebildet. Ich wusste gar nichts.

6

»Solange, was weißt du über Vichy?«, fragte ich, als ich nach Hause kam.

»Worüber?«, rief sie aus der Dusche.

»Über Vichy, über Marschall Pétain«, rief ich zurück.

»Chesi, ich verstehe nichts, ich föhne mir die Haare.«

Ich ging ins Badezimmer. Solanges Haare flogen wild, und der Föhn dröhnte.

»Ich muss schnell los, zur Arbeit«, sagte sie. Sie schüttelte die getrockneten Haare, brachte mich mit einem Kuss zum Schweigen und ging.

Auf dem Wohnzimmertisch erwartete mich ein Brief meiner Mutter. Sie schickte mir die Zeichnung eines Brautpaares. »Ischo und ich heiraten in Ustrzyki«, schrieb sie.

Meine Mutter war mit einem anderen verheiratet gewesen, noch dazu mit dem Bruder Wolf Katzenellbogens!

Mutter, hattest du noch andere Kinder? Mutter, liebst du meinen Vater?

Ich schwitzte. Vielleicht habe ich Brüder, vielleicht habe ich Schwestern.

Ich rief Solange an. »Ich war auch schon einmal verheiratet«, sagte sie, ohne sich aufzuregen.

»Aber mit dem Bruder von Wolf Katzenellbogen«, betonte ich. »Meine Mutter war mit dem Bruder von Wolf Katzenellbogen verheiratet.«

»Also Chesi, wirklich, was war, ist vorbei«, versuchte sie

mich zu beruhigen. »Wir reden später darüber, ich bin bei der Arbeit.«

Ich setzte mich auf das Bett. In meinen Schläfen klopfte der Puls. Mein Vater, meine Mutter und Wolf Katzenellbogen tauchten vor meinen Augen auf. Ich rief meine Mutter an.

Ich weiß bis heute nicht, was ich am Telefon zu meiner tauben Mutter sagen wollte, aber ich wollte sie sogar schweigen hören. Wolf Katzenellbogen nahm ab. Ich legte auf.

»Ischo und ich kommen nach Paris«, hatte meine Mutter unter das Bild geschrieben, das einen Mann und eine Frau zeigte, die aus einem Zug stiegen. Ich starrte die Zeichnung meiner Mutter an. Zu meiner Überraschung waren alle hier. Doch meine Mutter würde schweigen, mein Vater wäre gekränkt, Katzenellbogen würde nichts sagen, und ich hatte Angst, etwas zu fragen.

»Deine Mutter ist wirklich eine Künstlerin«, sagte Solange begeistert, und bei dieser Gelegenheit erklärte sie mir, dass sie sich auch für Kunst interessiere und sich zu einem Maskenbildnerkurs fürs Fernsehen und fürs Theater angemeldet habe.

Auch von Wolf Katzenellbogen kam am selben Tag ein Brief. »Wir haben dir ein Bankkonto in Paris eröffnet.« Das war seine Art, ein Satz in jedem Brief.

»Heute kann man sagen, dass die Gesetzgebung des Vichy-Regimes zur Denunzierung der französischen Juden und Auslieferung an die Deutschen geführt hat«, erklärte Professor Lucien in der zweiten Vorlesung. »Nachbarn, Geschäftsleute und französische Polizisten denunzierten die Juden, die Schutz in Frankreich gesucht hatten, und Juden mit französischer Staatsbürgerschaft, obwohl sie von ihnen Geld, Besitz und Vergünstigungen angenommen hatten. Diese Juden wurden schließlich in die Vernichtungslager deportiert.«

Am Abend bat ich Solange, mir etwas über die französischen Juden zu erzählen. Ich wollte mehr über die Denunziationen wissen. Aber Solange war irritiert, die Zwiebelsuppe, die sie kochte, brannte an, und das Soufflé ging nicht auf. Diese Missgeschicke machten sie tief traurig, sie schwieg den ganzen Abend.

Am nächsten Tag ging ich in die Bibliothek. »Die Vichy-Regierung ist mitverantwortlich für die Ermordung von etwa siebzigtausend französischen Juden … Im Juni 1942 befahl die französische Polizei den Juden Frankreichs, auf ihre Kleidung einen gelben Stern zu nähen …«

Ich las die Details der Verordnung und versuchte mir vorzustellen, wie Wolf Katzenellbogen durch die hell erleuchteten Straßen von Paris lief, vorbei an Bäckereien und Delikatessenläden, mager, erschrocken, in einem zerrissenen Mantel, auf den ein gelber Stern genäht war.

Am Abend schrieb ich ihm einen Brief. Ich wollte wissen, ob auch er auf seinem Mantel einen gelben Stern getragen hatte.

Wolf Katzenellbogen antwortete nicht.

Ich suchte noch weitere Aufsätze und Dokumente in der Bibliothek zusammen und kam mit einem dicken Ordner nach Hause.

»Hast du vor, mir Geschichtsunterricht zu erteilen?«, erkundigte sich Solange, als ich den Ordner auf den Küchentisch legte.

»Ich habe schon kapiert, dass du Geschichte nicht liebst«, fuhr ich sie an.

»Ich liebe das Heute.« Sie lächelte. »Und dich auch.« Sie umarmte mich und zeigte mir einen Schminkkoffer, voll mit Make-up und Augenschminke und Lippenstiften.

»Ich bin zum Kurs angenommen worden«, verkündete sie begeistert.

Das Telefon klingelte. Es war Wojtek. »Ich muss mit dir sprechen.«

»Später«, sagte ich. »Wir reden später miteinander.«

»Ich wollte dich nicht stören, es tut mir leid, wirklich, ich wollte nicht stören«, entschuldigte er sich.

»Dann stör mich nicht«, erwiderte ich auf Amalias Art und legte auf.

Wieder kam ein Brief von meiner Mutter. »Es war ein Traum«, schrieb sie, sie hatte einen Stadtplan von Paris gezeichnet, das Marais, die Champs-Élysées, den Arc de Triomphe und das Quartier Latin. Alle Orte hatte sie mit Pfeilen versehen, die sich in der Mitte des Blattes trafen, und dort hatte sie einen von Häusern umgebenen Hof gemalt. Im Hof standen viele Menschen, dicht zusammengedrängt, Männer, Frauen, Kinder, und ihnen gegenüber Polizisten.

»Drancy, das Ende«, hatte sie mit zitternder Hand daruntergeschrieben.

Ich schrieb ihr, dass ich Crêpes mit Himbeersauce und Likör liebe, saftige Würstchen mit Kräutern und blutige Steaks. Ich schrieb ihr, dass ich gerne Wörter sagte wie *pistache*, *brioche* und *saucisson sec*, in der schönsten Sprache der Welt.

Ich wollte ihr nur eine Freude machen. Ich wollte auch mir eine Freude machen, damals, als ich Solange und Paris liebte, damals, als ich nicht zuhören wollte.

Meine Mutter schickte einen weiteren Brief.

»Ischo und ich auf dem Weg nach Drancy.« Ihre Schrift war verschwommen. Sie malte ein Haus, dessen Fensterläden geschlossen waren. Ich erkannte sofort, dass es das Haus war, in dem Solange und ich wohnten. Résistance, Untergrund, Dachzimmer, Pierre und Adèle. Meine Fantasie tobte.

Solange war bei der Arbeit, und ich zerlegte im Dachzimmer alles, was zu zerlegen war. In einem alten Sekretär fand ich Berge von vergilbten Papieren. Tintenflecke hatten fast alle Buchstaben und Zeichen verwischt. Im Wäscheschrank im Badezimmer fand ich eine Kiste mit verrosteten Schrauben, einen Hammer und Taschenlampen. In einer Kiste unter dem Bett ausgetrocknete Stifte, Klebstoff, Stempel, deren Gummiauflagen sich gelöst hatten, eine Schreibmaschine und Staub, viel Staub. Ich räumte das ganze Zeug an seinen Platz zurück, und als Solange wiederkam, versuchte ich gerade, nur in Unterhosen, mit einem Küchenmesser die Fußbodendielen in der Dachkammer zu lösen.

»Die Fußböden sind nicht gerade in gutem Zustand«, erklärte ich ihr. Ich versprach, einen Handwerker zu bestellen, der sich darum kümmerte, aber Solange achtete nicht auf meine Ausreden, sie lief schnell in die Küche.

»Und die Einkäufe?«, fragte sie wütend, als sie den Kühlschrank öffnete und entdeckte, dass er leer war. »Was hast du den ganzen Tag gemacht?«

Ich deutete auf den Haufen Aufsätze, die auf dem Tisch lagen. »Dein kultiviertes Volk hat den Deutschen Tausende von Juden ausgeliefert.«

»Was hat das damit zu tun?«, fauchte sie.

»Hör gut zu«, schrie ich sie an. »Zehntausende von Juden sind nach Drancy geschickt worden, und von dort wurden sie in die Vernichtungslager gebracht, und meine Mutter war eine von ihnen.« Solange wurde blass.

Die ganze Nacht warf ich mich im Bett herum. Am Morgen schrieb ich Wolf Katzenellbogen noch einen Brief.

»Was ist wirklich in Drancy passiert?« Ich verlangte, dass er mir antworte.

Am Abend darauf, als ich in meinen Geschichtsbüchern las, kam Solange und setzte sich neben mich.

»Chesi, warum Geschichte?«, fragte sie plötzlich. »Warum hast du dich entschlossen, ausgerechnet Historiker zu werden?«

»Meine Mutter wollte, dass ich Ingenieur werde, mein Vater wollte, dass ich Sprachen studiere, Wolf Katzenellbogen wollte, dass ich nach Paris fahre, also ist ein Historiker herausgekommen.« Das war die einzige Antwort, die mir einfiel. Solange lachte.

Der Nachmittag ging vorbei, ohne dass Amalia zurückkam. »Wir kamen, die Dunkelheit zu vertreiben, in den Händen Licht und Feuer, jeder ist ein kleines Licht, zusammen sind wir stark«, summte ich. Ich sehnte mich nach ihrer Stimme, ich sehnte mich nach ihr.

»Mutter, schreib mehr«, bat ich. Plötzlich wartete ich ungeduldig auf ihre Briefe.

Sie zeichnete eine Frau an einem Fenster. Ich erkannte das Fenster des Hauses in Tel Aviv. »Heute ist Ischo zurückgekommen«, schrieb sie.

»Wie geht es Mutter?«, fragte ich meinen Vater am Telefon.

»Ich glaube, es gibt nichts Neues«, antwortete er. »Chesi, das kostet viel Geld.« Er bestand darauf, das Gespräch zu beenden.

Mutter fuhr fort, mir Briefe zu schicken.

»Ischos Grab«, schrieb sie.

»Mein Grab«, schrieb sie.

Und zeichnete zwei Erdhügel und auf jeden Hügel eine Rose.

»Ja«, antwortete Professor Lucien gelassen, als ich ihn fragte, »ja, es gab hier Antisemitismus, ja, viele Juden sind in die Vernichtungslager deportiert worden. Dieses Thema ist wirklich noch nicht ausreichend erforscht worden.« Er zündete seine Pfeife an. Der Duft des süßlichen Tabaks verbreitete sich im Hörsaal.

»Wie erklären Sie das, was während des Kriegs in Frankreich geschehen ist?«, fragte ich ihn. »Wie erklären Sie das, was hier mit den Juden passiert ist?«

»Wir waren sicher, dass Deutschland siegt, wir glaubten, dass jeder Kampf gegen Nazideutschland zum Scheitern verurteilt ist. Die Franzosen wollten überleben.« Ein paar Rauchringe stiegen von seiner Pfeife auf. »Geschichte ist nicht nur eine Sammlung von Ereignissen und Daten. Letztlich ist Geschichte die Geschichte der Menschen.«

»Der Mythos von einem Frankreich, das sich gegen die Besetzung gewehrt hat, ist nicht unterzukriegen«, sagte Professor Lucien in der letzten Vorlesung. »Dieser Mythos verdeckt die Verbrechen, die begangen wurden, die Dokumente, die noch nicht veröffentlicht wurden. In unserer Geschichte sind viele schwarze Löcher. Denken Sie daran, die schwarzen Löcher von heute können zu Dissertationen von morgen werden.«

Die Briefe meiner Mutter kamen in erstaunlich schneller Folge. Mit dünnen, flachen Linien, ohne Farbe, ohne Tiefe, ohne Licht und Schatten zeichnete sie auf die herausgerissenen Seiten eines Heftes, auf Strom- und Wasserrechnungen, auf Steuerbescheide, auf die Rückseite von Briefen. Züge, Waggons, Rampen und Schornsteine. Der Druck des Bleistifts ließ nach, ihre Schrift wurde fahrig. Ihr Hebräisch mischte sich mit Jiddisch, und es gab auf ihren Zeichnungen keine Menschen mehr.

Ich bat um ein Treffen mit Professor Lucien, ich wollte, dass er meine Abschlussarbeit betreute.

»Ich stelle fest, dass Sie sich in ein Thema verbeißen«, sagte er, noch bevor ich ein Wort gesagt hatte.

Ich erzählte ihm von Wolf Katzenellbogen. Er hörte zu. Ich erzählte ihm von meiner Mutter, und ich erzählte ihm auch von Ischo. Er zog an seiner Pfeife.

»Wie sind sie nach Drancy gekommen?«, fragte ich.

»Jemand hat sie denunziert«, antwortete er ruhig. »In Frankreich, wie Sie ja wissen, wurde die Religion nicht im Ausweis vermerkt. Deshalb haben die Nazis nach der Besetzung die jüdischen Bürger aufgefordert, sich bei den Behörden zu melden. Jene, die dieser Aufforderung nicht nachkamen, wurden von Nachbarn und französischen Polizisten denunziert. Die Juden wurden im Lager Drancy interniert, das nichts anderes war als ein Konzentrationslager, und von dort wurden sie mit Zügen in die Vernichtungslager deportiert. Das Lager wurde von französischen Polizisten bewacht. Etwa siebzigtausend französische Juden wurden nach Drancy gebracht, die meisten haben nicht überlebt. Ihre Mutter ist eine Ausnahme.«

Dann schwieg er und rauchte.

Ich fand keine Ruhe.

»Die Denunziationen sind also Ihr Thema?«, fragte Professor Lucien zwischen zwei Zügen.

»Die Beurteilung dieser Ereignisse fand noch keinen Niederschlag in der wissenschaftlichen Literatur«, sagte ich und lächelte. Ich spürte, dass er mit meiner Wahl zufrieden war.

Ich ging mit einem ganzen Berg von Artikeln nach Hause, die mir Professor Lucien gegeben hatte. Tag und Nacht saß ich in der Küche und las.

»Du hast dich in die Dokumente verliebt«, beklagte sich Solange. Sie saß auf dem Bettrand und entfernte mit Aceton den Lack von ihren Fingernägeln. An jedem Wochenende entfernte sie den Lack von ihren Nägeln und trug neuen auf. »Damit die Nägel atmen und nicht gelb werden.«

Meine Mutter zeichnete einen Tisch mit lauter guten Dingen beladen. *»Ich bin hingerik«*, schrieb sie auf Jiddisch darunter. Ich bin hungrig. Ein Mantel, ein Schal, eine Mütze. *»Ich frir«*, schrieb sie. Ich friere.

Plötzlich kam auch ein Brief von meinem Vater. Er schrieb, meine Mutter würde nicht aufhören zu zeichnen, und sie weigere sich, einen Arzt zu sehen. Noch nicht einmal Dr. Schefer.

»Er schnüffelt wieder Schoah«, sagte Solange, als sie sah, wie ich mich in die Unterlagen vertiefte. »Was wird aus uns werden, Chesi Holocauster?« Damit hatte sie einen neuen Kosenamen für mich gefunden.

Ich konnte sie nicht mehr ertragen. Ich nahm alle Aufsätze vom Tisch, auch die Briefe meiner Mutter, holte meinen Koffer hervor, packte Kleider und Bücher hinein.

Sie versuchte sich zu korrigieren. »Aber Chesi, *chéri*, du bist doch nicht nur Schoah, du bist doch mein Freund.« Sie umarmte mich. »Du verstehst etwas von gutem Essen und von Wein.«

Ich stieß sie von mir. Solange versuchte, meine Kleider wieder in den Schrank zu hängen. »Du kannst fünf Sprachen, du wirst Doktor der Sorbonne werden, ich werde Maskenbildnerin im Theater werden, wir werden heiraten.«

Ich packte die Sachen wieder in den Koffer. »Sag doch was«, flehte sie. »Es tut mir leid, ich habe Blödsinn gesagt.«

Ich schwieg.

»Komm, lass uns in ein gutes Restaurant gehen«, schlug sie vor.

Ich zog es vor, zu schweigen und zu packen. Ich dachte, bestimmt war es ihr Vater, der Ischo und meine Mutter denunziert hat, und ich konnte nicht aufhören, böse auf sie zu sein.

»Geh nicht«, sagte sie.

Ich wollte nur weg von ihr. Ich ärgerte mich sogar über ihren Vater, der die Deutschen gehasst hatte, weil sie über die Champs-Élysées gelaufen waren, und nicht, weil sie siebzigtausend französische Juden ermordet hatten. Obwohl es schon spät am Abend war, verließ ich das Haus und Solange.

»Chesi, komm zurück«, flehte Solange. »Du weißt, dass es noch anderes auf der Welt gibt, nicht nur Nazis und die Résistance.«

»Was zum Beispiel?«, fragte ich.

»Mich zum Beispiel«, sagte sie mit zitternder Stimme. »Du liebst mich doch?«

Ich schwieg. Sie fing an zu weinen.

»Du gehörst zu einem anderen Volk«, sagte ich. »Du gehörst zu einem Volk, das in Crème brûlée, Butter und Schokolade gehüllt ist, ein Volk, das seine Sünden mit Make-up und Puder zugedeckt hat.«

7

»Wir waren zusammen im Französischkurs, erinnerst du dich?«, fragte Ursula, als wir uns über ein Jahr später in der Bibliothek trafen.

»Wenn sich ein Deutscher und ein Jude treffen, vergessen sie es nicht«, sagte ich.

»Ich studiere Architektur und Geschichte«, erzählte sie. »Mein Thema ist die Bauhausarchitektur in Deutschland und in Israel. Du weißt bestimmt, dass eure Architektur der unseren ähnlich ist. Überhaupt, wir und ihr, das ist wie kommunizierende Röhren.«

»Nur nicht im Krematorium, dorthin habt ihr uns allein geschickt«, sagte ich und wandte mich wieder meinen Büchern zu.

Ursula war überrascht von meiner Reaktion, aber sie fasste sich sofort. Sie lud mich zu einem Gespräch in einem Café ein und schlug Uhrzeit und Ort vor.

Ich kam zu dem verabredeten Termin, setzte mich aber in das Café gegenüber und beobachtete sie, wie sie einen Espresso nach dem anderen bestellte und eine Zigarette nach der anderen rauchte, die Passanten betrachtete und mich suchte. Ich genoss jede Minute.

»Auschwitz«, schrieb meine Mutter. Und sie zeichnete drei junge Mädchen, die an einem Galgen hängen.

Am nächsten Tag schickte sie mir eine Zeichnung, die einen SS-Offizier zeigte, der eine Frau auspeitscht. *»Ich hob* *nischt gesen mer licht, ich hob nischt gehert mer musik, ich hob nischt geschmekt mer rojsn.«* Seit damals habe ich kein Licht mehr gesehen, keine Musik gehört, keine Rosen gerochen.

Wieder traf ich Ursula in der Bibliothek. Sie fragte, wie es mir gehe, und schlug wieder ein Treffen vor. Aber diesmal war sie es, die nicht kam. Sie müsse dringend nach Hause fahren, sagte sie, ihre Mutter liege im Sterben. Ich wünschte ihrer Mutter einen qualvollen Tod.

»Ich hob mich elektrisirt«, schrieb meine Mutter und zeichnete eine Frau, die sich an den Stacheldrahtzaun drückte. Ich habe mich elektrisiert.

»Dos is Ischo«, schrieb sie und zeichnete einen lächelnden jungen Mann, der eine Blume in der Hand hielt. Das ist Ischo.

»Warum war dieser Mythos, dass alle Franzosen gegen die Deutschen waren, so erfolgreich?«, fragte ich Professor Lucien.

»Weil es für alle bequem war«, sagte er, »bequem für die Amerikaner, bequem für die Juden. Die wenigen Juden, die aus den Lagern nach Frankreich zurückkamen, hielten sich diskret zurück und störten de Gaulle nicht bei der Verherrlichung der Zusammenarbeit der Franzosen mit den Alliierten. Und auch Ihr Staat Israel«, Professor Lucien lächelte, »unterstützte seine Version und erhielt wichtige Unterstützung vom Frankreich de Gaulles.«

Danach schwiegen wir.

Mutter zeichnete eine an einem Seil aufgehängte Frau. *»Men hot mich gehongen. Ich gej zu Ischo.«* Man hat mich aufgehängt. Ich gehe zu Ischo.

Meine Mutter zeichnete einen rauchenden Schornstein.

»Men hot mich farbrent. Ich gej zu Ischo.« Man hat mich verbrannt. Ich gehe zu Ischo.

Bevor ich meine Abschlussarbeit über das gut funktionierende System der Denunziationen beendete, recherchierte ich Dokumente und Fakten, ich entlarvte Kollaborateure und nannte die Namen derjenigen, die den herrenlosen Besitz der Juden geraubt hatten – und ausgerechnet da erkrankte Professor Lucien an einer schweren Lungenentzündung. Ich brachte ihm den ersten Entwurf.

»Ich freue mich, dass Sie an diesem Thema arbeiten«, sagte er mit schwacher Stimme. »In der Geschichte gibt es keinen Platz für Mythen, in der Geschichte gibt es nur Platz für Fakten. Nur wenn wir die Fakten anerkennen, wird die Zukunft etwas besser werden.«

Ich traf ihn auch in der Zeit, als er schon schwer atmete und Schwierigkeiten hatte zu sprechen. Ich führte ein Wettrennen gegen die Zeit. Ich wollte die Arbeit beenden, solange er noch lebte. Ich wollte ihn fragen, warum er mich so sehr unterstützte. Ich hatte den Verdacht, auch er sei Jude. Aber ich schaffte es nicht. Professor Lucien starb. Allein, ohne Familie, ohne Kinder.

»Ein Lehrer von intellektueller Aufrichtigkeit, ein französischer Patriot«, nannte ihn der Dekan der Fakultät in seinem Nachruf. »Kein Mann, der sich gerne hervortat, ein Mensch, der sich weigerte, Ehrungen anzunehmen, und sein ganzes Leben der französischen Geschichte widmete. Professor Lucien glaubte, dass die Erforschung der Vergangenheit der Zukunft zugutekommt. Er wusste so viel über uns, und wir wissen so wenig über ihn.«

Als ich von der Beerdigung nach Hause zurückkehrte, schickte ich Wolf Katzenellbogen einen Brief mit Fragen. »Warum hast Du mir nicht erzählt, dass die französischen Juden sich melden mussten? Warum hast Du mir nicht erzählt, dass die französischen Juden ihre Arbeitserlaubnis abgeben mussten und ihren Lebensunterhalt verloren? Warum hast Du mir nicht erzählt, dass die französischen Juden den gelben Stern tragen mussten? Warum hast Du mir nichts von all den Denunzianten erzählt? Warum hast Du mir nichts von meiner Mutter und Ischo erzählt? Warum hast Du mir nicht die Wahrheit gesagt?«

Mein Vater antwortete: »Wolf hat einen Herzanfall bekommen. Deine Mutter sagt: Es wird alles gut.«

Plötzlich packte mich Sorge. Vielleicht war Amalia etwas zugestoßen? Gestern war sie noch krank, vielleicht ist ihr etwas passiert? Ich hörte nicht auf, ihre Nummer zu wählen.

»Im Zweiten Weltkrieg kämpfte Frankreich an der Seite der Alliierten gegen die Deutschen …« Ich begann meine erste Vorlesung als Dozent mit einem Zitat aus einem Geschichtsbuch. »So steht es in all Ihren Geschichtsbüchern. Aber Frankreich und der Zweite Weltkrieg sind nicht das, was Sie denken!« Ich klappte das Buch mit einem lauten Knall zu und schob es an den Rand des Tischs. »In der Zeit des Zweiten Weltkriegs hat das Vichy-Regime mit den Nazis kollaboriert. Frankreich hat der militärischen Zusammenarbeit mit den Deutschen zugestimmt, die zu einer Eroberung Englands führen sollte. In Frankreich wurden Rassengesetze gegen die Juden erlassen, französische Bürger und französische Polizisten denunzierten französische Juden bei den Nazioffizieren.«

Es herrschte absolute Stille. Die Studenten lauschten auf jedes Wort, das aus meinem Mund kam.

»Es ist richtig, dass es in Ihrer Mitte Menschen gab, die Widerstand leisteten, es ist richtig, dass es Bürger gab, die gegen jenes schreckliche Regime kämpften. Aber sie waren eine Minderheit. In diesem Kurs werden Sie die Rede lesen, die de Gaulle von England aus an das französische Volk richtete und in der er es verzweifelt aufforderte, sich der Widerstandsbewegung anzuschließen. In diesem Kurs werden Sie von den Verordnungen des Vichy-Regimes gegen die Juden erfahren, die in Ihrer Mitte gelebt haben, Sie werden die Vorgänge in Drancy kennenlernen, einem Konzentrationslager am Rand von Paris, von dem aus Zehntausende Juden nach Auschwitz deportiert wurden, in diesem Kurs werden Sie die französischen Denunzianten, die hässlichen Franzosen, kennenlernen. Wir werden gemeinsam die Bedeutung der Formulierung ›die schwarzen Jahre‹ erforschen, die dazu dient, Tatsachen zu überdecken, die dem französischen Volk wehtun.«

Nach der Vorlesung fuhr ich zum Friedhof und legte einen Blumenstrauß auf Professor Luciens Grab. Obwohl es mir niemand gesagt hatte, wusste ich, dass er mich als seinen Nachfolger empfohlen hatte.

»Mutter, ich bin Dozent an der Sorbonne«, schrieb ich ihr mit großer Freude. »Mutter, ich habe ein Flugticket nach Israel gekauft, ich komme zu Besuch«, schrieb ich ihr.

8

»Mutter ist gestorben«, sagte Vater am Telefon. »Sie hat die Straße vor dem Haus überquert, sie hat das Auto nicht gehört, und das war's.«

In ihren letzten Briefen hatte Mutter nicht mehr gezeichnet, nur geschrieben, auf Jiddisch, sie schrieb, ohne mich sei sie tauber, und wenn ich schon nicht bald zurückkehren wolle, solle ich wenigstens dafür sorgen, dass sie Enkel bekomme. »Sie würden mit mir zum Lebensmittelladen gehen, zum Gemüsehändler oder zur Krankenkassenambulanz, so wie wir früher zusammen gegangen sind, du und ich.«

Ich kehrte zur Beerdigung nach Israel zurück. Die Jahre hatten meinen Vater schrumpfen lassen. Seine Gesichtszüge verschwanden unter den Falten. Er war so mager, dass nur die Hosenträger an seinem Gürtel die Hose am Rutschen hinderten. Wolf Katzenellbogen stand neben meinem Vater – prächtig wie immer – und sprach über die Deutschen, ausgelöscht sei ihr Name, und über die Araber, die wir von hier verjagen müssten. Nur über die Résistance sagte er kein Wort.

Gemeinsam schritten sie hinter dem Sarg her, als seien sie gerade in diesem Augenblick von ihren Stühlen auf dem Balkon aufgestanden, als sei meine Mutter nicht gestorben.

Auf dem Heimweg fragte ich Vater, wie es geschehen war.

»Sie hörte nicht, als das Auto näher kam.« Vaters Stimme

war rau, Wolf Katzenellbogen unterbrach ihn. »Jetzt hör mal zu«, sagte er in seinem normalen Ton zu mir, »der Nazi, ausgelöscht sei sein Name, hat deine Mutter ausgepeitscht, seine Peitsche hat ihr ins Ohr geschnitten. Seit damals ist das Gehör deiner Mutter immer schlechter geworden, und so, wegen dieses verdammten Deutschen, konnte sie das Auto nicht hören, du verstehst doch, dass die Nazis auch sie umgebracht haben?«

Ich ignorierte ihn und fragte meinen Vater: »Wenn der Krieg nicht gewesen wäre, hättest du Mutter dann geheiratet?«

»Wenn der Krieg nicht gewesen wäre«, mischte sich Wolf Katzenellbogen wieder in das Gespräch, »wärst nicht nur du in Paris, ich hätte alle nach Paris gebracht. So schön ist unser Paris, nicht wahr, es ist doch schön?«

»Vater, hast du sie geliebt?«, fragte ich, nicht bereit aufzugeben.

»Natürlich«, antwortete Wolf Katzenellbogen stur. »Sie ist deine Mutter.«

Sieben Tage lang suchte ich mir einen Ort in der Wohnung, die mein Zuhause war. Ich wühlte in Schubladen, in Schränken, suchte zwischen Büchern.

Auf die Strom- und Gasrechnungen von der Stadtverwaltung hatte meine Mutter Ceska gezeichnet, ihre kleine Schwester, und unter die Zeichnung hatte sie geschrieben: »Meine Schwester war ein witziges Mädchen.« Auf die Rückseite eines Rezepts hatte sie ein Flugzeug gezeichnet. Darunter stand: »Jeden Morgen, wenn ich aufwache, bin ich in Ustrzyki, und abends fliege ich nach Tel Aviv, um in meinem Bett zu schlafen.«

Auf dem Stauboden fand ich noch weitere Zettel, die meine Mutter in einen Umschlag gesteckt hatte. Sie hatte das Haus von Dr. Redlich gezeichnet, die Metzgerei von Serach Glick, die Bäckerei der Perlmutters, die Synagoge des Städtchens, das Haus der Katzenellbogens. Auf einem aus einem Heft herausgerissenen Blatt hatte sie ihre Freundinnen gezeichnet, Ethel, die vergast worden war, Mirale, die im Lager gestorben war, Ina, die bei Kriegsende umgekommen war, und Genia, die vielleicht noch zurückkommen würde. Neben diesen Zeichnungen lag ein großer, weißer Zeichenkarton, auf dem stand »Meine Toten«. Sie hatte einen Friedhof gezeichnet, und auf jedem Grabstein stand ein Name, die Namen der Menschen, ihr Andenken sei gesegnet. Ich packte alle Zeichnungen in eine große Tasche.

»Was willst du mit diesem Gekritzel?«, fragte Wolf Katzenellbogen.

»Das ist mein Erbe«, antwortete ich, bevor ich ging.

9

Nach den sieben Trauertagen kehrte ich in die Bibliothek der Sorbonne zurück. Diese Deutsche läuft mir nach, dachte ich, als ich Ursula sah. Ohne dass ich sie fragte, erzählte sie mir, sie habe Dr. Martin Fonchain geheiratet, ihren Dozenten, dass sie bereits Architektin sei und dass sie ihr Geschichtsstudium fortsetze, um ihren Magister zu machen.

»Und was ist mit dir?«, fragte sie.

»Meine Mutter ist gestorben.«

»Das tut mir leid«, sagte sie höflich. »Woran?«

»Die Nazis haben sie umgebracht«, sagte ich mit ausdruckslosem Gesicht.

Ursula saß mir gegenüber. Ihr Gesicht war ebenmäßig, ihre Haut hell, ohne ein Muttermal, ohne eine Sommersprosse. Im Gesicht meiner Mutter war eine Narbe gewesen, die Erinnerung an einen Peitschenhieb. Die Narbe hatte sich quer über ihr Gesicht gezogen, vom Wangenknochen zur Oberlippe. Plötzlich dachte ich, dass meine Mutter wegen dieser Narbe immer traurig ausgesehen hatte, sogar wenn sie lächelte.

Wir schwiegen beide. Ursula brach das Schweigen. »Ich bin nicht in Deutschland geboren.«

»Von wo bist du?«, fragte ich und nutzte die Gelegenheit, meinen Stuhl ein bisschen von ihr wegzurücken.

»Aus Argentinien«, antwortete die Deutsche. »Ich bin mit deutschen Emigranten aufgewachsen.«

Mit Eichmann und mit Mengele, beendete ich ihren Satz, ohne es laut zu sagen.

»Du weißt das sicher alles«, sagte sie.

»Natürlich weiß ich es.« Ich wich vor ihr zurück, meine Hände zitterten.

»Unsere finanzielle Situation war schwierig. Mein Vater hat Arbeit gesucht, und wir sind fast jedes Jahr umgezogen.«

»Ich weiß, natürlich weiß ich es«, sagte ich noch einmal. Ich spürte, dass sich mein Gesicht mit Schweiß überzog.

»Meine Mutter hat es gehasst, in einem fremden Land zu leben«, hörte ich Ursula weitersprechen. »Ich erinnere mich, wie sie jedes Jahr am Fenster stand, den argentinischen Winter betrachtete und auf den deutschen Frühling wartete.«

Ich wollte sagen, dass auch meine Mutter am Fenster stand, im Januar, im Februar, im März, das ganze Jahr. Meine Mutter stand jeden Tag am Fenster und wartete auf ihre Mutter, ihren Vater, ihre Schwester, auf Ischo und ihre ganze Familie.

»Wir lebten in einem kleinen Arbeiterviertel«, fuhr sie fort.

»Garibaldi«, unterbrach ich sie. »Du hast in der Garibaldistraße gewohnt.«

»Die Straße hatte keinen Namen, sie war auch nicht asphaltiert, es war nur ein Sandweg. Ich kenne keine Garibaldistraße.«

»Ricardo Clement, den hast du doch bestimmt gekannt.«

»Nein«, antwortete sie erstaunt.

Ich wischte mir mit dem Hemdärmel den Schweiß vom Gesicht.

Eichmann, ein gottverlassenes kleines Arbeiterviertel,

armselige Häuser, nichtasphaltierte Straßen. Von Anfang an wusste ich, dass sie eine Nazi ist, eine Nazi und Tochter von Nazis.

»Meine Mutter hat mir einmal erzählt, dass mein Vater in Deutschland eine Tochter aus erster Ehe hat. Mein Vater war alt, meine Mutter war viel jünger als er. Sie hat nicht aufgehört zu träumen, dass wir eines Tages alle nach Deutschland zurückkehren würden. Fast wären wir auch zurückgekehrt, aber gerade da ist mein Vater bei einem Arbeitsunfall ums Leben gekommen. Es war ein Kurzschluss in der Fabrik, in der er gearbeitet hat, er bekam einen Stromschlag und starb.«

Ich hoffte, der Stromschlag hatte ihn sehr langsam getötet, ich hoffte, dass er viele Qualen erleiden musste.

Ursula erzählte weiter von sich, ich war taub gegen ihre Stimme. Ich sah gestreifte Anzüge und gelbe Sterne, ich sah Schornsteine. Mit letzter Kraft ging ich von dort weg.

Wojtek kam ins Zimmer.

»Monique verlässt uns«, sagte er.

»Soll sie doch.«

»Bist du in Ordnung?«, fragte er erstaunt und sagte noch einmal: »Monique verlässt uns.«

Ich schwieg. Wo ist Amalia? Wie viele Stunden kann sie in den Straßen herumlaufen? Die Antworten auf diese Fragen waren das Einzige, was mich interessierte.

Aber Wojtek ließ mich nicht in Ruhe. »Und wo ist Ursula?«, fragte er besorgt.

»Sie ist zu den Perlmutters gefahren.«

Er blieb an der Tür stehen.

»Ursula kommt immer zurück«, sagte ich zornig.

10

Ursula war hartnäckig, immer wieder bat sie darum, dass wir uns treffen, und versprach, sie habe mir etwas Wichtiges zu sagen. Ich genoss es, sie zurückzuweisen. Erst über ein Jahr später gab ich nach.

Als wir uns gegenübersaßen, schaute ich ihr in die Augen, ohne zu blinzeln. Ich wollte tief in sie hineinschauen, so tief wie möglich.

Ursula fühlte sich unter Druck, sie steckte eine Zigarette nach der anderen an. Glänzende Asche zerbrach im Wind.

»Das Treffen mit dir hat mich sehr beeinflusst«, sagte sie einschmeichelnd zu Beginn des Gesprächs. »Am Tag, als ich erfuhr, dass Martins Vater mit der Vichy-Regierung zusammengearbeitet hat, dachte ich an dich.« Nach einem kurzen Schweigen fügte sie hinzu: »Ich habe erst vor Kurzem erfahren, dass die jüdische Familie, die in unserem prachtvollen Haus gewohnt hatte, von Martins Vater nach Drancy geschickt worden war, und von dort wurde sie nach Auschwitz deportiert. Die Juden sind nicht zurückgekommen, und Herr Fonchain hat das Haus behalten.«

Ursula zog Dokumente aus ihrer Tasche. »Nur du wirst das verstehen«, schmeichelte sie mir und legte mir die Unterlagen der Familie auf den Tisch.

Diesmal hatte ich mir vorgenommen, kühl zu bleiben, ich hatte mir geschworen, sie anzuschauen und zu schweigen.

Sie drückte ihre Zigarette im Aschenbecher aus und erzählte mir wie nebenbei, sie habe sich von Martin getrennt. Ihre Hand berührte meinen Arm.

Ich drückte meine Hand auf den Tisch. Ursulas Hand zitterte einen Moment. So will ich sie haben, zitternd, unterwürfig, besiegt.

»Und was hat dein Vater im Krieg gemacht?«, fragte ich selbstzufrieden.

Ursula rückte von mir weg. Ich betrachtete das als Sieg. Ich bestellte bei der Kellnerin einen Espresso. Auch Ursula bestellte einen.

»Hör zu, ich bin nach dem Krieg geboren. Ich war nie in Deutschland. Ich kam von der Universität in Buenos Aires, um in Paris Restaurieren zu lernen, und ich bin hier geblieben, so hat sich mein Leben entwickelt.«

Die Kellnerin brachte zwei Tassen Espresso. Ich trank, aber Ursula rührte ihren Espresso nicht an. Sie klopfte mit den Fingern an die Tasse, während sie weitersprach. »Bevor meine Mutter starb, stellte ich ihr alle möglichen Fragen. Aber meine Mutter schwieg, bis sie starb, sie schwieg.«

Ich ließ nicht locker. »Und was weißt du trotzdem?«

Ursula wurde blass. »Ich weiß gar nichts. Ich wurde in einem anderen Land geboren, ich wuchs in einem anderen Land auf, ohne Großvater, ohne Großmutter. Ich glaube, mein Vater hat auch einen anderen Namen angenommen, ich habe nirgendwo Familiendokumente gefunden. Bis heute warte ich darauf, dass vielleicht die Tochter meines Vaters, meine Schwester Eva, auftaucht und mir erzählt, wer ich bin und was unserer Familie im Krieg geschah.« Sie zündete sich eine weitere Zigarette an.

»Du hörst dich an wie eine Jüdin«, sagte ich und verwirrte sie. Ich war wütend auf mich, weil ich ihr zugehört hatte. Ich verlangte die Rechnung und sagte zu Ursula, unser Treffen sei hiermit beendet.

11

»Chesinka, auf Tel Aviv fallen Raketen!«, verkündete mir Wolf Katzenellbogen voller Panik. »Dein Vater wollte nicht mit mir in den Kibbuz fahren. Ich bin schon dort, aber dieser Dickkopf kommt nicht.« Er hörte sich an wie Samson, nachdem man ihm die Haare abgeschnitten hatte.

Am zweiten Tag des Golfkrieges kam ich in Tel Aviv an.

»Deine Mutter hat recht gehabt«, sagte Vater durch die Gasmaske, die er sich über das Gesicht gezogen hatte. »Deine Mutter hatte Angst, dass auch du in einem Krieg umkommst. Deine Mutter hat gesagt, Israel sei gefährlich für die Juden.«

Ich erschrak, weil mein Vater auf einmal den Mund aufmachte.

»Wolf hat gesagt, wir müssten nach Israel fahren, und ich habe auch geglaubt, dass Juden einen eigenen Staat brauchen, aber deine Mutter hat gedacht, wenn zu viele Juden auf einem Haufen sind, müssen sie sich zerstreuen.« Mein Vater zitierte noch immer, was andere gesagt hatten. »Du erinnerst dich doch bestimmt, dass deine Mutter gesagt hat, die Juden hätten einen Himmel, aber keine Erde, dass die Erde unter den Füßen von Juden immer brennt, das sei unser Schicksal. Dass wir, die Juden, dazu geboren werden, aufzustehen und wegzugehen. Gehe aus deinem Land und von deiner Verwandtschaft und aus deines Vaters Haus.« Mein Vater hörte nicht auf zu sprechen. »Mutter wollte, dass du wie Moses wirst, wie unser Erzvater, sie wollte dich auch Mosche nennen, aber ich wollte, dass du Jecheskiel heißt, nach meinem einzigen Bruder. Ich sagte, auch Jecheskiel sei einer gewesen, der die Zukunft sah. Deine Mutter wollte unbedingt, dass du weißt, wann man weggehen muss, von wo und wohin. ›Wir wussten es immer‹, hat sie oft genug zu mir gesagt, ›dass wir fliehen mussten, wenn Gefahr droht. Wir wussten es sogar schon, bevor wir ein Volk wurden, bevor wir die Zehn Gebote bekamen. Wir wussten, dass wir aus dem Ort fliehen mussten, an dem man uns gefoltert hat. Wir sind vierzig Jahre lang gegangen und gegangen und gegangen. Nur aus Polen sind wir nicht rechtzeitig geflohen.‹« Mein Vater lief unruhig im Schutzraum hin und her und sprach über den Auszug aus Ägypten, über die babylonische Zerstreuung, über sein Städtchen, über das Land Israel, über den zionistischen Traum und wie er sogar heute, in Israel, noch nichts gelernt habe, nur Wolf wisse immer, wann man sich erheben und weggehen müsse.

»Vielleicht hat deine Mutter wirklich recht gehabt«, sagte er. »Wir hätten nach Amerika gehen sollen. Denn schließlich, was will ein Mensch anderes als leben? Auch so ist das Leben nie leicht, vor allem nicht für Juden.«

Die Sirene heulte auf, und sofort danach war eine Explosion zu hören. Das Haus zitterte. An der Wand zeigte sich ein schmaler, langer Riss. »Du bist meinetwegen da«, sagte Vater und flehte: »Bitte fahr nach Frankreich zurück, Wolf hat gesagt, dort ist es heute sicherer.«

»Komm mit mir«, schlug ich vor.

»Ich lasse deine Mutter nicht allein«, sagte er. »Ich bleibe hier, mit ihr.«

»Trinkt Wasser«, sagte der Militärsprecher im Fernsehen.

»Vater, trink Wasser«, sagte auch ich.

Als der Krieg vorbei war, kam Wolf Katzenellbogen nach Tel Aviv zurück, und ich flog nach Paris. Plötzlich wollte ich eine Familie, ich wollte Kinder, ich wollte leben.

Ich kehrte in die kleine Straße zurück, die ich kannte, in die Rue St. Jacques 32, gegenüber von Roberts Fischrestaurant. Ich atmete die vertrauten Gerüche auf der Straße und im Hof, ging mit großen Schritten zum Haus, sprang die Stufen hinauf und klopfte an die Tür.

»Ich hatte Sehnsucht nach dir«, sagte ich zu Solange.

»Willst du ein Zimmer mieten?«, sagte sie mit einem Lächeln.

Ich blieb. Solange wollte heiraten.

»Tritt zum Judentum über«, schlug ich vor.

Solange traf sich mit einem Rabbiner. Sie kam amüsiert zurück. »Zwei Wochen im Monat ohne Sex, das ganze Leben ohne Vorhaut, Arbeitsverbot am Schabbat. Weißt du, von all euren Zeremonien gefällt mir nur das Kerzenanzünden am Schabbat.«

Ich verstand, dass das nichts für sie war. Mein Sohn würde Jude sein, schwor ich mir, deshalb erhob ich mich und ging.

Ich werde Amalia vorschlagen, ein Kind zu adoptieren. Wir werden nicht aufgeben, wir werden uns holen, was uns fehlt. Wir werden den Jungen Ischo nennen, und er wird sich für seinen Namen nicht schämen. Nicht alle müssen

Ido heißen, Itamar, Itaj, wir können dazu zurückkehren, unsere Kinder Jizchak, Mosche und Menachem zu nennen.

An der Sorbonne fand die öffentliche Einweihung eines Denkmals für die französischen Kämpfer des Zweiten Weltkriegs statt. Ursula, die Architektin, saß in der Reihe der Ehrengäste.

»Grabsteinstücke wurden von der Architektin Ursula Schlegel-Fonchain in dieses ergreifende Denkmal eingearbeitet …«, pries der Rektor der Universität. Sie wurde auf die Bühne gerufen. Als sie sich wieder setzte, entdeckte sie mich in der Gruppe der Dozenten und winkte mir zu.

»Ich habe den Auftrag bekommen, eine Synagoge zu restaurieren«, erzählte sie mir nach der Zeremonie. »Ich glaube, wir haben etwas zu besprechen. Gemeinsam könnten wir etwas Wichtiges schaffen.« Wie immer tat sie alles, um mich zu treffen, sie hielt mir eine Visitenkarte hin.

Bald werden wir etwas zu besprechen haben, dachte ich und lächelte innerlich. Sie wird bestimmt herausfinden, dass ich nach Auschwitz fahre, dass ich dazu ausgewählt worden war, als Historiker für das französische Fernsehen über die Feierlichkeiten zur Erinnerung an den Sieg der Alliierten vor fünfzig Jahren zu berichten. Wie immer ging ich sehr abrupt davon.

Monique betrat mein Zimmer, kochend vor Wut. »Ich habe die Nase voll von Ursulas Befehlen«, teilte sie mir hysterisch mit. »Und ich habe auch genug von deinen Träumen. Du wirst mich nicht zum Bleiben überreden, ich gehe jetzt!«

Ich versuchte nicht, sie zum Bleiben zu überreden. An solch einem Tag ließ ich mir von niemandem die Stimmung verderben. »Adieu«, sagte ich zu ihrer Überraschung und winkte ihr zu.

»Wer will überhaupt einen Film über eure Grabsteine«, zischte sie, bevor sie die Tür hinter sich zuwarf.

Amalia hätte jetzt bestimmt gesagt, Monique habe es bloß eilig, eine Lingerie-Modenschau in den Galeries Lafayette zu fotografieren oder die Eröffnung einer renovierten Filiale von Fauchon, dachte ich.

12

»Der erste Marsch der Lebenden fand im Jahr 1988 statt, und für viele Juden und Israelis war dies ein Marsch des Gedenkens und des Sieges über die Nazis …« So begann Victor Roger, eine Krawatte tragend, seine Sendung am Tor von Auschwitz. »Der Marsch der Lebenden wird dieses Jahr von einem Fernsehteam begleitet, das über die Gedenkfeierlichkeiten zum Sieg der Alliierten berichten wird. Bei uns befindet sich hier der Historiker Dr. Chesi Sonnenschajn …«
Die Kamera richtete sich auf mein Gesicht. Das Licht blendete mich.

Mutter, ich bin hier, auf dem Marsch der Lebenden, erzählte ich ihr. Ich bin jetzt auf dem Weg von Auschwitz nach Birkenau, ich gehe am elektrischen Zaun vorbei, an den Baracken, am Appellplatz, an den Galgen, an den Duschräumen und den Krematorien, ich erhebe den Blick zum Himmel und sehe die Schornsteine. Erinnerst du dich an den Schornstein, den du für mich gezeichnet hast? Ich stapfte über den Schlamm zwischen grauen Steinen – ihr letzter Weg zu den Krematorien – und sprach mit meiner Mutter. Ich betrachtete die furchtbare Erde. Ich wollte darüber schweben, um den Toten darin nicht wehzutun.

Der Wind wurde stärker und schlug mir peitschend entgegen. Es gibt auf der Welt keinen so kalten Wind, erinnerte ich meine Mutter. Ich hörte das Jiskor, das Kaddisch und »Gott voller Erbarmen«. Ich suchte Esterke Katzenellbogen, die Mutter von Tonischka, ich suchte Ceska, die witzige kleine Schwester, Ina, die gestorben war, und Genia, die vielleicht zurückkehren würde, aber als ich den Blick von der Erde hob, sah ich nur Fahnen, israelische Fahnen.

»Wir sind hierhergekommen, um bis zur letzten Generation zu gedenken, wir sind gekommen, um zu gedenken und nicht zu vergessen. Dies ist der Marsch der Lebenden, mit dem wir verkünden: Das Volk Israel lebt!« Ich hörte die Stimmen der Vertreter der Jugendorganisationen. Ich sang die israelische Nationalhymne, »Ha-tikwa«, »Die Hoffnung«. Und ich weinte.

13

Am Abend versammelten wir uns in der Lobby des Hotels. Victor Roger organisierte das Team für die Aufnahmen zum Ende des Gedenktages, und ich drückte das Mikrofon an mich.

»Auschwitz war das größte der nationalsozialistischen Konzentrations- und Vernichtungslager. Es wurde im Mai 1940 errichtet …«

Ich sprach wie ein Automat. Ich beherrschte den Stoff. »Im Jahr 1942 begann die systematische Vernichtung der Juden. Die Deportierten kamen in Viehwaggons nach Auschwitz, und auf der Rampe fand die Selektion statt …«

Hinter mir hörte ich die erregte Stimme eines Mädchens. »Entschuldigen Sie, wo ist die Kalwaryjska?«, fragte sie den Polen, der hinter der Empfangstheke stand.

»Hier, ganz in der Nähe«, antwortete er höflich. »Ich kann Sie hinbringen.«

»Ich glaube, meine Großmutter wird glücklich sein«, sagte sie und brach in Tränen aus.

Die Kameramänner hörten auf zu filmen.

»Können wir gleich gehen?«, fragte das Mädchen.

»Natürlich«, antwortete der Mann. »Es ist wirklich ganz nah.«

Ein paar Israelis sammelten sich um das Mädchen. »Wo ist die Remu-Synagoge, können wir auch dorthin gehen?«, fragte einer verlegen und fügte leise, als schäme er sich, hinzu: »Mein Vater war Kantor in der Synagoge.« »Diese Synagoge befindet sich auf der anderen Seite der Straße, sie ist erhalten«, sagte der Pole zum Sohn des Kantors. »Sie ist genau, wie sie einmal war.«

»Aber wir nicht«, schrie ein älterer Mann aus der Gruppe der Israelis. »Bei uns ist nichts, wie es einmal war.« Er zitterte.

Victor Roger bat Monique, die Kamerafrau, sich auf den älteren Mann zu konzentrieren. Jemand hielt ihm ein Mikrofon hin.

»Auch ihr hasst uns«, sagte der ältere Mann wütend zu Victor Roger, auf Hebräisch. »Alle wollen uns vernichten! Aber jetzt haben wir schon einen Staat! Ihr werdet uns nicht mehr umbringen!« Er verstummte und schob das Mikrofon von sich weg.

Ich konnte mich nicht beherrschen. »Und Ustrzyki«, fragte ich den Polen, »wie weit ist Ustrzyki von hier?«

»Weit«, antwortete er höflich. »Dorthin können wir ein andermal fahren.«

Victor Roger kam nicht zu mir zurück. Er hatte beschlossen, sich der israelischen Gruppe anzuschließen. Ich blieb allein in der Lobby zurück, mit meiner Zusammenfassung der Geschichte des Lagers Auschwitz.

Das Geräusch von Schritten ließ mich aufmerken. Ich sah, dass jemand einen Zettel unter der Tür meines Zimmers hindurchschob. Ich sprang auf. Vielleicht ist er von Amalia. Bestimmt denkt sie, dass ich noch schlafe.

»Monique ist fort, den Ustrzyki-Film von gestern Abend

habe ich beim Fotoladen Wiczlina gegenüber abgegeben. Die Fotos werden um sechs Uhr fertig sein. Wojtek.«

»Was für ein Erlebnis«, sagte Victor Roger erstaunt, als er spät am Abend mit der israelischen Gruppe zurückkam und mich in der Lobby traf. »Ich hatte wirklich ein Erlebnis. Wissen Sie, dass es hier noch Spuren der Juden gibt? Dass man Zeichen von einer Mesusa erkennen kann und hebräische Schriftzeichen auf den Wänden? In der Synagoge haben wir alte Thorarollen entdeckt, Widderhörner, sogar den alten Thoraschrein gibt es noch. Alles ist noch da, nur keine Juden.«

Victor Roger verabschiedete sich von mir, und ich blieb in der Lobby.

»Ich heiße Wojtek«, stellte sich der höfliche Pole vor. »Ich bin der Direktor des Hotels. Sie sollen wissen, dass ich immer zu Ihren Diensten stehe.«

»Ich muss nach Ustrzyki«, sagte ich. »Unbedingt.« Wieso hatte ich nicht vorher daran gedacht?

Wojtek schlug vor, am nächsten Tag zu fahren. »Es ist jetzt schon spät«, sagte er.

Ich versuchte ihn zu rühren. »Aber morgen Mittag muss ich nach Paris zurück.«

Wojtek rief Pawel, seinen Chauffeur, und bat ihn, mich nach Ustrzyki zu fahren. Pawels Gesichtsausdruck war anzusehen, dass er nicht gerade begeistert war. Wojtek überredete ihn. »In der Nacht dauert die Fahrt nur vier Stunden.« Pawel gab nach. Ich schlief auf dem ganzen Weg.

Draußen dämmerte schon der polnische Morgen, als Pawel mich weckte. »Wir sind da.« Die Luft war staubig, der

Himmel hing tief. Auf dem Sandweg, den wir entlangfuhren, sah ich dunkle Pfützen, Hühner, nass vom Regen und Schlamm, magere Hunde, ein einsames Pferd, vier Kühe. Das Auto fuhr an einer Reihe Holzhäuser vorbei. Meine Augen suchten das Haus meiner Mutter, das Haus der Familie Minz, das Haus der Familie Katzenellbogen, die Metzgerei von Serach Glik, das Haus von Dr. Redlich. Ich bat Pawel anzuhalten und stieg aus. Ich ging zum Haus an der Ecke, und auf dem Türstock entdeckte ich die Spuren einer Mesusa. Ich berührte die ausgebleichte Stelle, streichelte die Löcher, die die Nägel im Holz hinterlassen hatten, als Beweis, dass hier einmal eine jüdische Familie gewohnt hatte. Schauer liefen mir über den Rücken. Noch nie im Leben war ich so aufgeregt gewesen.

Ich schaute mich um. Alles war still. Noch nicht mal ein Wind wehte hier. Nur schreckliche Kälte. Sogar der Geruch war kalt. Hier ist meine Mutter gewesen, dachte ich. Ich fragte einen Jungen, der an mir vorbeiging, nach den Juden von Ustrzyki. »Dort«, antwortete er und deutete hinüber zu einem Wald.

Ich ging in die angegebene Richtung, den Blick zu Boden gerichtet. Ich suchte Grabsteine oder Überreste von Grabsteinen, aber ich sah nur Bäume. »Eine Wüste«, flüsterte ich vor mich hin, »eine Wüste.«

Als ich den Wald erreichte, hatte ich das Gefühl, von Worten umgeben zu sein. Auf einmal sah ich alles vor mir, jedes Detail. Zwischen den Bäumen wuchs Unkraut, davor ein Stück Zaun mit einem verrosteten Scharnier, das nur mit Mühe ein Holztor hielt, das sich im Wind bewegte.

Ich ging in den Wald hinein. Auch dort keine Spuren der

Juden, nur Abdrücke von Pferdehufen und von Hundepfoten waren auf dem Pfad zu erkennen. Meine Füße weigerten sich weiterzugehen. Pawel erinnerte mich daran, dass wir zum Hotel zurückfahren mussten, sonst würde ich mein Flugzeug nach Paris verpassen. Vom Fluss am Rand des Waldes flog ein Fasan auf mich zu. Ich blieb stehen. Er flog über mich hinweg und dann zurück, hinein in den Wald.

Mit diesem Ring seist du mir angelobt, werde ich zu Amalia sagen, den gleichen Satz, den mein Großvater zu meiner Großmutter gesagt hatte, an derselben Stelle, an der er es tat. Gemeinsam werden wir die Freude an den Ort zurückbringen, an dem meine Mutter geboren wurde. Dieser Ort ist das Ziel unserer Wünsche, unser Ursprung, die Quelle unseres Wiederaufbaus.

14

»Heute Morgen bin ich aus Polen zurückgekommen. Gestern lief ich durch Krakau, durch Auschwitz und eine kleine Stadt namens Ustrzyki.« So begann ich mein Seminar. »Eigentlich erst gestern, erst dort, verstand ich, dass Hitler gesiegt hat. Ich verstand, dass die Juden geschlagen wurden. Ich sah die zerstörten jüdischen Häuser, ihre zerstörte Kultur, ich sah, dass Polen judenfrei ist. Erst da wurde mir klar, dass es Hitler gelungen ist, Europa für immer zu verändern. Es gibt dort keine Synagogen mehr, keine jüdischen Friedhöfe, keine Mikwen, keine jüdischen Städtchen und keine lebendigen jüdischen Gemeinden. Gestern erst habe ich verstanden, dass es keinen Marx mehr gibt, keinen Freud und keinen Einstein, es gibt keinen Mendelssohn und keinen Kafka, und es wird sie auch nicht mehr geben. Jiddisch, die Sprache der Juden, ist tot, so wie das Sanskrit, es gibt keinen Herschele Ostropoler mehr und keinen Tewje, den Milchmann. Die Welt hat den Juden einen Staat organisiert und so ihr Gewissen beruhigt. Aber Sie, warum haben Sie die Juden nicht mehr zurückgeholt? Warum haben Sie die Juden, die Sie vertrieben hatten, nicht zurückgerufen?« Ich erhob meine Stimme. »Sechs Millionen gab es einmal, und es gibt sie nicht mehr. Haben Sie nicht gespürt, dass Sie Ihnen fehlen? Vierzig Millionen Juden müsste es heute auf europäischem Boden geben, und es gibt sie nicht. Sie haben zugelassen, dass

Hitler gesiegt hat.« Ich hielt kurz inne. »Ihr Europa ist judenrein.«

Im Hörsaal war es ganz still. »Ich schwöre«, sagte ich, »dass wir hier, in Europa, alle Orte, an denen Sie uns umgebracht haben, mit neuem Leben erfüllen werden, an alle Orte, von denen Sie uns vertrieben haben, werden wir zurückkehren. Wir werden nicht zulassen, dass Hitler siegt.«

Das war alles. Ich konnte nicht mehr weitersprechen. In den Augen meiner Studenten lag Angst. Mir wurde schwindlig. Ich rannte aus dem Hörsaal.

Ich kehrte nach Hause zurück und fand keine Ruhe. Ich beschloss, meine Sachen zu packen. Meine Mutter hatte gesagt, dass ich wissen müsse, wann man zu fliehen habe, von wo und wohin. Ich öffnete meine alte Tasche, in der seit über zehn Jahren die Zettel meiner Mutter vergraben waren. Sie klebten aneinander und verströmten einen schimmeligen Geruch. Ich betrachtete sie, alle.

»Ischo und ich heiraten«, »Meine Schwester war ein witziges Mädchen«, »Meine Toten«. Ich packte sie in meinen Koffer und dachte an Ursula. Ich dachte, dass wir trotz allem etwas zu besprechen hatten.

Wieder rief ich bei Amalia an, ich wählte auch die Nummer ihres Hauses in Tel Aviv. Einen Moment lang fürchtete ich, dass die Dummheiten von Wojtek, Monique und Ursula die Realität verkehren könnten.

Niemand nahm ab. Sie ist nicht zu mir gekommen, um vor mir zu fliehen, sie läuft bestimmt durch die Straßen.

Ich verließ das Hotel und suchte die Umgebung nach ihr ab. Der Wind war stärker geworden. Ich durchstreifte einige Straßen, ich betrat ein Café, in dem ein paar junge Leute saßen, ich ging zwischen den Regalen einer Buchhandlung umher. Ich ging an einer Apotheke vorbei und spähte hinein. Wieder beschlich mich die Sorge, dass Amalia sich vielleicht schlecht fühlen könnte.

15

Ich legte die Zeichnungen meiner Mutter auf Ursulas Arbeitstisch.

»Wie konntest du diese Dokumente in einem Koffer aufbewahren?«, fuhr sie mich an. Sie glättete sie ehrfürchtig. »Ich werde dafür sorgen, dass sie geordnet werden, wie es sich gehört«, versprach sie und legte sie aufeinander. Nur das Bild mit dem Friedhof, den meine Mutter auf den Zeichenkarton gezeichnet hatte, ließ sie offen auf dem Tisch liegen.

»Damit werden wir anfangen«, sagte sie. »Aber in Ustrzyki werden wir uns nicht mit dem Friedhof zufriedengeben, wir werden die Synagoge wiederaufbauen, den Markt, wir werden das ganze Städtchen rekonstruieren«, sagte sie und weihte mich damit in ihre Pläne ein.

Vor meinem geistigen Auge sah ich wieder Grabsteine auf dem Friedhof, ich sah, wie Rabbiner und Betende in die Synagogen zurückkehren und wie der Markt sich wieder mit Händlern und Käufern füllt. Wir werden Hitler besiegen, flüsterte ich meiner Mutter zu, und spürte, dass sie mir vom Himmel herunter zulächelte.

»Wir müssen miteinander sprechen«, sagte Ursula, die überraschend am Hoteleingang auftauchte. Ich wollte gerade hineingehen und dort weiter nach Amalia suchen. Ursula wollte, dass wir uns kurz in den Vorgarten setzen. »Es gibt etwas, was du wissen musst«, sagte sie, als wir auf der Bank Platz nahmen. Vor uns, auf dem kleinen Teich, schwammen Schwäne und Enten, und Vögel saßen am Ufer und pickten Brotkrümel auf. Am anderen Ende spielten fünf Jugendliche Fußball und schrien auf Polnisch. Ich verstand, dass sie wütend waren auf den Torwart, weil er träumte. Er träumte vermutlich wirklich, der Ball flog Richtung Tor, traf aber Ursula. Sie hielt ihn fest und forderte die zwei Jungen, die zu ihr kamen, im Befehlston auf, woanders zu spielen. Sie entschuldigten sich und gingen wirklich weg. Ich lächelte. Auch heute lassen sich die Polen von Deutschen Befehle geben.

Ursula rutschte näher zu mir und umarmte mich. Ich schwitzte. Ich werde meinem Körper nicht mehr erlauben, mich zu betrügen, jetzt habe ich die richtige Liebe gefunden.

»Erinnerst du dich daran, wie wir angefangen haben?« Ursula war voller Sehnsucht. Und ich betrachtete sie, Ursula, die Marmor mit eingemeißelten hebräischen Schriftzeichen liebte. Ich betrachtete sie wie damals, bei unserem Treffen nach Auschwitz, als ich begriff, dass sie sich wie ich selbst für den Wiederaufbau von Synagogen begeisterte, dass der Anblick von geschnitzten heiligen Schreinen sie erregte, dass sie in Stein gehauene Zeichen liebte, Figuren von Löwen oder Tigern und die Zeichnungen meiner Mutter. Ich begriff damals, dass Ursula meinen Traum träumte, genau wie ich wollte sie die Geschichte ändern.

Sie nahm einen Umschlag aus ihrer Tasche. »Heute verwirklichen sich unsere Träume. Ich habe hier achtzehn Millionen Dollar, die Perlmutters haben ihr Versprechen gehalten, in diesem Umschlag ist der Scheck.« Ursula gab mir einen lauten Kuss, und ihr Lachen klang zum ersten Mal klar und rein in meinen Ohren. Einen Moment lang war ich verwirrt. Heute, erinnerte ich mich, will ich Malinka, heute trenne ich mich von Ursula.

Wir hatten glückliche Tage, die ausgefüllt waren mit Plänen und Treffen mit Sponsoren. Und dann kam die Nacht, als wir nackt waren und uns umarmten. Mein Körper wurde von Panik gepackt, all meine Muskeln zogen sich zusammen. Mein Körper wusste, was richtig war, er war vorsichtig, weigerte sich, sich der Lust zu ergeben. Jedes Mal, wenn wir es versuchten, arbeitete mein Warnsystem: Ich fing an zu schwitzen, mein Puls wurde schneller, ich hörte Stimmen aus der Totenwelt und zog mich zurück.

»Ich gehe zur Bank.« Ursula gab mir noch einen Kuss und ging. Ich kehrte ins Hotel zurück, um Amalia zu suchen, meine Amalia. Ich war wütend, dass sie ausgerechnet heute verschwunden war.

16

Das Radio im Taxi lief. »Still, still, mein Kind, schweig still«, hörte ich. Plötzlich, mitten in der Nacht, in der Nacht, in der mein Vater gestorben war. Ich meinte zu träumen. Ich bat den Fahrer, das Radio lauter zu stellen. »Ein Schlager aus dem Lager, ein Lied aus dem Haus meiner Mutter«, sagte die Moderatorin, und trotz der vielen Jahre, die vergangen waren, erkannte ich Malinkas Stimme. Ich hatte sie nicht mehr wiedergesehen, seit ich aus dem Viertel weggezogen war, ich wusste nicht, wie sie aussah, aber von dem, was in den Zeitungen stand, hatte ich verstanden, dass Amalia Ben Ami aus dem Radio eigentlich Malinka Zuckmayer aus unserem Viertel war.

»Es führen Wege nach Ponar hin, kein Weg führt zurück. Ohne Wiederkehr war Vater gegangen, und mit ihm das Glück.« Ich dachte an meinen Vater. Er hatte dieses Lied geliebt und würde es nie mehr hören, und da, mit einem Mal, kam mir alles zurück – das Haus, die Mispeln von Herrn Fisch, der Fackelzug. Ich erinnerte mich an Etka, die dieses Lied für meine Mutter gesungen hatte, und dachte, bestimmt ist Amalia wie ich, denn auch sie erinnert sich. Als ich nach Hause kam, schickte ich ihr ein Fax und bat sie um einen Anruf.

Als ihr Anruf kam, war ich schon mit Wolf Katzenellbogen und mit Judel, dem Kutscher, und seinen Söhnen zusammen. Der Möbelwagen war zu einem Totenwagen der Beerdigungsbrüderschaft geworden, und seine Söhne verkauften Grabsteine.

»Wo möchtest du ihn begraben?«, hatten sie mich am Morgen bedrängt.

»Wie viel würdest du bezahlen, damit dein Vater mit deiner Mutter zusammen liegt?«, fragte Judel und lachte über seinen Geistesblitz.

Ich wurde zornig. »Warum soll ich jetzt etwas dafür bezahlen, dass sie ein Paar werden? Sie waren kein richtiges Paar, als sie noch gelebt haben.«

Wolf Katzenellbogen schimpfte. »Lass sie doch in der Ewigkeit beieinanderliegen.« Er glaubte wohl, ich sei immer noch ein Kind und er in der Résistance. »Beide haben dich geliebt«, sagte er und schaute mich streng an. Und zu dem Grabsteinverkäufer sagte er: »Er versteht unsere Liebe nicht.«

»Ich wünsche dir eine andere Liebe«, flüsterte mir Judel zu, »eine gelungenere.«

Wolf Katzenellbogen übernahm die Verhandlungen. Er bestimmte für Vater die Qualität des Marmors und die Schrift und für mich den Preis. »Judel macht dir einen guten Preis«, erklärte er mir, »einen Freundschaftspreis.«

Ich saß nicht wirklich Schiwa. Wolf Katzenellbogen und seine alten Freundinnen ließen sich während der sieben Trauertage in unserer Wohnung nieder. Ich war der Gast.

Wolf Katzenellbogen erzählte ihnen auch von den Nazis, der Résistance und den Kommunisten, und natürlich sagte er auch, wie dumm wir gewesen waren, dass wir den Arabern erlaubt hatten, in Israel zu bleiben. Er hielt keine Minute den Mund.

Als die Damen gingen, blätterte er in den Briefen meines Vaters und meiner Mutter und in allen Fotoalben, vom Anfang bis zum Ende und vom Ende bis zum Anfang. Ich warf einen Blick in ein Album und blieb an einem alten Foto hängen.

Die Zeremonie am Tag der Erinnerung, im Schulhof des Viertels. Ich stand neben der Fahne und ließ sie auf Halbmast herunter, und der Schulchor stand schweigend vor mir. Das Mädchen in der dritten Reihe, die Vierte von rechts, war Malinka.

»Du warst der König des Viertels«, sagte Wolf Katzenellbogen zu mir. Und als wir zusammen das Foto betrachteten, bemerkte er: »Schau mal, wie viele Kinder es damals bei uns gab. Und wo sind sie heute?«

Ich deutete auf Malinka.

»Ich weiß es nur von ihr, sie ist Sprecherin im Radio. Alle anderen sind mir schon seit Langem verlorengegangen.«

»So ist das Leben«, sagte Wolf Katzenellbogen. »Auch mir sind schon alle verlorengegangen.«

Und ich wollte ihn, wie früher, so vieles fragen. Das ist jetzt die Gelegenheit, sagte ich mir, aber mein Mund war wie zugemauert. Ich schaute ihn an. Ich wollte, dass er mir antwortete, ohne dass ich gefragt hatte, und sah, dass sein eines Auge blass geworden war. Der graue Star bedeckte es, und das andere war blicklos und starr. Ich sah, wie die Jahre sein Gesicht gezeichnet hatten.

Er legte langsam das Album hin. »Und was ist mit dir?«, fragte er.

»Bei mir ist alles in Ordnung«, antwortete ich.

»In Ordnung ist keine Antwort«, protestierte er. »Gibt es eine Frau?«

»Es gibt eine«, wich ich aus.

»Nur keine Schickse«, warnte er mich.

Ich wurde rot wie ein kleiner Junge und floh ins Badezimmer, ich wusch mein Gesicht, putzte meine Zähne und rasierte mich mit dem Rasiermesser meines Vaters.

Während der sieben Trauertage für meinen Vater hatte ich noch nicht verstanden, dass das Foto im Album und die Sendung im Radio Zeichen waren. Ich bin keiner, der leicht an Zeichen und Wunder glaubt, aber ich weiß, dass es im Leben Momente gibt, die etwas zum Ausdruck bringen, die dir einen Weg zeigen, die dich heilen. Wie damals beim Marsch der Lebenden in Auschwitz, wie bei meinem ersten Besuch in Ustrzyki und wie heute, nach der Nacht in Ustrzyki. Ich spüre, dass ich das Richtige tue, dass ich kurz davor bin, mein Leben mit der richtigen Frau am richtigen Ort zu verbringen.

Als ich aus dem Badezimmer ins Wohnzimmer zurückkehrte, wechselte ich das Thema. »Und was ist mit dir?«, fragte ich.

»Jetzt geht es mir besser«, antwortete Wolf Katzenellbogen. Er lächelte. »Ich sehe schon das Ende.«

Ich konnte mich nicht neben ihn setzen, ich lief im Zimmer herum.

»Weißt du, ich habe deinen Vater zum ersten Mal im Flüchtlingslager in Frankreich getroffen. Er war Zionist, er hat davon geträumt, nach Israel einzuwandern.« Wolf Katzenellbogen goss sich ein Glas Wein ein und trank. »Nach ein paar Tagen kam auch deine Mutter in dieses

Lager. Sie wollte mir erzählen, dass Ischo tot war. ›Ich fahre nach Amerika‹, hat sie gesagt. Sie wollte ohne Ischo nicht in Frankreich bleiben. Früher, vor dem Krieg, hatten wir Träume. Wir dachten, wir würden das Städtchen verlassen und zusammenleben, deine Mutter, Ischo und ich. Wir träumten von Paris.«

Er goss sich noch ein Glas ein. »Dort, in Toulouse, als die Träume zunichte geworden waren, habe ich deine Eltern miteinander bekannt gemacht. Von dort sind sie nach Israel eingewandert, und dann, nach ein paar Monaten, schrieb deine Mutter, dass dein Vater keine Kinder wolle, sie bat mich, ihn zu überzeugen.«

»Warum wollte er keine Kinder?«, fragte ich erstaunt.

Wolf Katzenellbogen wurde blass und bat mich um Entschuldigung. Er war sicher, dass meine Mutter es mir erzählt hatte.

»Dein Vater hat seine Zwillinge Mengele übergeben, er glaubte, sie damit vor dem Gas zu retten.«

Wir schwiegen beide. Ich hatte den Geschmack von Mörtel auf der Zunge. Plötzlich fiel der schwarze Schatten aus meiner Kindheit wieder über mich, der Schatten, von dem ich nie jemandem erzählt hatte. Der Schatten, der in der Dunkelheit zu mir ins Zimmer kam. Dieser schwarze Schatten war manchmal riesig, manchmal zwergenhaft klein und manchmal zerstückelt. Fast jede Nacht kam er zu mir und kontrollierte, ob ich noch atmete. Ich kniff die Augen fest zusammen und zitterte vor Angst. Manchmal sah ich den Schatten auch abends in der Dämmerung. Er versteckte sich hinter den Kiefern auf dem Spielplatz. Der Schatten ging mit mir zum Meer und schritt beim Fackelzug hinter mir her. Ich dachte, ich würde mir nur einbilden, dass es der Schatten meines Vaters sei, denn sie waren sich so ähnlich, mein Vater und der Schatten. Dieses Geheimnis hatte ich so tief in mir vergraben, dass ich es vergessen hatte, nur an die Angst erinnerte ich mich.

Wolf Katzenellbogen goss sich ein drittes Glas ein, und diesmal bot er auch mir etwas an. »Das ist ein sehr guter Wein«, versicherte er. Der Wein im Glas zitterte, und rote Wellen hüpften hoch. Ich nahm einen Schluck von dem gepriesenen Wein, hielt mich zurück und warf ihm einen Blick zu. Wolf Katzenellbogen zog sich zusammen. Seine zitternde Hand fuhr immer wieder über das Glas, und etwas Wein spritzte auf den Tisch.

»Als ich von Polen nach Paris kam, habe ich bei Pierre und Adèle das Dachzimmer gemietet.« Ich verstand, dass er sich davor drückte, das Wichtigste zu erzählen. »Im Winter 1942 bat mich Pierre Dubon, einen kleinen Jungen, drei Jahre alt, zur Schweizer Grenze zu bringen, wo Quäker auf ihn warten würden. Ich stellte keine Fragen, und er erklärte nichts, aber ich verstand, dass sie auf diese Art jüdische Kinder retteten. Alles in allem brachte ich vier Kinder weg.«

»Worüber sprichst du?«, fragte ich. Ich wartete auf weitere Details über meinen Vater.

»Ich fuhr mit den Kindern im Zug, ich versteckte mich mit ihnen in Wäldern«, erzählte er weiter, ohne auf meinen Einwurf zu achten. »Ich teilte mit ihnen mein Brot, und an kalten Tagen wickelte ich sie in meinen Mantel. Ich war wie ein Vater zu ihnen, aber ich war selbst noch ein Kind. Ich war noch nicht neunzehn und schon ganz allein auf der Welt.« Wolf Katzenellbogen sprach rasch, flüssig. Ich lauschte auf jedes Wort und versuchte zu verstehen, wie ich trotzdem auf die Welt gekommen war.

»Ich war kein Held«, bekannte er verlegen, »ich hatte Angst. Ich hatte große Angst, man könne uns denunzieren.« Er nahm wieder einen Schluck aus dem Glas. »Aber ich schämte mich, Pierre etwas von meiner Angst zu sagen. Ich schämte mich auch, Nein zu ihm zu sagen, wenn ich die kleinen Kinder sah. Bis heute weiß ich, dass es noch andere Kinder gab. Aber ich konnte nicht nach Paris zurückkehren. Ich blieb im Wald und versteckte mich im Grenzgebiet bis zum Ende des Kriegs. Ich wusste, dass es noch weitere Kinder gab, aber ich wusste auch, wenn ich zurückkäme, würde uns irgendjemand verraten, ich wusste, dass die Deutschen mich schnappen würden.«

Er leerte das dritte Glas, legte die Hände vors Gesicht und seufzte. »Danach bin ich nicht mehr nach Paris zurückgekehrt.«

Plötzlich sah er sehr alt aus. All die Jahre waren seinem Gesicht anzusehen. Für einen Moment glaubte ich, er habe vergessen, was er sagen wollte, er bringe Fakten und Ereignisse durcheinander.

»Als Ischo nach Paris kam und mich suchte, war ich schon nicht mehr dort. Pierre und Adèle wussten nicht, was mir passiert war, sie baten Ischo, sich der Résistance anzuschließen, so wie ich es getan hatte. Aber Ischo war frisch verheiratet und wollte mit deiner Mutter zusammenbleiben, das verstehst du doch.« Seine Stimme zitterte. »Ich wusste überhaupt nicht, dass ich bei der Résistance war, ich war alles andere als ein Held, aber bis heute denke ich nachts darüber nach, dass Ischo heute vielleicht noch leben würde, hätte er sich der Résistance angeschlossen, und ich denke auch darüber nach, dass ich, wenn ich wirklich ein Held gewesen wäre, wenn ich in Paris geblieben wäre, ihn vielleicht gerettet hätte, aber vielleicht hätte man mich, wenn ich nach Paris zurückgekehrt wäre, ebenfalls nach Drancy gebracht. Im Krieg gibt es keine richtigen Entscheidungen. Es ist nur Schicksal, ob du am Leben bleibst oder ob man dich umbringt.« Er seufzte. »Und wer weiß schon, was besser ist.«

Sein Gesicht war grau geworden. »Nach dem Krieg konnte ich nicht nach Paris zurückkehren, ich fuhr nach Toulouse. Ich arbeitete dort in einem Waisenhaus, ich wollte Kinder retten.«

Er schenkte sich ein viertes Glas Wein ein. Ich konnte mich nicht länger beherrschen und stellte schließlich die Frage: »Und wie kam es, dass mein Vater dann doch damit einverstanden war, dass ich auf die Welt komme?«

Er war zornig, dass ich ihn drängte. »Ich bin doch schon dabei, dir zu antworten«, sagte er, und mein Herz klopfte wie wild.

»Als dein Vater meine Geschichte hörte, entschied er, ich sei der größte Held, den er kenne. ›Ich weiß nicht, wie man ein guter Vater ist‹, sagte er. Nur wenn auch ich nach Israel kommen würde, sei er bereit, ein Kind zu haben, er wollte, dass du einen besseren Vater bekommen solltest, als er einer sei. Er war überzeugt, ich sei ein Mensch, der immer wisse, was man zu tun habe, und dass ich auf dich aufpassen müsse. Er hielt mich für einen Helden. Seinetwegen habe ich dir von meiner Résistance erzählt.« Er senkte den

Blick. »Am Tag, als du geboren wurdest, versprach ich deinem Vater zu kommen, aber es dauerte noch viele Jahre, bis ich mein Versprechen halten konnte.« Entschuldigend fügte er hinzu: »Es fiel mir schwer, Toulouse zu verlassen, es liegt schließlich näher an Paris als Tel Aviv.« Seine Stimme brach. »Und unser Land war schwer für meine Manitschka. Dr. Wollmann aus dem Viertel hat empfohlen, wir sollten Rita in einen Kibbuz schicken, es sei nicht gut für ein kleines Mädchen zu sehen, dass die Mutter nur im Bett liegt und sterben will.« Er nahm einen Schluck. Sein Gesicht glühte, und rote Flecken erschienen auf seinen Wangen. Er schwitzte.

»Ach, Chesi, was weißt du denn wirklich?«, fragte er verzweifelt.

»Geschichte«, sagte ich. Ich versuchte zu lächeln, aber es gelang mir nicht richtig.

»Vielleicht, aber nicht die ganze Geschichte.« Auch er versuchte mich anzulächeln. »Sogar meinen Namen weißt du nicht wirklich, ich bin nicht Wolf Katzenellbogen, ich bin Jurek Katzenellbogen, Wolf ist der Name, den mir Adèle und Pierre gegeben haben. Sie waren wirklich Helden, sie waren wirklich Mitglieder der Résistance, und ich war ein Nichts, ein Feigling.« Wieder schloss er die Augen, um die Tränen zurückzuhalten.

»Und was weißt du über deine Mutter? Was weißt du über sie? Sie wünschte sich so sehr, dass du ein gutes Leben hast, wie du es verdient hättest, wenn kein Krieg gewesen wäre. Sie hoffte, ihr Kind würde in Paris aufwachsen. An der Sorbonne studieren.« Er schenkte sich noch ein Glas ein, hob es auf meine Mutter. »Auf sie«, betonte er.

»Du weißt, dass sie alles Geld, die ganze Wiedergutmachung, die sie von den Deutschen bekommen hat, auf das Bankkonto in Frankreich überwiesen hat. Das Flugticket, Lebensunterhalt, Miete, Restaurants, Kleidung … Was glaubst du, woher du das Geld für das alles hattest? Alles war nur für dich, nur für dich.«

Ich wusste nicht, ob mir vom Wein schwindlig wurde oder von seinen Worten. Ich setzte mich neben ihn und schmiegte mich an ihn, ich wollte ihn ganz nah bei mir spüren.

Wolf Katzenellbogen trank sein fünftes Glas. »Und jetzt bitte ich dich um etwas für mich.« Seine Stimme wurde fester. »Auf meinen Grabstein lass bitte schreiben: Katzenellbogen, Ustrzyki, Polen, und in kleinen Buchstaben sollst du hinzufügen: Hier liegt Jurek, der Sohn von Schlomo und Bella, Bruder von Ischo und Esterke, Onkel von Tonischka, die in der Schoah umgekommen sind. Ihre Seelen mögen eingebunden sein in das Bündel des Lebens. Bitte vergiss keinen Namen«, ermahnte er mich, »und sorge dafür, dass ich neben deinem Vater und deiner Mutter liege, dass ich für ewig neben ihnen begraben bin. Und wenn der Messias einmal kommt und wir auferstehen, werden wir wieder zusammen leben.«

Er roch stark nach Wein. Sein Atem war warm und unregelmäßig. Ich umarmte ihn, ich hatte Angst, er könnte sterben. Ich würde mich verwaist in der Welt fühlen ohne ihn. Ich wollte, dass mir jemand von der Familie erhalten blieb, und ich erzählte ihm in allen Einzelheiten meine Pläne zur Wiedererstehung von Ustrzyki.

Er hörte mir aufmerksam zu. Ich spürte, wie wieder Lebenskraft in ihn zurückkehrte, dass er wieder anfing zu atmen. Ich redete und redete und fügte eine Einzelheit an die andere, damit er mir ja nicht verloren gehe.

Wolf Katzenellbogen war wieder ganz wach. »Das geschieht ihnen recht. Das geschieht ihnen recht, dass sie uns ja nicht vergessen, überall dort, wo wir waren – in den Städtchen, in den Städten, in den Dörfern.« Er hob das Glas. »Auf das Leben der Juden«, rief er und versicherte mir, ich sei ein Held.

Die sieben Trauertage gingen zu Ende. Ich packte meine wenigen Sachen. Katzenellbogen stellte mir seine Freundin vor. »Das ist Hella Rogoschinski. Sie ist das Mädchen, das ich im Waisenhaus gerettet und nach Israel gebracht habe, seit damals liebt sie mich.« Katzenellbogen lachte mit den Lippen und weinte mit den Augen.

»Alle haben ihn geliebt«, sagte Hella, ein dickes, lachendes Mädchen von einundsiebzig Jahren. »Aber er hat Manitschka geheiratet. Sie war das schönste Mädchen im ganzen Waisenhaus.«

Zumindest bleibt er nicht allein, beruhigte ich mich, und bevor ich die Wohnung verließ, umarmte ich ihn und versprach ihm, alles zu tun, um was er mich gebeten hatte.

»Richte meinem Paris einen schönen Gruß aus«, sagte er liebevoll.

Ich machte die Tür zu und ging die Stufen hinunter. Im dritten Stock erinnerte ich mich daran, dass Wolf Katzenellbogen kein Wort über das grüne Auge und das leblose gesagt hatte, und ich hatte nicht gefragt. Einen Moment lang überlegte ich, ob ich zurückgehen und ihn fragen sollte, aber ich ging weiter die Stufen hinunter.

17

Wo ist Amalia? Ich wurde langsam wütend. Ich rief in Israel an. Amalia antwortete. Ich war verwirrt. Legte auf. Rief wieder an. »Hallo«, sagte sie. Es war ihre Stimme, nur Amalia hat so eine tiefe Stimme.

Wegen Wolf Katzenellbogen war ich zur Feier zum dreißigsten Trauertag für meinen Vater gekommen. Seinetwegen lud ich Amalia Ben Ami dazu ein. Zu meiner Überraschung kam sie wirklich. Ihre Haare waren lockig und wild, ihre Augen blau, ihre Gesichtszüge scharf geschnitten, ihre Bewegungen forsch.

Wolf Katzenellbogen drängte sich an mich. »Geh mit ihr, geh«, flüsterte er, »geh, setz dich neben sie«, er ließ mich nicht in Ruhe, vergaß, dass die Plätze bezeichnet waren.

»Lauf nicht weg«, bat ich sie.

Ich wusste nicht, wie ich sie dazu überreden sollte, mit mir zu gehen, immerhin war sie Amalia Ben Ami. Ich stand verwirrt da, drückte Wolf Katzenellbogens Freunden die Hände. Plötzlich hatte ich eine Idee: Wir werden einen Film machen, wir werden die Auferstehung Ustrzykis filmen, und Amalia wird die Sprecherin sein. Dann überredete ich auch Ursula dazu, Amalia bei uns aufzunehmen. Ursula war nicht begeistert, aber ich beharrte darauf. »Unser Projekt muss dokumentiert werden«, sagte ich nachdrücklich. Ich bat sogar Victor Roger, uns Monique zu schicken, seine Kamerafrau. Ursula mochte die Idee nicht, mochte weder Amalia noch Monique. Sie liebte nur ihre Studenten, die bei der Restaurierung halfen, und die Perlmutters, die das Geld spendeten. »Sie werden ihre Arbeit in aller Stille erledigen, ohne Kamera und ohne Blitzlichtgewitter.« Sie war praktisch und würde praktisch bleiben. Bei Monique war sie noch bereit nachzugeben. »Amalia gehört überhaupt nicht dazu«, schimpfte sie mit mir, »was für eine Aufgabe hast du denn für sie?«

Das Telefon klingelte wieder. Es war Wojtek. »Ich bitte dich um ein Gespräch unter vier Augen.« Ich ging hinunter in die Lobby. »Ich habe mich in Amalia verliebt«, bekannte er mir zu meiner Überraschung. Er war direkt und offen. »Ich habe vor, es ihr zu sagen.« Ich schaute ihn an. Er senkte den Blick nicht. Mit zwei Sätzen hatte er ein Schwert in mich gestoßen. Ich dachte daran, dass Wojtek, als er mich zum Flughafen gebracht hatte, wissen wollte, wie es mir in Ustrzyki gefallen habe. Ich war aufgewühlt und erzählte ihm auf der Fahrt von meiner Mutter, von meinem Vater, von Wolf Katzenellbogen, vom Viertel, ich sprach von meinen Erinnerungen, und Wojtek hörte zu. Kurz bevor wir uns trennten, sagte er, Polen ohne Juden sei kein Polen. *»Saj gesunt un schtark«*, sagte ich voller Wärme. Ich bin sicher, dass er nicht verstand, was ich sagte, aber wir trennten uns mit einem gefühlvollen Händedruck. Als ich das Flugzeug bestieg, war ich mir absolut sicher, dass ich wiederkommen würde. Ich hatte ihm gesagt, dass ich etwas Großes vorhätte, dass ich Geschichte machen wolle. Er versprach, mein Partner zu sein.

Ein Pole bleibt ein Pole, ein Goj bleibt ein Goj, ein Antisemit war ein Antisemit und wird einer bleiben.

Der Kellner kam und fragte, ob wir etwas wünschten. Ich wusste nicht, was ich sagen sollte. »Ist etwas passiert?«, fragte er mich. Ich gab ihm keine Antwort. Ich schaute mal Wojtek an, mal den Kellner. »Herr Sonnenschajn, ist Ihnen etwas passiert?«, fragte der Kellner.

Passiert – etwas – passiert – Ihnen … Wojtek fuhr fort, mit mir zu sprechen, er war überzeugt, dass Ursula und ich füreinander bestimmt seien. Ich konnte ihn nicht mehr hören.

Ich stand auf, verließ die Lobby, kehrte in Amalias Zimmer zurück und setzte mich zwischen ihre Sachen.

Warum hat sie nicht verstanden, dass ich mit ihr eine andere Liebe wollte, dass ich mit ihr nicht etwas wollte wie mit Solange oder mit Ursula, dass es mit ihr etwas anderes war als mit einer Schickse. Ich habe ihr doch so oft erklärt, dass es mit uns etwas ganz anderes war. »Zwischen uns gibt es etwas anderes. Lass uns Zeit. Wir stecken gerade in einer unmöglichen Situation«, hatte ich zu ihr gesagt. Ich hatte geglaubt, sie überzeugt zu haben. Ich hatte geglaubt, wir seien der Anfang von etwas Schönem.

Erst gestern Nacht haben wir gemeinsam die Steine gesammelt. Erst gestern Nacht, im Wald von Ustrzyki, zwischen den zerbrochenen Grabsteinen, habe ich begriffen, dass wir schon damals, als Kinder im Viertel, beim Chanukka-Umzug mit den Fackeln, als nur wir beide die Dunkelheit vertrieben, als nur unsere Fackeln Licht verströmten, ein Paar gewesen waren.

»Jetzt fahren wir alle in ein Restaurant«, hatte Ursula gesagt und damit meine Pläne zunichtegemacht. »Die Perlmutters erwarten uns. Sie wollen dem Team danken und uns segnen.«

»Ich gehe ins Hotel«, hatte Malinka mit weicher Stimme gesagt und mir zugeflüstert: »Schade, dass du die Steine ins Restaurant mitschleppst.« Ich hatte geglaubt, sie würde mir damit ein Zeichen geben, mich verstehen, mir zeigen, dass sie wusste, dass wir zusammengehörten. Ich gab ihr unsere Steine, schaute ihr in die Augen und wusste, dass es in Ustrzyki zu einer Wende gekommen war.

Ich rekonstruierte alle Details der vergangenen Nacht. Amalia war ins Hotel zurückgekehrt, mit den Grabsteinstücken, die wir gesammelt hatten, und ich war mit Wojtek, Monique, Pawel und Ursula weitergefahren zum Restaurant. Warum war ich zum Restaurant gefahren? Ich hätte mit Malinka ins Hotel gehen sollen.

Ich ließ mir kaltes Wasser über den Kopf laufen. Wieder rief ich Amalia an.

»Wo bist du?«, fragte ich.

»Zu Hause, in Tel Aviv«, antwortete sie.

»Und die Steine, wo sind unsere Steine?«

»Hier neben mir«, antwortete sie.

Mein Kopf war am Zerplatzen.

»Willst du sie?«, fragte sie. »Wenn du sie willst, dann komm und hol sie.« Sie lachte.

»Wir hätten heiraten sollen«, stammelte ich.

»Und Ursula?«, fragte sie und knallte den Hörer auf.

Wegen Ursula wird Amalia mir nie gehören. Ursula hat das Essen geplant, Ursula hat entschieden, dass ich mitgehen müsse ins Restaurant. Ursula hat mir das Leben versaut, sie ist an allem schuld. Ich hörte Schritte.

Ursula kam ins Zimmer, und ich schloss die Augen. Ich wollte sie nicht sehen. Ich verkroch mich unter der Decke, ich wollte nicht, dass sie mir nahe kam. Ich rollte mich auf dem Bett zusammen wie damals, als mein Vater mich schlug, ich fühlte seinen Gürtel auf die Haut meines Hinterteils aufschlagen und krümmte mich zusammen und machte mich so klein wie ein Baby in der Wiege.

Einmal – Monique ist gegangen.

Zweimal – Wojtek hat mich verraten.

Dreimal – Amalia hat mich verlassen.

Viermal – Auch Ursula, die Nazi, wird mich verlassen.

Fünfmal – Aus dir wird nichts.

»Hör zu«, tobte sie erbarmungslos und zog mir die Decke vom Körper. »Von mir aus können alle abhauen. Sie lassen sich alle ersetzen.« Ihre metallische Stimme schlug mir entgegen. »Nur du und ich, für uns gibt es keinen Ersatz. Nur wir werden bis zum Ende gehen. Liebe ist nicht alles im Leben, ein Mensch hat seinen Weg, seine Aufgabe ist die Heilung von Zerbrochenem. Du weißt, dass ich, nachdem ich dich getroffen hatte, auf Familie und Kinder verzichtet habe. Du weißt, dass ich geschworen habe, das zu verewigen, was man nie vergessen darf. Und auch du«, betonte sie, »du bist wie ich, du bist verpflichtet, auch du erfüllst hier eine Aufgabe. Du weißt, dass Worte nicht meine Sache sind. Ich bin gut in Taten. Lass nicht alles untergehen, was wir erreicht haben, einfach so, nur wegen eines Ansturms der Gefühle.« Dann befahl sie: »Steh auf, komm aus dem Bett. Lass dich nicht in der letzten Minute gehen.«

Ich war vollkommen durcheinander. Vielleicht hätte ich

Amalia überreden sollen, mit uns ins Restaurant zu gehen. Wenn ich nicht ins Restaurant gegangen wäre, hätten wir vielleicht kein Geld, um Ustrzyki wiederaufzubauen. Und wenn ich bei Amalia geblieben wäre, hätte sie mir vielleicht Nein gesagt oder vielleicht Ja. Vielleicht hätte ich bereits gestern, in Ustrzyki, sagen sollen, dass ich sie heiraten will, vielleicht wäre sie dann nicht weggegangen.

»Du und ich, das ist mehr als Liebe«, unterbrach Ursula meine Gedanken. »Wir beide wissen, dass du und ich eine Verpflichtung haben. Heute haben wir das Geld von den Perlmutters und von Wojtek bekommen und die offizielle Erlaubnis, die Überreste der Grabsteine aus öffentlichen Gebäuden und Privathäusern in Ustrzyki zu holen und den jüdischen Friedhof wiederzuerrichten. Wir müssen nicht mehr in der Dunkelheit arbeiten, auch nicht mehr heimlich. Am hellen Tag werden wir nach den Grabsteinen suchen. Auf dem zerstörten Friedhof werden wir ein Denkmal errichten und alle Namen einmeißeln lassen.«

Ursula legte eine Skizze auf den Tisch, dann zog sie sich aus und ging unter die Dusche. Ich hörte das Wasser rauschen. Dann putzte sie sich die Zähne. Ein frischer Pfefferminzgeruch breitete sich im Zimmer aus. Sie wickelte sich in ihren weißen Bademantel. Ihre nassen Haare tropften, die Tropfen glänzten hell auf dem Fußboden. Sie stieg ins Bett. Wir berührten einander nicht, noch nicht einmal aus Versehen. Ich fühlte, wie heiß meine Haut war, jede Berührung hätte mich verbrannt. Alle haben mich verlassen. Monique, Wojtek und auch Amalia. Nur Ursula ist geblieben.

Es war Nacht geworden, im Zimmer war es dunkel. Ursula war in meinem Bett eingeschlafen. Ich stand auf und setzte mich an den Tisch. Ich legte den Zeichenkarton meiner Mutter vor mich auf den Tisch, ihren Plan von ihrem Ustrzyki, und auf Ursulas Skizze schrieb ich mit hebräischen Buchstaben die Namen, auf jedes Haus einen Namen, auf jedes Grab einen Namen. Einen Namen nach dem anderen, nach der Liste meiner Mutter.

Vor mir, hinter mir und neben mir ist es dunkel. Nur eine schwache Lampe brennt im Zimmer, und ihr Licht fällt auf den Tisch, und ich sitze in dem blassen Licht, mir ist übel, ich zittere, und ich schreibe, einen Namen nach dem anderen, damit keiner vergessen wird, ich schreibe mit Bleistift die Namen, alle.

Gadi

Hinkebein

1

Ich stellte die Koffer in der Lobby ab. Sechs Uhr morgens, Mitte November. Ich verließ das Hotel in der Jarkonstraße.

»Du hast die ganze Vergangenheit vor dir«, verfolgte mich Dinas Stimme. »Lauf hinter deinen Träumen her, los, lauf hin zu ihnen, zu deinen Träumen.«

Ein leichter Wind war aufgekommen, die Luft roch salzig, ein paar alte Leute machten Gymnastik am Strand. Ich schaute ihnen ein bisschen zu und betrachtete das blaue Meer von Tel Aviv. Dann hielt ich ein Taxi an und verlangte, zur Zweifelstraße 6 gebracht zu werden. »Zu meinem Haus«, sagte ich.

»No problem«, antwortete der Taxifahrer, mein Akzent hatte mich verraten. Ich schwieg. Mein Bein schmerzte.

»Du wirst wieder laufen, *majn kind*, du wirst wieder laufen«, hörte ich meine Mutter sagen, als ich fünf war. »Du hast eine leichte Kinderlähmung, du wirst wieder gesund«, versprach sie und schwor, dass ich ohne Krücken laufen würde. Meine Mutter stand hinter mir, vor mir und neben mir, aber mein krankes Bein knickte ein, und ich konnte mich nicht auf den Beinen halten. Meine Mutter ließ nicht zu, dass ich auf den Boden fiel, sie hielt mich immer im letzten Moment fest. Bis heute erinnert sich mein Körper an ihren Griff, an ihre festen, warmen Hände, sehnsüchtig erinnert er sich.

»Wir sind da«, verkündete der Taxifahrer nach einer kurzen Fahrt. »Wo genau soll ich Sie absetzen?«

»Hier«, sagte ich. Ich war verwirrt. Plötzlich war ich an dem Ort angekommen, den ich besser kannte als jeden anderen, plötzlich war ich wieder in der Allee am Rand unseres Viertels. Am Tag hatten hier die Kinder gespielt, abends war ich mit meiner Mutter hergekommen, zu meinen Gehübungen.

Der Taxifahrer hielt, und ich setzte mich auf die Bank am Anfang der Allee. Ich atmete langsam und tief und beruhigte meinen verkrampften Bauch, mein schmerzendes Bein, meine Erregung. Ich warf einen Blick zu meinem Haus hinüber. Seit meine Mutter nicht mehr da ist, fällt es mir schwer, zu diesem Haus zurückzukehren. Es fällt mir sogar schwer, es von Weitem zu sehen. Ich lief zwischen den Schaukeln umher, dem Sandkasten und den Rutschen.

Ich hatte hier nie gespielt, ich war kein normales Kind. Wegen der Krücken ging ich nicht hinaus zum Spielen, wie die anderen Kinder es taten. Meine Mutter lud die Kinder zu uns ein, damit sie im Haus oder im Garten mit mir spielten, aber sie kamen nicht. Jahrelang stand ich am Fenster und schaute den spielenden Kindern zu. Stundenlang beobachtete ich Chesi Sonnenschajn, den König des Viertels, ich beobachtete Jigal und Etan, seine Stellvertreter, und die anderen Kinder. So lernte ich in der Theorie, wie man Verstecken spielt, Zucker und Salz, Murmeln mit Aprikosenkernen, Räuber und Gendarm.

Ich erinnere mich, dass ich einmal mitspielen wollte. Ich beschloss, Jigal zu helfen, und rief ihm vom Fenster aus zu, dass Etan sich hinter dem Baum versteckt hatte, aber Chesi Sonnenschajn warf eine Mispel nach mir, die durch das offene Fenster flog und meinen Schrank traf. Von da an schaute ich nur noch zu.

Damals ließ mich Fisch, dieser aufdringliche Kerl vom Kurzwarenladen, nicht in Ruhe. Er fragte mich immer, wer seine Mispeln geklaut habe, doch ich verriet es ihm nie.

»Dummkopf, wieso weißt du das nicht, stehst den ganzen Tag am Fenster und siehst nichts«, schimpfte er. »Das bringt mich noch ins Grab, dass diese Banditen mir die ganzen Mispeln vom Baum klauen.«

Aber ich hatte Angst, ihm etwas zu verraten. Ich war kein Dummkopf, ich war ein Angsthase.

»Lies Bücher«, schimpfte meine Mutter und drohte, wenn ich weiterhin am Fenster stehen würde wie ein Golem, würde sie es zumauern lassen.

»Du brauchst nicht mit diesen Grobianen zu spielen«, sagte sie voller Zorn auf die Kinder, die nicht mit mir spielten. Ich wusste, dass sie von Zeit zu Zeit Malinka bat, sie solle doch so nett sein und ein bisschen mit mir spielen. Malinka war in unserem Viertel die Königin der Spiele. Sie besiegte sogar die Jungen. Ich genoss es, mit ihr Mikado zu spielen, Fünf Steine und Karten. Ich tat immer, was sie wollte, und immer, wenn ich mit ihr spielte, verlor ich absichtlich. Ich wollte, dass sie nicht wegging, ich hatte Angst, dass Chesi sie mir wegnehmen würde. »Hinkebein« nannte er mich, und das kränkte mich. Malinka beschützte mich und beschimpfte ihn mit »Holzkopf« und spielte erst recht mit mir. Ich hatte das Gefühl, eine Freundin zu haben.

Wenn Malinka mit mir spielte, war ich der glücklichste Junge im Viertel. Ich sagte sogar zu Mutter, wie gut es war, dass sie in Auschwitz gewesen sei, denn in Auschwitz hatte sie Etka kennengelernt, Malinkas Mutter.

Meine Mutter wurde blass. »Sag ja nie wieder so einen Blödsinn!«, schrie sie mich an. »Das war nicht gut! In Auschwitz haben sie deinen Großvater und deine Großmutter umgebracht und all meine Schwestern!«

Mein Vater, der ihr Geschrei hörte, kam aus dem Schlafzimmer und brachte ihr ein Glas Wasser mit einer Medizin. Bevor meine Mutter sich wieder beruhigte, schimpfte sie noch: »Malinka, diese Klafte, hätte dir im Ghetto noch nicht mal eine Brotrinde gegeben.«

Bei einem Spiel gewann ich versehentlich gegen Malinka und erschrak, ich hatte Angst, sie zu verlieren. »Ich liebe dich«, sagte ich. Ich hoffte, sie würde weiter mit mir spielen. »Da bist du nicht allein, da musst du dich hinten in der Reihe anstellen«, sagte sie gekränkt. Und dann fügte sie hinzu: »Du tust mir leid, mit deinen Beinen wirst du nicht lange stehen können.« Meine Mutter tobte, als sie das hörte. »Er wird noch rennen«, rief sie. »Aber nicht dir hinterher.«

Am Abend untersuchte ich mein lahmes Bein und überlegte, wie ich es nur loswerden könnte. Ich betete zu Gott, dass ich es einmal würde umtauschen können, dann würde Malinka nur mit mir spielen, Chesi wäre eifersüchtig, und Jigal und Etan würden mich anflehen, mit ihnen in der Allee zu spielen.

»Berger wird dir aus Amerika ein Gerät schicken, mit dem du laufen kannst«, versprach meine Mutter, als sie meine vergeblichen Gehversuche beobachtete. Noch in derselben Woche brachte sie meinen Vater dazu, bei der Molkerei zusätzlich die Nachtschicht zu übernehmen. Mein Vater arbeitete ab da zwei Schichten, jeden Tag sechzehn Stunden. Ich erinnere mich, dass Gerschtajn vom Lebensmittelladen einmal zu mir sagte, meine Mutter hätte das größte Glück des Viertels, nur sie hätte einen fleißigen Mann mit einem Herzen aus Gold, der immer tue, was sie ihm sagt.

»Das Geld von Papas Nachtschicht schicken wir nach Amerika, zu Berger«, versprach meine Mutter. »Und Berger wird dir von dort eine Überraschung für dein Bein schicken.«

So trat Amerika in mein Leben. Schon in der ersten Klasse drängte meine Mutter Amerika in mein Leben.

Fast zwei Jahre lang arbeitete mein Vater zwei Schichten und kam erst nach Mitternacht nach Hause. Meine Mutter wartete jeden Abend auf ihn, und ich musste mir all ihre sehnsüchtigen Geschichten anhören, über meinen Großvater Schustek, den Kantor, der so gut war, dass sogar Gojim kamen, um ihn beten zu hören, und über meine Großmutter, die mit dem Topf voller selbst gekochter Suppe durch das Städtchen zog, und alle Kranken, die davon aßen, wurden gesund. Auch von Simcha Berger erzählte meine Mutter viel, dem Sohn der Nachbarn, dem Jungen, der ihr gesagt hatte, sie sei das schönste Mädchen der Welt, und der sie immer »Sarke, die Prinzessin« genannt und sie hatte heiraten wollen. Manchmal las sie mir auch aus den Briefen vor, die er ihr aus Amerika schickte. Ich tat, als würde ich zuhören. Ich verstand ihr Jiddisch nicht, aber ich erinnere mich, dass ich es sehr liebte, die Stimme meiner Mutter zu hören.

Ich lief die Allee hinunter und schaute mich um, ich betrachtete mein kleines Paradies, das Viertel, das ich gegen meinen Willen mit achtzehn Jahren verlassen habe. Frau Basman lebte heute in meinem Haus. Ich habe es ihr vermietet.

2

Gegen Ende meines zweiten Schuljahres kam meine Mutter von der Postfiliale zurück, mit einem großen Paket, und sagte, das sei der glücklichste Tag in unserem Leben. Sie setzte mich mit meinen unförmigen Unterhosen auf einen hohen Stuhl. Mit zitternden Fingern öffnete sie das Paket, befestigte kalte, hässliche Stahlschienen an meinem Bein und drückte auf eine Feder. Mein mageres Bein wurde gerade, und ich stand auf und begann zu gehen.

»Gadischke kann laufen, mein Gadischke kann laufen!« Meine Mutter warf meine Krücken auf den Stauboden und holte sich eine Valiumtablette aus dem Medizinschränkchen, um ihre übergroße Freude zu beruhigen. »Meinem Herzen«, sagte sie immer, »fällt es schwer, Freude auszuhalten.« Es war das erste und einzige Mal, dass ich meinen Vater weinen sah.

Gegen Abend kam der Arzt zu uns, Dr. Wollmann. Ich tat ihm zu Ehren alles, was meine Mutter mir auftrug. Wieder drückte sie auf die Feder, die mein Bein gerade machte, ich zog ein Bein nach, ich presste die Lippen zusammen, ich ging und ging und sagte meiner Mutter mit keinem Wort, wie weh es tat.

»Ein Wunder!«, rief Dr. Wollmann begeistert. »Wirklich, ein Wunder!«

Ich erinnere mich, dass es wirklich beängstigend war: Plötzlich hatte ich die Hände frei, ich stand gerade und sah die Leute – bis dahin hatte ich, wenn ich ging, nur den Boden gesehen. So ist es, wenn man mit Krücken geht, da beugt man den Kopf zur Erde. Jetzt würde man mich mitspielen lassen, jetzt würde endlich auch ich Freunde haben, jetzt würde Malinka nur mit mir spielen. Ich umarmte meine Mutter und sogar Dr. Wollmann und lief hinunter zur Allee, um mit den Kindern zu spielen.

»Herzlichen Glückwunsch«, sagte Malinka, als sie das Wunder sah.

»Wozu?«, fragte ich.

»Zum Hinken.«

»Hinkebein!«, rief Chesi, als er mich ohne Krücken sah.

In jener Nacht machte ich kein Auge zu. Am Morgen stand ich früh auf, wusch mir das Gesicht am Waschbecken und trocknete meine Tränen. Dann stand ich ruhig da und schaute zu, wie mein Vater sich rasierte. Er warf mir im Spiegel einen Blick zu.

»Komm, rasieren wir uns gemeinsam«, sagte er zu mir.

Er rieb mir Rasiercreme mit Mentholgeruch auf die glatten Wangen und gab mir einen Rasierapparat ohne Klinge. Und so, vor dem kleinen Spiegel, rückten unsere Gesichter zusammen. Ich tat, als würde ich mit dem Apparat ohne Klinge meine Wangen ohne Stoppeln rasieren. Und wie mein Vater schüttelte ich den Schaum ins Becken, wo er in kleinen Häufchen liegen blieb, bis er vom Wasserstrahl weggespült wurde. Danach wartete ich jeden Morgen im Badezimmer auf meinen Vater. Wir rasierten uns schweigend zusammen vor dem Spiegel über dem Waschbecken.

Meine Mutter, Dina und sogar meine Kinder hatten immer gesagt, ich solle mein Haus in Israel verkaufen, und verstanden nicht, dass ich so hartnäckig daran festhielt. Aber heute wusste ich, dass ich recht gehabt habe. Heute kehrte ich endlich nach Hause zurück.

Ich wollte mich dem Haus nähern, aber plötzlich überkam mich eine große Müdigkeit, die meinen ganzen Körper erfasste. Ich erinnerte mich daran, dass ich erst an diesem Morgen gelandet war, dass ich unbedingt ein bisschen ruhen musste.

»Mit fünfzig wird Ihnen das Bein wieder Schwierigkeiten machen«, hatte Dr. Wiener, der Orthopäde, vorausgesagt. »Der Körper wird wieder schmerzen, so wie damals, als Sie ein Kind waren, aber ein bisschen anders.« Plötzlich erschrak ich, ich dachte, der Schmerz würde ausgerechnet jetzt zurückkommen.

Ich wusste, dass ich ins Hotel zurückkehren sollte, aber ich wollte Malinka wiedersehen. Es ist noch zu früh, sie anzurufen, dachte ich, und trotz meiner Müdigkeit lief ich weiter im Viertel herum. Ich prüfte jede Ecke, und tief in meinem Herzen wollte ich Chesi Sonnenschajn, Jigal und Etan treffen, ich wollte ihnen sagen, dass ich Gadi Grin war, der Besitzer der Kushnir & Sons Optic Company.

»Wir tragen Fackeln, in dunkler Nacht, die Straßen strahlen …«, sang ich an Chanukka zusammen mit den anderen Kindern.

»Wir haben genug Feuer und Rauch in unserem Leben gesehen«, sagte meine Mutter zu den Kindern, und bis heute glaube ich, dass die Kinder nur ihretwegen an Chanukka mit nicht angezündeten Fackeln herumliefen. Alle hörten auf sie. Nur Chesi Sonnenschajn kam mit einer brennenden Fackel, und Malinka, die meine Mutter ärgern wollte, zündete ihre Fackel an Chesis an und ging mit ihm an der Spitze des Zugs. Bei diesem Fackelzug ging ich ganz am Schluss, und nur meine Mutter lief neben mir, keiner wollte mein Freund sein.

Als wir nach Hause kamen, stellte ich mich vor den Spiegel und betrachtete mein krankes Bein. Wie kann ich es loswerden, überlegte ich, wie kann ich es nur loswerden?

Als ich unsere Straße erreichte, war ich überrascht. Der Weg, der damals so lange Weg, war jetzt so kurz. Vor mir fuhren Autos und Busse vorbei, die Ampel am Fußgängerübergang war rot, neben mir standen drei Leute, die wie ich darauf warteten, die Straße zu überqueren. Ich war unendlich müde, aber das Bewusstsein, dass ich nach Hause zurückkehrte, munterte mich auf. Ich beschloss, meinen Vater auf dem Friedhof zu besuchen. Er ist hier, dachte ich, auf der anderen Straßenseite, nur fünf Minuten, und ich bin bei ihm.

Schon seit Jahren ist das alles, was mir von Vater geblieben ist – ein Grabstein. Bei jedem Besuch treffe ich dort auch Etka. Ihre Gräber liegen nebeneinander. Sie sind Nachbarn, wie sie im Leben Nachbarn gewesen waren.

Auf dem Friedhof schlug mir der süße Duft von Blumen entgegen, Zypressen und Kiefern bewegten sich im Wind. Es war still, ich war der einzige Besucher, ich kannte die Wege und die, die hier wohnen. Alle Toten sind aus diesem Viertel. Ich sah bekannte Namen, aber ich blieb nur bei Fischs Grab stehen und legte einen Stein darauf.

Jahrelang hat es mich gequält, dass ich Herrn Fisch nicht sagte, wer seine Mispeln klaute. Erst als Chesi das Viertel verlassen hatte, fasste ich Mut und sagte Fisch, dass Chesi Sonnenschajn der Dieb gewesen sei, aber Fisch hörte mir gar nicht zu. Er war krank und müde, und die Mispeln interessierten ihn schon nicht mehr.

Wenn Chesi in Amerika leben würde, hätte er möglicherweise bei mir seine Brille gekauft. Vielleicht wären auch Jigal und Etan in mein Geschäft gekommen. Vielleicht hätten sie in der *Financial Times* geblättert und dort gelesen, dass Kushnir & Sons Optic Company die dreiundsechzigste Filiale eröffnet hatte und ihr Vermögen auf siebzig Millionen Dollar geschätzt wurde.

Nachdem Chesi umgezogen war, hörte ich auf, am Fenster zu stehen. Meine Mutter meldete mich in der Bücherei von Pschigurski an, und ich wurde sein treuer Leser. Pschigurski kaufte für mich alle Bücher, die ich liebte, patriotische Geschichten, die von den Helden unseres jungen Staates handelten. Die Bücher zeigten mir, was ich tun musste, um ein Held wie Zohara Levitov zu werden, die erste Pilotin der Palmach: mich im Kibbuz stählen lassen.

Als Malinka in einen Kibbuz zog, wollte ich mit ihr fliehen, ich wollte mein Schicksal ändern, ich dachte, im Kibbuz würde ich nicht mehr hinken, und dort würde Malinka mich endlich haben wollen.

Ich machte in meinem Zimmer Gehübungen. Kopf erhoben, Rücken gerade, links, rechts, links, befahl ich mir stundenlang, bis Michaela mir erzählte, dass Malinka einen Freund hatte. Ich wollte keine weiteren Einzelheiten hören. Ich schickte Michaela weg, und am nächsten Tag weigerte ich mich, in die Schule zu gehen. Damals gelang es nur meinem Vater, mich zu beruhigen. Jeden Abend, wenn er von der Arbeit nach Hause kam, spielten wir zusammen Dame. Er kam in mein Zimmer und spielte eine Runde mit mir, dann aß er schnell etwas und kam zu mir zurück.

Beim Spielen erkundigte er sich nach der Schule, nach den Büchern, die ich las, und auch nach meinen Träumen. Ich hatte das Gefühl, ihm nur von meinen Siegen erzählen zu dürfen, von meinen guten Noten bei Prüfungen. Ich versprach ihm, alles zu tun, was meine Mutter sagte, und ich versprach, bald auf meinen eigenen Beinen zu gehen, ohne Krücken, und mein Vater hörte mir zu und lächelte. Er hatte ein ganz kleines Lächeln, als falle es ihm schwer zu lachen. Ich liebte es, ihn lächeln zu sehen, dann hatte ich das Gefühl, ihm Freude zu machen.

Aber ich selbst stellte ihm nie Fragen. Ich fragte noch nicht einmal, wie es ihm ging, so war es zwischen uns. Ich war der Letzte, der kapierte, dass mein Vater immer früher von der Arbeit zurückkam, dass er sehr dünn wurde, sehr blass und dass ihm das Atmen schwerfiel. Ich wusste nicht, dass er nachts, wenn ich ins Bett gegangen war, ein Inhalationsgerät benutzte.

Ich fand das Grab meines Vaters, auf dem frische Rosen lagen. Um das Grab herum waren Geranien gepflanzt. Ich wusste, dass Michaela es nicht vernachlässigen würde. Ich stand am Grab, sagte das Kaddisch und erzählte meinem Vater, dass ich nach Hause zurückgekommen sei.

Bis heute tat es mir leid, dass ich meinen Vater nicht wirklich gekannt habe, dass ich ihm keine Fragen gestellt habe, dass ich nicht gemerkt habe, dass er krank war. Ich war bedrückt, und auf einmal bat ich ihn um Verzeihung.

Zwei Tage vor dem Sechstagekrieg, als alle auf den Krieg warteten, wurde mein Vater ins Krankenhaus eingeliefert. Meine Mutter wollte nicht, dass ich mir Sorgen machte, deshalb erzählte sie mir, man habe ihn zum Militär eingezogen, aber Michaela ließ mich wissen, dass mein Vater zum Sterben ins Krankenhaus gekommen war. Ich hatte Angst, meine Mutter zu beunruhigen, deshalb hielt ich den Mund.

Michaela war es auch, die mir mitteilte, dass der Mann vom Zivilschutz, der Schutzgräben im Garten grub, gesagt habe, noch in derselben Nacht würde der Krieg mit den Arabern ausbrechen.

Ich wusste nicht, wovor ich mich mehr fürchten sollte. In jener Nacht blieben Michaela und Etka bei uns. Alle schliefen, und nur ich blieb wach, bis die Sirenen anfingen zu heulen. Ich erinnere mich, dass Etka versteinerte, sie riss die Augen auf und stand sichtbar unter Schock. Michaela zitterte. Meine Mutter fasste sich schnell und zerrte Etka und Michaela mit Gewalt zum Schutzgraben. Ich hinkte hinter ihnen her.

»Du bist kein kleines Mädchen mehr!«, schrie meine Mutter Etka an. »Du hast Kinder, du musst für sie sorgen.« Etka reagierte nicht. Sie war starr, kein Muskel ihres Körpers bewegte sich.

Als die Entwarnung kam, wollte meine Mutter so schnell wie möglich ins Krankenhaus. Bevor sie ging, sagte sie noch zu mir: »Gadischke, du musst jetzt ganz stark sein, ich muss auf Papa aufpassen und du auf Etka und Michaela.«

Während sie mit mir sprach, hielt ich Michaela fest an der Hand. Ich versuchte, ein Held zu sein. Und als sie gegangen war, versuchte ich auch, Etka zu beruhigen. Ich holte aus ihrer Küche eine Kaffeetasse, ein Kännchen Milch und eine Zuckerdose und stellte alles auf ein Erdhäufchen am Rand des Grabens. Ich holte auch ihre Kristallvase und stellte ein paar Gartenblumen hinein. Ich dachte, wenn ich für Etka eine eigene Ecke im Graben einrichte, würde sie sich beruhigen, aber es half nichts, sie war vollkommen verschreckt und verließ den Graben nicht. Auch nach dem Radiobericht über den Erfolg unserer Luftwaffe verbot Etka mir und Michaela, das Erdloch zu verlassen. Als die anderen Kinder schon wieder zur Schule gingen, saßen Etka, Michaela und ich noch immer im Graben.

»Ich glaube niemandem«, sagte Etka zu dem Mann vom Zivilschutz, der versuchte, sie vom israelischen Sieg zu überzeugen. »Wir gehen hier erst weg, wenn Sarke zurückkommt.«

Und so endete der Sechstagekrieg für mich erst acht oder neun Tage später, als mein Vater starb und meine Mutter allein nach Hause zurückkehrte.

3

Ich verließ den Friedhof und rief Malinka an, vor Aufregung am ganzen Körper zitternd. Das Telefon klingelte und klingelte. Ich wollte keine Nachricht auf dem Anrufbeantworter zurücklassen. Ich wollte ihr sagen, dass ich ins Viertel zurückkehrte, ich wollte hören, was sie sagte. Neun Jahre lang hatte ich sie nicht gesehen, neun Jahre lang hatte ich kein Wort von ihr gehört.

Einige Zeit nachdem mein Vater gestorben war, gab es ein gemeinsames Schabbatessen. Ich saß Malinka gegenüber. Die Vase mit den Rosen verbarg ihr Gesicht. Als ich die Vase, die zwischen uns stand, wegnehmen wollte, fiel sie mir aus der Hand. Trübes Wasser ergoss sich über Malinka, und die Blumen, die Etka so liebte, fielen zu Boden. »*Schlimassel*«, rutschte es meiner Mutter heraus. Malinka lachte.

Ich hasste mich den ganzen Abend dafür, dass ich solch ein Pechvogel war, ein *schlimassel*, wie meine Mutter gesagt hatte, und weil ich hinkte und weil Malinka mich verspottete. Um mich zu strafen, aß ich noch nicht einmal den Schokoladenkuchen, den ich so liebte. Den ganzen Abend hatte ich nur Augen für Malinka und beneidete ihren Freund. Vor lauter Scham und Eifersucht vergaß ich, dass mein Vater gestorben war. Nach dem Essen brach Malinka das Schweigen. Plötzlich stellte sie Fragen über meinen Vater und über ihren eigenen Vater, aber meine Mutter schrie, wir sollten den Mund halten. Ihrer Meinung nach durfte man in Etkas Anwesenheit nicht über Arthur sprechen.

»Gadi, warum sagst du nichts?«, fragte Malinka. »Gadi, geh nicht weg.«

Aber meine Mutter trennte uns. »Etka hat genug Tote, man muss ihr nicht noch einen aufladen«, sagte sie. »Man darf Etka nicht die Hoffnung nehmen.«

Wir gingen nach Hause, doch ich hatte das Gefühl, dass Malinka mich brauchte. Dass in dieser Nacht etwas zwischen uns passieren könnte. Als meine Mutter eingeschlafen war, verließ ich das Haus und traf Malinka im Garten. Ich fühlte mich wie Romeo. Nur sie und ich, in der Stille der Nacht, im Licht des Mondes und im feuchten, klebrigen Wind des ausgehenden Sommers. Ich legte zärtlich den Arm um sie, und gemeinsam gingen wir zur Allee. Ich erinnere mich noch an ihren Arm auf meiner Schulter, an ihren Atem, an den Duft des Shampoos, der aus ihren Haaren stieg. Alle Muskeln meines Körpers waren gespannt. Für einen Moment sah ich mein Leben in einem neuen Licht, ich hatte das Gefühl, als gebe sie mir einen gesunden, starken Körper. Ich ging so aufrecht, wie es mir überhaupt möglich war, nichts tat mir weh, und ich weiß noch, dass mir sogar mein gelähmtes Bein gehorchte. Ich erinnere mich auch an die Hitzewelle in meinem Unterbauch, als würde die Sonne in mir strahlen. Es war die glücklichste Nacht in meinem Leben. Ich dachte, Malinka würde verstehen, dass nur ich sie so liebte, dass ich durch meine Liebe sogar Boas besiegt hätte, und ich bat Gott, dass Malinka mich später, wenn wir groß wären, heiraten würde.

Nicht weit vom Friedhof fand ich ein kleines Café, in dem es nach Hefegebäck und Zimt roch. Ich setzte mich ans Fenster. Der Duft nach Gebäck und Zimt gehörte zum Freitagnachmittag, wenn nach der Schule alle Kinder zum Lebensmittelladen von Gerschtajn liefen und in einer Reihe auf ihre Hefeschnecke warteten. Nur Malinka blieb draußen, und ich kaufte zwei Hefeschnecken, eine für Malinka und eine für mich, und ich fühlte mich wie ein König.

Ich bestellte Kaffee und ein Stück Hefekuchen und atmete tief ein. Ich füllte mein Inneres mit dem Geruch des Viertels und dem Geruch des Hefekuchens. Ich hoffte, Malinka würde das Café betreten und hinter ihr Michaela, vielleicht würde auch Chesi Sonnenschajn kommen, mit Jigal und Etan. Ich wollte allen erzählen, dass ich zurückkehrte, dass ich trotz allem in Amerika nicht solche Freunde hatte.

4

Autos fuhren die Straße entlang, Leute waren auf dem Weg zur Arbeit. Einige kamen in das Café. Ich saß schon über eine Stunde hier und kannte keinen Menschen.

In meinen Ohren hallten Dinas Worte nach: »Angenommen, du fährst, um deine Vergangenheit zu finden, angenommen, sie ist dort, angenommen, dass sie wirklich dort auf dich wartet – dann sag mir doch, was war Gutes an dieser Vergangenheit?«

»Aufgrund Ihres Gesundheitszustands sind Sie nicht tauglich zum Militärdienst.« Meine Mutter hielt den Brief vom Wehramt in der Hand. Sie kniff immer die Augen zusammen und konzentrierte den Blick, wenn sie las, aber plötzlich waren ihre Augen weit aufgerissen und wild und flitzten über die gedruckten Zeilen. Sie warf den Brief in den Mülleimer. »Mein Junge fährt weg von hier! Die anderen gehen zur Armee, und du fährst nach Amerika.«

»Ich will nicht nach Amerika!«, schrie ich.

»Was heißt das, du willst nicht? Alle wollen nach Amerika«, sagte sie zornig.

Ich wartete, bis sie mein Zimmer verließ, und bis zum Morgen schrieb ich Briefe an das Wehramt, an den Oberbefehlshaber, an jeden, der mir vielleicht helfen könnte. Ich beschloss, mich freiwillig zu melden, ich wollte zum Sanitätsdienst, obwohl ich kein Blut sehen konnte. Ich war sogar bereit, im Büro zu arbeiten. Jeden Tag schaute ich in den Briefkasten und bekam keine Antwort.

Etan meldete sich freiwillig zu einem Pilotenkurs, Jigal zu den Panzern, Chesi Sonnenschajn wohnte schon nicht mehr im Viertel. Aber mir war klar, dass er zur Marine gehen würde. Ein halbes Jahr lang saß ich in meinem Zimmer und schämte mich, bis ich verstand, dass es besser für mich war, nach Amerika zu fahren.

Was war wirklich so gut für mich hier? Wohin wollte ich zurück? Ich hatte einen bitteren, sauren Geschmack im Mund. Ich bestellte beim Kellner ein Glas Tee mit einem Löffel Honig und Zitrone.

Ich war achtzehneinhalb, als ich mein Zuhause verließ, mit einem Koffer und einem One-way-Ticket, das Berger geschickt hatte. Am Tag meiner Abreise stand Malinka im Hof, sie trug eine neue, eng anliegende Uniform. Sie hatte ihre lockigen Haare zusammengebunden und kniff die Augen zusammen, weil die Sonne sie blendete. Ihr Anblick machte mich unsicher, er lähmte mich fast. Ich versuchte so gerade zu stehen, wie ich konnte, und trotzdem war ich krumm. Ich sagte zu ihr, wie sehr ich mir wünschte, wir wären Freunde. Ich wusste, dass ich Blödsinn redete.

»Es wird dir gut gehen in Amerika«, sagte sie mit ihrer streichelnden Stimme, die mir einen Schauer über den Rücken jagte.

Wieder rief ich bei ihr an, und wieder hörte ich nur den Anrufbeantworter. Ich war verwirrt. Wieso war ich hergekommen, ohne vorher Bescheid zu sagen? Als würden alle nur auf mich warten, als wäre hier alles, wie es einmal war. Wieso hatte ich Malinka nicht informiert? Warum hatte ich Michaela kein Wort gesagt? Wer wartete hier auf mich? Wer sehnte sich nach mir?

»Niemand wartet dort auf dich«, hatte Dina mich angeschrien.

Ich machte Inventur: Meine Mutter und mein Vater sind nicht mehr da, Michaela hat eine eigene Familie, und Malinka hat Malinka. Chesi, Jigal und Etan waren nie meine Freunde gewesen, und andere Freunde hatte ich nicht.

»Ich habe nirgendwo eine Malinka!« Dinas Aufschrei traf mich. »Mein ganzes Leben lang habe ich für dich gearbeitet! Mein ganzes Leben lang gebe ich und gebe, und was bekomme ich von dir? Was wärst du heute ohne mich?« Sie weinte. »Ich fahre zu unserer Filiale nach Washington, und wenn ich zurückkomme, will ich dich nicht mehr hier sehen!«

Alles drehte sich um mich. Wer liebte mich so, wie sie mich liebte? Ich quälte mich.

Ich beschloss, zum Hotel zurückzufahren und mich zu beruhigen, erst dann wollte ich Malinka und Michaela treffen. Es gab keinen Grund zur Eile, ermahnte ich mich, diesmal bin ich gekommen, um zu bleiben.

5

Ich kam am frühen Abend in Amerika an. In der Ankunftshalle entdeckte ich einen kleinen Mann mit einem großen Schild: »Gadischke Grin, herzlich willkommen.« Ich genierte mich, dass ausgerechnet mein Onkel so klein und fett war, mit einer dicken Brille und dem Hut eines Frommen. Ich wollte weg, ich wollte zurück nach Israel.

Wir verließen den Flughafen, Simcha Berger und ich, und stiegen in seinen langen, schwarzen Buick. Während der ganzen Fahrt schwiegen wir. Er war aufgeregt, ich war verwirrt, ich war zum ersten Mal im Ausland. Ich drückte mein Gesicht ans Autofenster. Auf beiden Seiten der Straße sah ich hohe Bäume, deren Blätter sich jetzt, zu Beginn des Herbstes, rot verfärbten, ich sah die riesigen Highways und Häuser, die die Wolken berührten, genau wie auf den Karten, die Simcha an meine Mutter geschickt hatte.

Aber als wir in Brooklyn ankamen, sah es nicht mehr aus wie das Amerika auf den Ansichtskarten. Ich sah dicht aneinanderstehende Häuser, Geschäfte, Fabriken und Männer mit Strejmels und Kaftanen. Überall gab es Leuchtreklamen auf Jiddisch – *Schusteraj*, *Perlmutters Bejgl*, *Chajim Fischl, der Flajschhaker*.

Chawale Berger, Simchas zerbrechliche Frau, umarmte mich und bat mich sofort zum Essen. Mit ihrem Kopftuch und dem langärmligen Kleid sah sie aus wie die Frau des Rabbiners bei uns im Viertel. »Gelobt seist du, Herr, unser

Gott, König der Welt«, segnete Simcha das Essen, das mir zu Ehren gekocht worden war.

Ich bekam keinen Bissen runter, mein ganzer Körper war schweißgebadet. Plötzlich begriff ich, dass ich allein in einem fremden Land war, in das ich gar nicht hatte fahren wollen.

Ich sagte, ich sei müde, ich wolle schlafen. Ich wurde in das saubere, mönchische Zimmer gebracht, in dem ein Bett, ein Tisch und ein Schrank standen. »Das ist dein Zimmer, gute Nacht«, sagte Onkel Simcha und ließ mich allein.

Ich erinnerte mich an Malinkas Stimme, als ich im Radio die Ansage hörte: »Hier ist Galei Zahal, der Radiosender der israelischen Armee ...«

Ich erinnerte mich an ihre erste Sendung. Meine Mutter, Etka, Michaela und ich saßen festlich gekleidet vor dem Radio. Als ich Malinkas Stimme hörte, rannte ich vor lauter Aufregung zur Toilette.

»Meine Schwester! Meine Schwester ist im Radio!« Michaela sprang aufs Bett und verwandelte es in ein Trampolin.

»Sarke, ich farschtej nischt, gurnischt«, murmelte Etka, und meine Mutter musste ihr die Nachrichten auf Jiddisch übersetzen.

Als ich von der Toilette zurückkehrte, kam aus dem Radio schon das Lied »Nacht in der Wüste«. Ich hatte Malinka gar nicht richtig gehört, aber ich sagte zu meiner Mutter, ich wolle auch Radiosprecher werden.

Sie schaute mich wütend an. »Red nicht so einen Unsinn, du bist ein intelligenter Junge, du wirst nicht ablesen, was ein anderer geschrieben hat, du wirst nicht mit achtzehn etwas machen, was jedes Kind in der dritten Klasse machen kann.«

»Doch«, entgegnete ich gereizt.

»Wenn überhaupt, dann wirst du die Nachrichten schreiben«, entschied meine Mutter.

In der ersten Nacht in Amerika schrieb ich einen langen Brief an Malinka. Ich erzählte ihr von Simcha Berger und von der Zelle, in der ich wohnen würde. Ich beschrieb ihr, was ich bei ihrer ersten Radiosendung empfunden hatte, und erzählte ihr, dass ich mich an so viele Einzelheiten erinnerte. In jener Nacht in Amerika wurde mir klar, dass ich Malinka wirklich liebte.

»Mit mir lebt er hier schon über dreißig Jahre«, sagte Dina zu unserem Therapeuten, »hier hat er alle wichtigen Dinge seines Lebens erlebt, Ehe, Kinder, Geschäft. All seine Erfolge hat er hier gehabt, und jetzt macht er alles kaputt. Tom, unser Ältester, wird bald heiraten, und Dani hat eine Stelle an der Universität bekommen. Plötzlich fällt dem werten Herrn Grin auf, dass er in Amerika ist. Plötzlich ist er wütend auf uns, weil wir ihm nicht in sein Viertel in seinem Traumland Israel folgen wollen.«

Der Therapeut schaute mich an und wartete auf meine Reaktion. Wie kann dieser Goj meine Sehnsucht verstehen, dachte ich und schwieg. Ich sagte nicht, dass Dina es immer schafft, das zu sagen, was sie sagen will, und dass es sich immer richtig und gut anhört. Und dass ich immer das

Falsche sage und nicht das, was ich denke oder fühle. Dass ich nie, seit ich mich erinnern kann, die richtigen Worte fand und in allen Sprachen stotterte. Dass ich mich daran erinnerte, wie meine Mutter allen antworten konnte und wie ich Malinka immer um ihre Redegewandtheit beneidet habe.

An meinem ersten Morgen in Amerika machte ich die Augen auf und sah Simcha vor mir stehen. Er gab mir einen Gebetsschal und ein Gebetbuch und verkündete, wir würden jetzt das Morgengebet sprechen.

»Ich weiß, dass man dir noch nicht mal Bar Mizwa gemacht hat, aber bei mir wirst du ein richtiger Jude sein«, sagte er voller Überzeugung. »Wie dein Großvater und wie der Vater deines Großvaters.«

Widerwillig folgte ich ihm zur Synagoge, und dort erzählte er allen Betenden, dies sei der Enkel von Schustek, dem Kantor. Sie schauten mich ehrfürchtig an, und ich stand dort wie ein Idiot, ich wusste noch nicht einmal, wann ich die Seiten des Gebetbuchs umschlagen musste.

Nach dem Morgengebet ging ich mit Simcha zu seinem Brillengeschäft. An der Tür erwartete uns eine alte Frau in einem roten Kostüm. Ihr Gesicht war voller Runzeln und stark geschminkt – ihre Augenbrauen waren mit einer dunklen Farbe nachgezogen, und ihre Lippen waren feuerrot.

»Das ist Esterke Ehrlichmann«, stellte Simcha sie vor, und sofort erzählte er ihr, dass auch meine Mutter in Auschwitz gewesen war. Frau Ehrlichmann zog schnell ihr Jackett aus, schob den Ärmel ihrer Bluse hoch und zeigte die Nummer auf ihrem Arm. Ihrem Lächeln entnahm ich, dass jeder, der in Auschwitz gewesen war, eine bevorzugte Stellung in Brooklyn einnahm. Insgeheim musste ich lachen. Die Auschwitz-Eliteeinheit, hätte Malinka mir jetzt zugeflüstert, wenn sie diesen Stolz gesehen hätte.

»Oj, ein schöner junger Mann aus Israel, und seine Mutter war auch in Auschwitz. Was habe ich dem Herrn der Welt getan, dass meine Rivkale einen Amerikaner geheiratet hat, einen Goj, pfui Teufel, was wäre Schlimmes daran, wenn du mein Schwiegersohn geworden wärst?«

»Esterke, was ist mit einer Brille?«, mischte sich Simcha ein. Er schob seine Brille nach oben und warf einen Blick auf mein Bein. »Du siehst schon seit Jahren nicht mehr gut.«

»Was muss ich sehen, was ich bis jetzt nicht gesehen habe?«, fragte sie, und als sie den Wink verstand, schwieg sie und verließ schnell den Laden.

Ich wusste, dass ich nur kurze Zeit dort bleiben würde, ich wusste, dass ich Simcha Berger und sein Amerika und das meiner Mutter hasste. Ich behielt meinen klaren Kopf nur wegen der Briefe, die ich jeden Abend an Malinka schrieb. Ich beschrieb ihr meine Albträume, ich verbarg nichts vor ihr. Ich erzählte ihr sogar, dass sie sich in meinen Träumen schon von Ram getrennt hatte und ich ihr, ohne ihn, doch ein wenig fehlte und dass ich mir in den Nächten vorstellte, wie sie herausfinden würde, dass wir zusammengehörten und uns sehr liebten. Ich malte mir auch meinen Erfolg in Amerika aus. Ich träumte davon, reich genug zu werden, um die Wünsche meiner Mutter zu erfüllen, so reich, dass sie mir sogar eine Karte nach Timbuktu kaufen könnte, ohne Simcha um Hilfe bitten zu müssen.

Ich träumte davon, Malinka alles kaufen zu können, was sie sich wünschte, damit sie allen erzählen könnte, sie habe einen reichen Freund in Amerika. Ich traute mich sogar, Simcha zu fragen, wann ich Gehalt bekäme und wie viel.

»Das zeigt, dass du langsam ins *business* einsteigst«, sagte Simcha begeistert. Er kam nicht auf die Idee, dass ich nur deshalb gefragt hatte, um meine Rückkehr nach Israel planen zu können.

Die Sonne strahlte in die Suite im fünfzehnten Stock des Hotels. Ich betrachtete den weißen Sand, das Meer, die Wellen, die sich bis zum Horizont erstreckten, und schaute auf meine Uhr. Inzwischen war es in Tel Aviv schon zehn Uhr morgens und drei Uhr nachts in New York. Im Radio wurden hebräische Lieder gespielt, die ich nicht kannte. Die Schmerzen in meinem Bein waren stärker geworden, ich stopfte mir ein Kissen in den Rücken und betete, dass der Schmerz nachlassen würde.

Zafra, Simchas jüngste Tochter, kam am Ende der Woche aus ihrem Beit-Ja'akov-Internat nach Hause. Ich glaube, sie war erst sechzehn. »Sag Gadi Schalom«, sagte Simcha zu seiner Zafra. Chawa, seine Frau, die einen Topf Suppe in den Händen hielt, stellte sich neben das Mädchen. *»Nu, Zafrinka, sog a wort«*, flüsterte sie ihr zu. Zafra wurde rot. Simcha lächelte mich an. »Meine Zafra ist ein braves Mädchen«, sagte er, »und sehr gescheit.« Er führte sie zum Stuhl neben mir. Die kugelrunde Zafra schlürfte die heiße Nudelsuppe in sich hinein. »Iss ordentlich«, ermahnte Simcha sie auf Jiddisch, und mir erklärte er: »Sie ist sehr aufgeregt.« Zafra lächelte mich an, rot vor Verlegenheit. Petersilienreste klebten an ihren Zähnen. Ich spürte ihren Atem und roch ihren Schweiß. Sie hörte nicht auf, mich zu betrachten, sie blinzelte, als habe sie etwas im Auge. Ich konnte sie nicht anschauen. Während des ganzen Essens ließen alle drei den Blick nicht von mir, und ich rutschte unruhig auf meinem Stuhl herum.

»Bald wirst du unsere ganze Familie kennenlernen«, versprach mir Simcha und lächelte. »Ich habe noch weitere vier Töchter, alle, Gott sei Dank, verheiratet und mit Kindern.«

Ich war verwirrt. Ich sagte zu Simcha, mein Bein tue weh und ich wolle in mein Zimmer gehen. Bis zum Morgen überlegte ich wieder und wieder, wie viel Geld ich zur Verfügung hatte und wie viel ich noch bekommen würde, und verstand, dass ich übermorgen wirklich nicht nach Israel zurückfliegen konnte.

Jahrelang dachte ich immer wieder an jene Nacht, in der ich unbedingt nach Hause zurückkehren wollte, in der ich nur weinen wollte über mein bitteres Schicksal und in der ich Gott vor dem Einschlafen um genügend Geld bat, dass ich dahin fliegen könnte, wohin ich wollte, und für so lange, wie ich es wollte. Bis heute habe ich jedes Mal, wenn ich ein Flugticket bestelle, das Gefühl, Simcha Berger besiegt zu haben.

»Nun, wie ist sie? Wie ist meine Zafra?«, fragte mich Simcha Berger am nächsten Morgen und versprach: »Es wird dir gut gehen, wenn du bei uns bleibst.« Mir wurde klar, dass meine Mutter eine Heirat für mich organisiert hatte. Sogar meine Mutter glaubte, dass Zafra zu mir passte.

Ich war einer Ohnmacht nahe. »Jeder Topf findet sein Deckelchen«, hatte sie immer gesagt. Sie hatte einen krummen Deckel für einen schadhaften Topf gefunden.

Ich konnte nicht glauben, dass meine Mutter mich belogen hatte. »Du wirst deinen Spaß in Amerika haben, und sie, *nebbich*, müssen zur Armee.« Ich wusste, dass meine Mutter genug Ausreden finden und mir erklären würde, sie habe geglaubt, Zafra sei die Schönheitskönigin von Brooklyn und das reichste Mädchen von Amerika.

Ich verfluchte die Kinderlähmung, ich verfluchte diejenigen, die mich nicht zum Militär zugelassen hatten, und ich verfluchte meine Mutter. Ich hasste mich selbst, weil ich nachgegeben hatte und nach Amerika gefahren war, weil ich mich geschämt hatte, in Israel zu bleiben. Aber am meisten wollte ich endlich mein Bein loswerden, dieses kraftlose Bein ohne Muskeln, ein Stock aus Knochen, das Bein, das mich zu Simcha Berger gebracht hatte. Ich betete darum, dass etwas passieren würde, etwas, das meine Situation verändern würde, ein Erdbeben, eine Sintflut, ich wollte meine Mutter bestrafen, die mich zu Onkel Simcha geschickt hatte.

Am Abend dieses Tages brach ich zusammen. Ich hatte Krämpfe, meine Zähne klapperten. Chawa wickelte mich in Wolldecken und fütterte mich mit ihrer Penicillin-Hühnersuppe. Nach zehn Tagen war ich wieder gesund. Mit letzter Kraft packte ich meine wenigen Habseligkeiten und verschwand, ohne mich von den Bergers zu verabschieden.

Ich war erst achtzehneinhalb Jahre alt.

6

Bis heute ist es kaum zu glauben, dass ich, Gadischke Grin, allein mit einer Tasche in der Lower Eastside herumlief, dass ich den Mut hatte, ein Brillengeschäft zu betreten und mich um eine Stelle zu bewerben, ohne ein Wort Englisch, ohne jede Berufserfahrung. Ich betrat den Laden, ohne zu zögern, vielleicht war ich so wütend, dass ich verschwinden wollte, verloren gehen, ohne dass meine Mutter wusste, wo ich war. Und vielleicht war mir klar, dass ich sie und ihre Nachbarn nicht schlimmer enttäuschen konnte. Ich schämte mich, nach einer Woche nach Israel zurückzukehren.

»Ich brauche niemanden«, antwortete mir ein älterer Mann mit einem verlegenen Lächeln. »In diesem Laden bin ich der Verkäufer und der Kunde, und ich ziehe es auch vor, mich allein zu ruinieren.« Er brachte mich zum Lachen.

»Woher kommst du?«, wollte er dennoch wissen, als er meinen enttäuschten Blick bemerkte.

»Aus Israel«, antwortete ich.

»Und woher sind deine Eltern?«

»Aus Przedborz.«

Er lachte. »Nun, dann sind wir verwandt.« Er erzählte, dass er von Lodz nach Amerika gekommen sei, kurz vor dem Krieg, und seither in Manhattan wohne. Ich fragte, ob er ein Zimmer zu vermieten habe. »Du kannst bei mir wohnen, so lange du willst«, versprach er mir. »Das Volk Israel bürgt füreinander.« Er stellte sich vor: »Ich heiße Kushnir.«

Wir stiegen zu seiner Wohnung über dem Brillengeschäft hinauf, und dort traf ich Christine, seine Frau, die in einem Rollstuhl saß. Mir wurde schwindlig. Sie bestand nur aus Haut und Knochen und riesigen Augen und reagierte nicht auf meine Anwesenheit.

»Ich bin ohne alles nach Amerika gekommen, ohne Papiere, ohne Besitz, ohne Kleidung, alles, was ich hatte, hatte ich bei den Deutschen zurückgelassen«, sagte Kushnir. »Alles gehörte Christine, der Laden, das Haus, auch das Geld. Ich dachte, Gott funktioniert wieder, er hat Erbarmen mit meinem Leiden gehabt und mir noch eine Chance gegeben. Er hat mir eine reiche, reizende Gojte geschickt, die mich liebt und die ich liebe. Aber ein paar Monate später wurde Christine krank. Diese schreckliche Lähmung ergriff sie von oben bis unten.« Kushnir streichelte die schlaffe Hand, und die gelähmte Christine starrte zur Decke.

Ich bekam keine Luft. Wenn ich die Wahl gehabt hätte, etwas Mut oder zwei gesunde Beine, wäre ich gegangen, aber ich war erschöpft und hatte vor, nur eine Nacht zu bleiben. Ich wollte mich ein bisschen ausruhen und dann weiterziehen.

Am Abend traf ich Dina. Sie kam aus einem der Zimmer, ging an mir vorbei und verschwand, ohne auch nur Guten Tag gesagt zu haben. Sie war barfuß, in einem weißen Pyjama, und ihr Gesicht war hinter langen kastanienbraunen Haaren verborgen. Ich erinnere mich, dass mein Blick ausgerechnet an ihren bloßen Füßen hängen blieb, die schmal und weiß waren, an dem hohen Bogen ihrer Fußsohle, an ihren schönen Zehen.

»Das war kein Geist«, sagte Kushnir lachend, als er meinen erstaunten Blick sah. Dann erklärte er: »Sie heißt Dina und ist meine Nichte. Mein Bruder ist Rabbiner, er wollte seine Tochter mit einem angesehenen Mann verheiraten, aber Dina hat sich in einen hübschen jungen Mann aus Brooklyn verliebt, sie sind zu mir gekommen.«

Dina kam wieder an uns vorbei und lief schnell in ihr Zimmer. Auch diesmal gelang es mir nicht, ihr Gesicht zu sehen, und auch diesmal zogen ihre nackten Füße und ihr leichter Gang meine Aufmerksamkeit auf sich. Und schon war sie wieder verschwunden.

Kushnir und ich versanken in ein langes Gespräch, das bis weit nach Mitternacht dauerte. Ich erzählte ihm von meiner Mutter, meinem Vater und von Malinka und sogar von Zafra. Er war ein guter Zuhörer, und ich konnte auf einmal reden. Am Ende wagte ich sogar zu sagen, dass ich kurze Zeit im Brillenladen von Berger in Brooklyn mitgeholfen hatte, und wieder schlug ich ihm vor, für ihn zu arbeiten.

»Vielleicht bist du mein Engel. Unsere Weisen haben gesagt, manchmal klopft das Glück an die Tür deines Hauses, dann musst du sie ihm aufmachen.«

Kushnir verließ sich auf unsere Weisen, und am nächsten Morgen fingen wir an, den Laden zu renovieren. Nach zwei Wochen flackerte ein neues Schild über dem Laden, »Optik Kushnir«. Das einst verstaubte Brillengeschäft strahlte nun im Glanz großer Lampen, neuer Ledersessel und einer Kirschholztheke.

Zur Eröffnung kamen vier Ladenbesitzer aus der Nachbarschaft, der Friseur, der Apotheker, der Uhrmacher und der Zeitungsverkäufer. Gadischke, das Schtetl ist auferstanden, hörte ich Malinka spöttisch sagen und spürte, dass ich von dort weggehen musste. Und dann tauchte Dina auf. Klein und dünn, in Jeans und einem weißen T-Shirt, ohne Schmuck und ungeschminkt. Ich sah ihr süßes Gesicht, ihre Rehaugen, ihre reine Haut. Sie war schön, sehr schön, aber vor allem traurig – hinter ihrem Lächeln verbarg sich das Weinen. Ich hätte sie am liebsten umarmt und getröstet. Wir sprachen bis zum Ende der Feier nicht miteinander, nur unsere Blicke kreuzten sich manchmal.

Nachdem die Gäste gegangen waren, gingen Kushnir, Dina und ich hinauf in die Wohnung. Dina deckte den Tisch für das Abendessen, Christine saß mit starrem Blick vor dem Fernseher, und Kushnir döste auf dem Sofa. Nur Dina und ich saßen am Tisch. Wir aßen schweigend, verlegen, warfen uns manchmal Blicke zu. Wie, zum Teufel, sollte ich mit ihr ein Gespräch beginnen, fragte ich mich, und es tat mir leid, dass ich keine Erfahrung mit solchen Situationen hatte, dass ich immer nur verlegen war.

Endlich fasste ich Mut und fragte sie in meinem schrecklichen Englisch: »Wo ist dein Freund?« Dina antwortete nicht. Mir schien, als sei sie wütend, und ich war traurig. Da traute ich mich schon mal etwas, und es gelang nicht. Ich hatte das Gefühl, einen empfindlichen Punkt berührt zu haben, und schwieg.

Am nächsten Morgen erzählte Kushnir die Geschichte zu Ende. »Ihr Freund stellte fest, dass sie schwanger war, ließ sie im Stich und kehrte zu seinen Eltern zurück. Nachdem er weg war, verlor Dina das Kind, sie wurde depressiv und wollte sterben. Sie schluckte alle Tabletten, die Christine hatte, aber ich kam rechtzeitig, fand sie blau im Gesicht und kaum atmend in ihrem Zimmer.«

Als Kushnir von Dina erzählte, durchflutete mich ein warmes Gefühl, aber ich erschrak, als mir einfiel, dass dies ein Betrug an Malinka war. Schnell drängte ich jeden Gedanken an Dina zur Seite und konzentrierte mich wieder auf Malinka.

Schon damals hatte ich das Gefühl, in etwas verstrickt zu werden, aber ich wusste nicht, wohin ich hätte gehen sollen. Ich arbeitete weiter im Laden und zählte die Tage, bis ich mir ein Ticket für den Rückflug leisten könnte.

Ich versank im Alltag. Jeden Tag stand ich im Brillengeschäft hinter der Theke, und am Abend sah ich mit Kushnir und Christine fern. Manchmal gesellte sich Dina dazu, dann schaute sie auf den Bildschirm und ignorierte meine Anwesenheit.

Einmal schlief Kushnir abends auf dem Sofa im Wohnzimmer ein, Christine saß, wie üblich, im Rollstuhl und bekam nichts mit, und Dina überraschte mich – sie brachte mir einen Tee und setzte sich neben mich. Ich war beklommen, ich hielt die Luft an, ich trank von dem Tee, der schon kalt geworden war. Ich hatte Angst, etwas zu sagen, aber die Stille machte mir nur noch mehr Angst, deshalb fragte ich sie jedes Mal, wenn ich im Fernsehen etwas nicht verstand.

Dina liebte diese Abende. Sie kochte immer Tee für uns beide, und wir schauten gemeinsam fern, ich fragte sie nach englischen Wörtern, und sie erklärte sie mir auf Jiddisch. Kushnir war zufrieden. »Mit einer Lehrerin lernst du zwei Sprachen«, sagte er.

Um Mitternacht gingen wir jeder in sein Zimmer, jeder zu seinen Träumen. Wenn ich im Bett lag, träumte ich mit offenen Augen von meiner Malinka, und jede Nacht zählte ich vor dem Einschlafen mein Geld. Ich schwor mir, jeden Cent zu sparen, und stellte mir meine Rückkehr nach Israel und meinen Empfang im Viertel vor.

»Geh in dein Land, in deine Heimat, in das Land, das du liebst«, verfolgte mich Dinas abweisende Stimme.

Eines Tages, als ich aus dem Laden kam, erzählte mir Dina, dass ein Mann mit Namen Simcha Berger sie gebeten habe, mir einen Brief zu geben. Ich erkannte die Handschrift meiner Mutter.

»Mein Junge, ich möchte, dass Du weißt, dass es Simcha Berger war, der den Vorschlag zur Verheiratung unserer Kinder machte. Ich kannte seine Eltern, eine gute und angesehene Familie, und außerdem weißt Du ja, dass wir keine Wahl hatten, es war die richtige Zeit für Dich wegzugehen. Mein Kind, Du brauchst seine Zafra nicht zu heiraten, tu nur das, was gut für Dich ist. Du musst auch nicht sofort zurückkommen, arbeite, verdiene Geld, und wenn Du willst, lerne einen Beruf an der Universität. Ich habe schon allen Nachbarn erzählt, dass Du in Amerika großen Erfolg hast. Nur schreib mir, mein Kind, und wenn es nur ein Wort ist, und verschwinde mir nicht einfach. Gib mir eine Adresse, damit ich mir keine Sorgen mache, damit ich Simcha nicht noch einmal losschicken muss, um Dich in ganz Amerika zu suchen. In Liebe, Mama.

P. S. Und wenn Du trotzdem schon morgen zurückkommen willst, dann nehme ich bei Herrn Berger ein Darlehen auf und kaufe Dir ein Rückflugticket.«

Ich las den Brief laut vor und übersetzte ihn für Dina in meinem stotternden Englisch. Bei dieser Gelegenheit erzählte ich ihr von der kugelrunden Zafra, von der Petersilie, die ihr an den Zähnen klebte, und von den Nudeln, die ihr aus dem Mund hingen.

»Jeder tepl hot sajn dekl«, sagte sie und lachte. Jeder Topf hat seinen Deckel, das hatte auch meine Mutter immer gesagt.

Ich dachte, wir hätten uns angefreundet, aber Dina ignorierte mich wieder. Sie schloss sich in ihrem Zimmer ein. Kushnir merkte, dass ich darauf wartete, dass sie herauskäme. »Nun, hast du dich verliebt?«, fragte er lächelnd. Und ich wurde rot. Ich dachte, sie sehne sich noch immer nach dem Freund, der sie verlassen hatte.

»Weißt du«, sagte Kushnir, »Dina ist ein trauriges, verschlossenes Mädchen, sie hat keinen Freund und keine Freundin, so ist das, wenn man seine Familie und sein Zuhause verlässt, und noch viel schwerer ist es, wenn man die fromme Lebensweise verlässt. Ihre Eltern haben sie verbannt, sie haben sogar Schiwa gesessen.«

Ich verstand ihn nicht. »Aber sie lebt doch.« Ich wusste wenig über die orthodoxen Juden, auch nichts über Menschen, die ihr Zuhause verlassen, die Liebe der Familie. Kushnir erzählte weiter von Dina, aber meine Gedanken gingen zum Viertel zurück, und wieder dachte ich, ich müsse nach Hause zurückkehren.

Nach vier Monaten hatte ich das Geld für ein Ticket zusammen und teilte Kushnir mit, ich würde nach Israel zurückkehren. Er nahm meine Mitteilung gelassen auf. »Engel kommen für eine kurze Zeit«, sagte er.

In der Nacht kam Dina in mein Zimmer. »Liebst du mich?«, fragte sie zu meiner Überraschung. Ich wusste nicht, was ich antworten sollte. Ich glaube, ich liebte sie ein bisschen. »Warum willst du dann zurück?«, fragte sie. Ich lächelte sie verlegen an.

Am nächsten Morgen machte mir Kushnir ein großzügiges Angebot. »Ich möchte dir ein Abschiedsgeschenk machen«, sagte er. »Dr. Wiener, der Orthopäde von Christine, wird dich operieren, dann brauchst du keine Schienen mehr.«

Ich glaubte es nicht. »Eine Operation umsonst?«

»Ja, geschenkt.«

Durch die Operation wurde ich die Schiene mit der Feder los, die mir Simcha vor vielen Jahren geschickt hatte, stattdessen setzte man mir Platin in den Körper ein. Ich hatte eine lange, hässliche Narbe am Bein, aber ich war glücklich. Zum ersten Mal in meinem Leben kaufte ich mir Jeans und zog Sneakers an. Dina fing an, mir zu zeigen, dass sie mich mochte. Plötzlich waren wir Freunde, und sie schlug mir sogar vor, zu ihr ins Zimmer zu ziehen, ihre Liebe riss mich mit, ihre Lust blendete mich, und so verging ein Monat nach dem anderen. Von Zeit zu Zeit sagte ich mir, dass mich vor ihr keine gewollt hatte, dass ich mich nur auf meine Liebe zu Malinka vorbereitete, und ich glaubte, dass bestimmt auch Dina sich auf die Liebe zu dem Freund vorbereitete, der sie verlassen hatte.

7

»Wir zogen los, blass war die Nacht …« Das Radio brachte alte Lieder, Lieder, die ich kannte.

Die Stille wurde von einem Krankenwagen und von Polizeisirenen unterbrochen. Ich wusste sofort, dass es sich um einen Anschlag handelte, und erschauerte. Diesmal war ich hier, an dem Ort, an dem es geschah.

»Mama, komm!«, schrie ich am Jom Kippur 1973 ins Telefon und flehte: »Bitte, komm!«

Ich saß vor dem Fernseher und sah eine Schoah. Arabische Armeen verschlangen das Land. Kriegsgefangene in israelischer Uniform füllten den Bildschirm. Ihre Augen waren mit Tüchern verbunden, sie saßen im Schneidersitz da, zwischen Dünen und Himmel, und warteten auf ihren Tod. Die Bar-Lev-Linie, die Chinesische Farm, die Gegenoffensive … Ich verstand nicht genau, was sie im Fernsehen sagten. »Das ist das Ende meiner Welt«, murmelte ich. »Alles wird zerstört.«

Ich rief abwechselnd bei Malinka und Michaela an, ich konnte nicht aufhören, sie zu suchen. Vielleicht war ihnen etwas passiert. Die Leitungen funktionierten nicht.

Ich war froh, dass Tom und Dani nicht dort waren, ich war froh, dass Dina in diesem Moment nicht die Dizengoffstraße entlanglief.

»Mama, komm!«, bettelte ich.

»Ich komme nicht ohne Etka, und Etka kommt nicht ohne Michaela und Malinka, und Malinka ist ein Dickkopf, sie wird nicht kommen.«

»Malinka, komm«, bettelte ich.

Ich brachte sie zum Lachen. »Romeo, komm hierher, damit du rechtzeitig da bist, um mit mir gemeinsam zu sterben.« Und bevor sie auflegte, sagte sie noch: »Ich muss jetzt zur Sendung.«

Wie konnte ich in Amerika bleiben, warf ich mir vor, wie konnte mich Dina so verzaubern. Ich gehöre nicht hierher, ich muss dort sein. Ich hätte bis zum Tod gekämpft. Ich hätte einen Orden bekommen und das Land gerettet. Der Damm meiner Träume brach. Ich war erfüllt von heldenhaften Fantasien.

Ich rief beim Büro der El Al an, ich bestellte ein Flugticket und sagte Kushnir und Dina, dass ich diesmal wirklich zurück nach Israel ginge. Kushnir nahm meinen Entschluss verständnisvoll auf. Aber Dina warf meine Kleidungsstücke und alles, was sie von meinen Sachen erwischen konnte, auf das Sofa im Wohnzimmer und schloss sich in ihrem Zimmer ein. Ich klopfte an die Tür. Betteln kann ich gut. »Dina, bitte, mach die Tür auf.« Dina gab keine Antwort. Vielleicht hatte sie wieder Tabletten genommen. Vielleicht würde sie meinetwegen sterben. Ich fühlte mich schuldig, und einen Moment lang dachte ich, sie habe sich vielleicht doch in mich verliebt.

»Sag doch ein Wort!«, schrie ich. »Damit ich weiß, dass du in Ordnung bist. Ich mache mir Sorgen um dich!«

»Du machst dir Sorgen«, brach es aus ihr heraus. »Geh weg, geh und rette dein Heimatland!«

»Soldaten haben Vorrang«, sagte die Angestellte im Reisebüro. »Zurzeit gibt es für Sie keinen Platz in einem Flugzeug.«

Ich verfluchte mein Bein. Wegen dieses Beins war ich nicht an dem Ort, an dem ich hätte sein müssen. Ich wollte kämpfen, ich wollte jemand anders sein.

»Ich habe vor zurückzukommen«, teilte ich meiner Mutter mit. »Ich melde mich freiwillig an die Front. Auch Trumpeldor war ein Krüppel, und Moshe Dayan fehlt ein Auge.«

Meine Mutter erschrak, sie beharrte darauf, dass ich nicht zurückkam. Bei jedem Telefongespräch erinnerte sie mich an die Namen der Verwundeten, der Gefangenen, der Vermissten und der Gefallenen unseres Viertels. »Du musst leben«, sagte sie und segnete mein lahmes Bein, das mir mein Leben gerettet habe. Meine Mutter brachte mich ganz durcheinander. Plötzlich fing auch ich an zu glauben, dass mein Bein ein Zeichen des Himmels sei, dass ich dazu bestimmt sei, der letzte Überlebende meiner Familie und des Volkes Israel zu sein, des ganzen Viertels, der ganzen Stadt, des ganzen Landes. Und dass Dina vielleicht die Frau sei, die zu mir passte.

Kushnir teilte mir mit, dass Dr. Wiener eine weitere Operation empfahl. »Diese Operation wird deine Fähigkeit, zu stehen und zu laufen, verbessern«, sagte er. »Dr. Wiener wird dir ein neues Knie einsetzen und deinen Oberschenkelknochen richten.«

Ich würde gehen können, ich würde rennen können, ich

würde kämpfen können. Ich ging mit großen Hoffnungen zur zweiten Operation.

Während ich mich erholte, zwischen Infusionen und Beruhigungsspritzen, stellte ich mir vor, dass ich mich bei der Armee melden, dass ich Offizier bei der Artillerie werden würde. Als ich mich von der Operation erholte, war der Krieg schon zu Ende, und ich hinkte immer noch, ein bisschen weniger und ein bisschen anders.

Damals verschwand Dina. Ich hatte den Verdacht, dass sie nach Brooklyn gefahren war, um ihren Freund zu suchen, der sie verlassen hatte.

»Dina ist tüchtig«, informierte mich Kushnir. »Sie hat drei weitere Filialen aufgemacht. In Dina fließt das Blut meines Vaters, Dov-Bär Kushnirs, des reichsten Textilhändlers von Lodz. Kaum hat sie sich erholt, schon kann man sehen, dass sie seine Enkelin ist.«

Kushnir war beeindruckt von ihrer Entschlossenheit. »Sie ist eine großartige Frau«, lobte er sie.

Zu jener Zeit war ich niedergedrückt. Mein Bein tat weh, ich erholte mich nur langsam, und Malinka war so weit weg. Dina kam nach über einem Monat zurück, mit drei neuen Filialen und Geld auf dem Konto. Ich erinnere mich an unser erstes Wiedersehen, an die herzliche Umarmung, an ihren Kuss.

»Ich liebe Hochzeiten«, sagte Kushnir und schlug vor, wir sollten heiraten.

Dina war begeistert. »Seit du gekommen bist, ist uns nur Gutes widerfahren«, sagte sie.

Ich war stumm, ich wusste nicht, was ich tun sollte. Malinka würde es mir nicht verzeihen, wenn ich Dina heiratete, und Dina würde es mir nicht verzeihen, wenn ich sie nicht heiratete.

In den Nächten schrieb ich weiterhin an Malinka, dass ich sie liebe, ich erzählte ihr, dass ich Erfolg hätte und sehr begehrt sei. Ich dachte, vielleicht würde sie mir schreiben, ich solle kommen, aber Malinka reagierte nicht, sie rief weder an, noch schrieb sie mir einen Brief.

»Man muss kein Genie sein, um zu verstehen, dass jeder Traum einmal zu Ende ist, Dina ist das Ende von Malinka«, sagte Kushnir, als ich ihm von Malinka erzählte. Malinka würde mir nicht gehören, Malinka würde immer einem Boas oder Ram gehören, so versuchte ich, meine Träume von Malinka zu verdrängen.

8

Es ist schon Mittag. Die Zeit verfliegt nur so. Die Schmerzen sind vom Bein in den Nacken gewandert. Ich betrachtete vom Balkon der Suite aus den Horizont, und plötzlich hoffte ich, Dr. Wiener würde anrufen und mir eine weitere Operation vorschlagen, die die Schmerzen nehmen würde.

Bei meiner Hochzeit waren Kushnir und Christine, meine Mutter und ein Dutzend Kunden. »Bei uns in Przedborz«, tröstete uns meine Mutter, »hat man gesagt: *Wos klener der ojlem, gresser di simche*. Je weniger Gäste, umso größer die Freude.« Aber als ich zu Dina sagte: »Durch diesen Ring seist du mir angetraut«, sah ich Malinka vor mir, auch als ich sagte: »Sollte ich dich vergessen, Jerusalem, so verdorre meine rechte Hand! Kleben soll meine Zunge mir am Gaumen, so ich dein nicht gedenke …«

Nach der Trauung umarmte mich Dina, sie weinte. Ich dachte, sie trauere, genau wie ich, um eine verlorene Liebe. Ich umarmte sie schweigend. Mein Herz liebte Malinka. Mein Herz kann sich nicht freuen, beruhigte ich mich. Es war ein Satz, den meine Mutter oft gesagt hatte.

»Daddy, gib ein Lebenszeichen, erzähl, was los ist.« Ich las Toms SMS und erschrak. Was war wirklich mit mir los? »Du beharrst darauf, dich zu sehnen«, hatte Tom gesagt, bevor ich das Haus verließ.

Als Dina Tom auf die Welt brachte, konnte ich kaum glauben, dass auch mir etwas Gutes geschah. Ich erinnere mich an Tom, den lachenden Jungen, wie er mit Brillengestellen spielte, mit Kontaktlinsenbehältern, wie er im Laden in Manhattan herumkrabbelte. Dina bereiste damals das ganze Land, den Westen, die Ostküste, den Süden, und erweiterte die Ladenkette. »Mit einer Brille von Kushnir & Sons sieht die Welt besser aus«– so lernte uns ganz Amerika kennen.

An Pessach, als Tom ein Jahr alt war, lud ich meine Mutter ein, mit uns den Sederabend zu feiern. Ich hatte das Gefühl, dass etwas Neues begann. Ich glaube, ich war so voller Freude, dass sogar für Malinka kein Raum mehr in mir war. Aber Dina nahm nicht an dem Fest teil. »Einer in diesem Haus muss ja arbeiten«, sagte sie. Ausgerechnet zu diesem Zeitpunkt beschloss sie, eine neue Filiale in Ohio zu eröffnen. Ausgerechnet bei Toms erstem Seder, ausgerechnet beim ersten Seder, zu dem meine Mutter zu uns gekommen war.

Ich versuchte sie zum Bleiben zu überreden. »Aber es ist ein Feiertag.«

»Mir sind die jüdischen Feiertage egal«, sagte sie. »Ich bin fertig mit ihnen.«

Kushnir wollte uns beruhigen. Er warf mir einen bedeutungsvollen Blick zu. »Sie muss fahren. Sie muss vergessen.«

»Es wird alles gut.« Ich streichelte Dina, die ins Bett kam und sich die Decke über den Kopf zog.

»Es wird alles gut«, sagte ich noch einmal, als sie den Koffer packte. Ich wusste, dass ich bei diesem Streit nicht gewinnen konnte. So bin ich, bei Streitereien verliere ich. Aber meine roten Augen verrieten meine Enttäuschung. Meine Mutter verstand, was mit mir los war.

»Du hast eine starke Frau«, ermunterte sie mich. »Mit Dina hättest du sogar in Auschwitz Suppe aus Kartoffelschalen gehabt.«

In jener Nacht holte ich mir die verzauberten Momente zurück, holte mir Malinka zurück. Ich träumte, dass sie zusammenbrechen, dass sie mich bitten würde zurückzukommen, dass sie mich anflehen würde, sie zu heiraten. Ich träumte von einem anderen Haus, in einem kleinen Viertel, mit vielen Freunden, von der Sonne und dem Sommer und dem Meer.

Mein Leben verlief in zwei Bahnen. Nachts versank ich voller Freude in meinen Träumen, die in mir das Verlangen weckten, immer nur zu schlafen, und morgens stand ich auf und lebte mein Alltagsleben.

In den Zimmern lief Gladys herum, die Tom hingebungsvoll versorgte, und als Dani geboren wurde, war Kushnir da, der ihn fütterte und wickelte. Opa Kushnir wurde er von allen genannt. Und ich stand jeden Tag im Brillengeschäft, hinter der Theke, und half den reichen Leuten von Manhattan, scharf und klar zu sehen. Viele Mädchen machten mir schöne Augen, stärkten meine Selbstsicherheit, und Dina unternahm ihre Reisen.

»Was ist das?«, fragte ich Dina. Sie war spät in der Nacht zurückgekommen, und als sie ihre Tasche auspackte, flatterte ein Rezept für Prozac zu Boden.

»Was willst du von mir?«, fauchte sie. »Was machst du für ein Gesicht? Ich tue alles, damit wir ein besseres Leben haben. Ich arbeite Tag und Nacht, und du kommst nur mit Klagen.«

Tom und Dani wachten bei ihrem Geschrei auf.

»Was ist mit dir?«, fragte ich, auch ich war erschrocken.

»Was mit mir ist?«, fragte sie zurück. »Siehst du das wirklich nicht? Vielleicht solltest du endlich eine Brille aufsetzen, damit du siehst, dass wir schon achtundzwanzig Filialen haben, wir haben genug Geld, um Tom und Dani auf die teuersten Schulen zu schicken, das ist es, was los ist.«

Am nächsten Tag gab ich mich nicht mehr mit Träumen zufrieden. Ich rief bei einem Reisebüro an und bestellte ein Flugticket nach Israel. Ich lief wie ein Verrückter in den Straßen des Viertels herum. Malinka war nicht zu Hause, Michaela hatte zu tun, sogar Gerschtajn interessierte sich nicht dafür, wie es mir ging, und der alte Dr. Wollmann erinnerte sich schon nicht mehr daran, wer ich war.

»Irgendwann komme ich zurück«, versprach ich meiner Mutter.

Sie stellte keine überflüssigen Fragen. »Du musst dich nicht beeilen mit dem Zurückkommen«, sagte sie. »Ein jedes Ding hat seine Zeit.«

Ich kehrte nicht für immer nach Israel zurück, aber ich verkündete Dina, ich würde an jedem Wochenende hinfahren.

Dina tobte. »Nie denkst du an mich, du hast hier ein Zuhause, du hast Kinder und eine Frau, die sich um dich sorgt«, schrie sie. Offenbar hatte sie vergessen, dass sie selbst nur selten zu Hause war, dass sie ihr Leben auf Reisen und in den Filialen verbrachte.

Wie immer wollte Kushnir Frieden stiften. »Er wird nur

einmal in zwei Monaten hinfahren, nur für ein, zwei Tage«, sagte er und begrenzte damit meine Träume. »Er fährt doch nur, um zu sehen, wie es seiner Mutter geht.« Er redete weiter auf sie ein: »Ich werde hier auf die Kinder und auf das Geschäft aufpassen, es wird schon alles klappen, das Geschäft wird nicht darunter leiden.«

Dina akzeptierte das Urteil. Alle zwei Monate flog ich für ein paar Tage nach Israel, und einmal im Jahr, am Unabhängigkeitstag, nahm ich die Jungen mit. Ich fuhr mit ihnen zu Militärbasen, zeigte ihnen unsere U-Boote, unsere Flugzeuge, unsere Panzer. Wir gingen zu Veranstaltungen und sahen uns das Feuerwerk an, und gemeinsam tanzten wir in den Straßen. »Wir kommen wieder her«, versprach ich ihnen. Aber am achtundvierzigsten Unabhängigkeitstag war es damit vorbei. Christine starb.

»Das war's, es ist zu Ende, Christine ist gegangen«, sagte Kushnir am Telefon. Ab da war der Unabhängigkeitstag zu Christines Gedenktag geworden.

Ich wischte die Tränen weg. Ich wusste nicht, wann ich zum letzten Mal geweint hatte. Meine Mutter mochte keine Tränen, vor allem nicht, wenn ich sie vergoss, aber ich habe nie aufgehört, mich nach Kushnir zu sehnen. Es sind jetzt schon drei Jahre, dass er nicht mehr da ist.

»Du hast mir Glück gebracht«, sagte er zu mir, bevor er starb. »Du hast meine Welt ein bisschen glücklicher gemacht und meinen Tod ein bisschen leichter. Vielleicht bist du wirklich ein Engel?« Er lächelte mich an, bevor er die Augen schloss.

9

»Es gibt Schwierigkeiten mit deiner Mutter«, teilte mir Michaela mit. »Ihr Herz macht Probleme.«

Ich sah sie im Krankenhaus, dünn und blass und an eine Infusion angeschlossen. Neben ihr saßen Etka und Michaela.

»Eure Mutter hat die Katheteruntersuchung gut überstanden«, sagte der Arzt zu uns.

»Meine … meine Mutter …«, sagte ich und wurde rot, ich konnte den Satz nicht zu Ende sprechen. Und zu meiner Mutter sagte ich: »Du hast mich.« Und versprach ihr zum wer weiß wievielten Mal zurückzukommen.

Warum lebe ich nicht in Israel? Warum lebt Dina nicht in Israel? Warum sind Tom und Dani in Amerika? Warum stimmte ich zu, dass Dina die Kinder im Kindergarten anmeldete, in der Schule, im College? Sie können noch nicht mal richtig Hebräisch. Jede Zelle meines Körpers blutete. Ich hatte ihnen Feuerwerke gezeigt und sie zu Veranstaltungen mitgenommen und geglaubt, sie würden hier leben wollen. Ich hatte ihnen »Schnell, schnell, Zwerge, rennt« vorgesungen und ihnen *Eine Wohnung zu vermieten* von Lea Goldberg vorgelesen, und wenn sie eingeschlafen waren, summte ich für mich »Auf dem Pfad mitten in den Feldern«– und ich dachte, sie würden Amerika verlassen wollen.

Einen Tag bevor ich nach Israel kam, um meine Mutter zu pflegen, saß ich mit Dina in einem Café in Manhattan und erzählte ihr von Chesis Clique, von den Mispeln und von Fisch und von der Blumenvase, die ich in den Graben gestellt hatte. Ich erzählte immer gerne Geschichten aus dem Viertel.

»*A mentsch gejt nischt ahin mitn kop ojf zurik*«, unterbrach mich Dina. »Ein Mensch geht nicht vorwärts mit zurückgewendetem Kopf. Hör schon auf, mich mit deiner Vergangenheit verrückt zu machen.« Sie fing an zu schreien: »In Amerika backt man kein Brot aus Erinnerungen.«

»Wo ist Malinka?«, fragte ich Michaela, als ich kam, um meine Mutter im Krankenhaus zu besuchen.

»Du weißt doch, dass sie nie in Krankenhäuser geht und nie auf Friedhöfe«, antwortete sie erstaunt.

»Ich liebe sie so sehr«, sagte ich in einem Anfall von Schwäche und wurde rot.

Michaela riss die Augen auf. »Stimmt etwas nicht mit Dina?«

»Wenn ich in Israel bin, liebe ich Malinka«, redete ich mich heraus. Michaela sollte nicht wissen, wie es um mich stand.

»Dann sag es ihr doch. Bei Amalia ist immer alles wie immer. Morgens schläft sie, abends streitet sie sich mit Mutter, und nachts arbeitet sie beim Radio. Nur dass das Radio heute nicht mehr das ist, was es einmal war.« Michaela lachte.

Es tat mir leid. Vielleicht hatte meine Mutter etwas von unserem Gespräch mitbekommen? Ich war ein gehorsamer Sohn, ich wollte meiner Mutter keine Probleme machen, wollte sie nicht enttäuschen und ihr nicht das Herz beschweren. Mein Gefühlsausbruch erschreckte mich, und ich bedauerte mein Geständnis. Ich schämte mich, weil ich Dina verletzt hatte, und ich ärgerte mich, dass ich so durcheinander war. Doch bevor ich wieder nach Amerika zurückfuhr, konnte ich mich nicht zurückhalten und bat Malinka um eine Zusammenkunft.

Wir trafen uns in der Nacht, nach Programmende, im Café neben dem Sender. Wie immer war ich von ihr verzaubert, von ihrem blauen Blick, und sehnte mich danach, immer nur ihre Stimme zu hören. Ich wollte sie berühren, streicheln, umarmen, küssen. Ich war aufgeregt und sagte: »So viele Jahre lang haben wir uns nicht mehr richtig unterhalten.«

»Na und«, sagte sie kühl.

»Du bist so schön«, stammelte ich. So bin ich, in ihrer Gegenwart hinke ich nicht nur, ich fange auch an zu stottern. Ich kann ihr nicht widerstehen. Ich sah, wie die Jahre ihr Gesicht und ihren Körper gezeichnet hatten, aber sie hatten es nicht geschafft, ihre Schönheit zu verwischen.

Ich war vorsichtig. »Ich möchte nicht drängen, ich will nichts verändern. Du sollst nur wissen, je mehr Zeit vergeht, umso größer wird meine Sehnsucht, vielleicht auch meine Liebe.« Ich wich ihrem leeren Blick aus und wiederholte: »Ich will nichts verändern, aber du sollst wissen, dass weder die Entfernung noch die Jahre …«

»Ich weiß es«, unterbrach Malinka mein Liebesgeständnis.

Ich kehrte nach Hause zurück und fand keine Ruhe. Ich

bekämpfte meine Sehnsucht mit Arik Einstein, Shoshana Damari und Ha-Givatron. Ich hörte israelische Lieder und sang sie laut mit. »Weiß jemand, warum Daddy so vergnügt ist?«, fragte Dina die Kinder. Sie gaben keine Antwort. Warum habe ich Dina nachgegeben?

Ich überfiel sie mit der Frage: »Warum willst du nicht in Israel leben? Warum bist du nicht bereit, es wenigstens zu versuchen?« Ich wollte die Qualen der Sehnsucht beenden.

Dina war verblüfft. »Was ist mit dir los? Du bist schon so viele Jahre hier, all deine Erfolge hattest du hier.«

Ich wollte sie überzeugen. »Israel ist das einzige Land der Juden auf der Welt.«

»Ich bin von hier«, wehrte sie ab. »Deine Kinder sind von hier. Ich bin Amerikanerin, deine Kinder sind Amerikaner, und auch du bist bereits Amerikaner.«

»Wir sind doch Juden, oder? Sag, es stimmt doch, dass wir Juden sind?«, beharrte ich.

»Es stimmt«, gab sie zu. »Na und?«

Ich erhob meine Stimme. »Juden leben in Israel. Es gibt für Juden kein anderes Land!«

»Doch«, sagte sie spöttisch, »und vielleicht ist es sogar besser.«

Am Schluss dieses Gesprächs stellte Dina fest, meine Reisen nach Israel seien nicht nur meine Angelegenheit, ich würde damit auch Instabilität in ihr Leben bringen. Sie sprach sogar davon, dass sie in Brooklyn hätte bleiben sollen, wie ihre Familie es gewollt hatte. Am nächsten Tag ging sie zu Dr. Stewart, dem bekannten Psychiater. Dreimal in der Woche besuchte sie ihn. Das machte mich wahnsinnig.

»Schön, dass du etwas gefunden hast, wofür du unser Geld vergeuden kannst«, sagte ich.

Dina fuhr mich an: »Ich vergeude Geld? Wer fliegt denn dauernd nach Israel? Wer rennt alle zwei Monate wie ein Hund zum Zwinger? Wer fährt durch die Welt, um Mamas Schnuller zu suchen?« Sie tobte, und ich sah die Tabletten, die sie gleich nehmen würde. Ich erinnerte mich daran, dass ich Kushnir versprochen hatte, auf sie aufzupassen, und dass sie eine schwere Kindheit erlebt hatte und empfindlich war. Ich antwortete nicht. Schweigen kann ich gut und nachgeben noch besser.

Ich arbeitete immer länger, und wenn ich frei hatte, verkroch ich mich in mich selbst. Ich spann mich in meine Erinnerungen ein wie eine Raupe, wickelte mich in Seidenfäden, deckte mich mit ihnen zu, rollte mich in ihnen ein. Ich hätte in Israel bleiben müssen, ich hätte mit Malinka leben sollen. Mit Malinka wäre ich im Viertel geblieben, in der Nähe meiner Mutter. Unsere Kinder wären in den Kindergarten Schoschana gegangen, in der Schule hätte Paula, die Lehrerin, sie unterrichtet, sie hätten die Lieder des Armeechors gesungen, sie hätten israelische Volkstänze getanzt und sich die Witze von Hagashash erzählt.

Es gelang mir nicht, meine Träume zu begraben. Ich lebte in einem fremden Land, mit einer Frau, die von einer Liebe träumte, die sie verloren hatte, ich verkaufte Brillen und erzog zwei Söhne in der Fremde.

Die Gedanken ließen mich nicht los. Nachts wanderte ich in der Wohnung herum. Dina verlangte, dass ich an der Therapie teilnahm.

»Ich fahre nach Israel, dort werde ich zur Ruhe kommen«, sagte ich.

»Aber du bist gerade vor einer Woche zurückgekommen.«

»Ich fahre«, beharrte ich.

»Dann fahr doch!«, schrie sie.

»Genug, hört endlich auf zu streiten«, flehte Tom.

»Diesmal fahre ich nicht allein«, erklärte ich Dina. »Diesmal nehme ich Tom und Dani mit.« Ich wollte sie aufrütteln, ich dachte, sie würde einmal zustimmen, mich nach Israel zu begleiten, statt eine weitere Filiale in Honolulu zu eröffnen. Ich dachte, in Israel würde alles zwischen uns wieder gut, mit oder ohne Malinka.

Dina geriet außer sich. »Du hast kein Herz! Du bist ein Egoist!«, brüllte sie und kippte überall in der Wohnung die Schubladen aus, sie suchte Tabletten, sie wollte wieder sterben.

»Genug, Dina, sie bleiben hier«, versprach ich ihr. Die Kinder taten mir leid.

»Und du?«, fragte sie.

Du Idiot, schoss es mir durch den Kopf. Vermutlich liebt Dina dich, trotz allem.

Ich fuhr nicht. Ein Jahr und vier Monate lang blieb ich in Amerika. Und ich ging sogar zu Dr. Stewart, zur Paartherapie.

10

»Möchtest du ein israelisches Kind?«, fragte mich Malinka am Telefon und fügte mit schmeichelnder Stimme hinzu: »Nur von dir würde ich ein Kind wollen.«

»Malinka«, rief ich aufgeregt, noch bevor mir klar war, was sie gesagt hatte.

»Nun, wie ist deine Antwort?«, fragte sie sachlich. »Willst du ein Kind von mir?«

»Natürlich«, sagte ich. Ich zitterte am ganzen Körper, und mein Bauch verkrampfte sich vor Aufregung. Ich begriff, dass ich mir etwas vorgemacht hatte, als ich glaubte, mich von der Vergangenheit lösen zu können. »Wir reden später darüber, der Laden ist voller Kunden.«

Sie lachte. »Wir brauchen nicht darüber zu reden, komm einfach.«

Mein Traum wurde wahr. Zum ersten Mal gab mir das Leben die Möglichkeit, etwas gutzumachen.

Ich nahm Zuflucht zu einer Ausrede und log: »Ich fahre zu meiner Mutter, sie ist krank, sie ist alt, sie liegt im Sterben.«

»Was ist los mit dir?«, fragte Dina erstaunt. Diesmal gab ich ihr keine Antwort. Einmal im Monat flog ich nach Israel, bei jedem Eisprung landete ich bei Malinka.

Malinka war vierundvierzig, ich war dreiundvierzig, mein Körper war wie zwanzig. Ich sah mich als Bräutigam und Malinka als Braut, ich stellte mir vor, ich würde in das Haus im Viertel zurückkehren und so leben, als wäre ich nie nach Amerika gefahren, als würde alles so weitergehen, wie es hätte weitergehen müssen, als wäre mein Bein immer gesund gewesen.

Ich versank in Fantasien, ich vergaß, dass ich Kinder hatte, ich vergaß Dina, ich vergaß das Geschäft. Ich ignorierte mein normales Leben, lebte in einer Welt von Eisprüngen, Laboruntersuchungen und Transatlantikflügen. Ich war ein richtiger Mann, in meinen und in Malinkas Augen. Ich schwebte zwischen Meer und Himmel, erfüllt von Verlangen. Ich erinnere mich, wie ich mich auf sie stürzte, wie sie sich an mich schmiegte, wie sie meinen Körper mit Energie füllte, wie sie die Schmerzen vertrieb. Damals schien immer die Sonne, am Tag und in den Nächten. Ich hatte das Gefühl, für Malinka der wichtigste Mensch zu sein, überhaupt das Wichtigste.

»Gadi ist ein einziger Sohn, er ist in ein fernes Land gezogen und hat eine verwitwete Mutter zurückgelassen, eine Überlebende der Schoah«, sagte Dr. Stewart, der in meiner Seele wühlte. »Er trägt eine Schuld, die ihm keine Ruhe lässt. Trotz seiner häufigen Reisen wird er Sie nicht verlassen, er wird bei Ihnen und den Jungen bleiben. Er braucht ein Zuhause, eine Familie. Er ist zwanghaft.«

Ich betrachtete den Mann, der so genau zu wissen glaubte, wer ich war und was mit mir sein würde, und wäre am liebsten weggelaufen. Ich wollte nicht mehr zu seinen Stunden gehen, ich wollte meinen Koffer packen und wegfahren, aber dann rief Malinka an.

»Ich habe keine Eisprünge mehr, du brauchst nicht zu kommen«, sagte sie sachlich und entschieden. Einfach so, am Telefon, schnitt sie mich mit einem scharfen Messer aus ihrem Leben, und ich war erledigt.

Ich konnte nichts schlucken und nichts erbrechen. Alle suchten nach einem Krebsgeschwür, das sich irgendwo versteckte, in den Knochen, in der Lunge, in der Bauchspeicheldrüse, in der Leber. Und ich, zwischen den Blut- und Urinuntersuchungen, zwischen den Röntgenaufnahmen und den Computertomographien, wusste, dass es kein Krebs war, sondern das Herz, ich wusste, dass Malinka meine Seele beherrschte, dass sie in meinem Blut floss, dass sie meine Erinnerungen beherrschte. Nur sie hatte meinen Vater gekannt, nur sie wusste, wie das Essen meiner Mutter geschmeckt hatte, und nur sie hatte ich umarmt, damals in der Nacht, auf der Bank. Ich schickte ihr E-Mails, ich schickte ihr Briefe, ich flehte sie an, ich bettelte um ihre Liebe. Ich bat sogar Michaela um Hilfe. »So ist Amalia«, sagte Michaela einfach. »Da kann man nichts machen.«

Ich rief bei Michaela an, und endlich erreichte ich jemanden.

Roni beantwortete meinen Anruf.

»Geht es euch gut?«, fragte ich, besorgt wie nach jedem Anschlag.

»Klar, warum fragst du, was ist passiert?«

»Es gab einen Anschlag«, informierte ich ihn.

Roni lachte. »Ach so. Das war irgendein Dummkopf, der es nur geschafft hat, sich selbst in die Luft zu sprengen.« Seine Stimme klang amüsiert.

»Ich bin in Israel«, sagte ich.

»Was für ein wunderbarer Zufall! Gerade heute eröffnet

Michaela eine Ausstellung! Das wird eine Überraschung. Sie wird glücklich sein, wenn du kommst.« Und ohne dass ich ihn fragte, sagte er: »Malinka kommt auch. Diese Verrückte ist gerade heute aus dem Ausland zurückgekommen.«

Ich ließ mir von Roni die Adresse der Galerie geben, bestellte mir ein Taxi und fuhr hin. Jetzt wusste ich, warum ich hier war. Ich war wieder munter.

11

Michaelas Installation stand mitten in der Galerie. Ich erkannte die Zuckerdose und das Milchkännchen, das ich in den Graben gebracht hatte, um Etka eine Freude zu machen, und die Vase, die ich beim Schabbatessen fast zerbrochen hätte. Etkas Geschirr stand, in ein Leichentuch gehüllt, auf einer Drehbühne aus Holz. Es war aus ihrer Vitrine in die Galerie umgezogen, ihre Kristallsachen hatten das weiße Laken von sich gerissen und stellten sich zur Schau. An der Decke schwebten Scheinwerfer. Die freiliegenden Kristallsachen fingen das Licht auf und warfen blendende Funken, die den Raum in allen Regenbogenfarben füllten. Ich wurde von den tanzenden Lichtern in der Galerie aufgesogen, ich fühlte, wie Erregung in mir aufstieg.

»Gadi!«, rief Michaela, als sie mich im Publikum entdeckte. Sie umarmte mich, aber ich schaute suchend über ihre Schulter hinweg zur Inschrift auf der Wand:

»Verwundete Gegenstände. Michaela Chen, geboren in Israel, Tochter von Holocaustüberlebenden, aufgewachsen in einem kleinen Viertel im Süden von Tel Aviv, verheiratet, zwei Kinder. Michaela verwendet Gegenstände aus ihrer Vergangenheit – Geschirr, Möbel und Schmuck – und rekonstruiert mit ihrer Hilfe die Wunden ihrer Kindheit …«

Michaela riss mich aus der Betrachtung und stürzte sich voller Wärme auf mich. »Du siehst wunderbar aus, ach, ich hatte solche Sehnsucht nach dir.« Die Gefühle ließen mich stumm werden. Sie zog mich zu Zuki Adam, dem Besitzer der Galerie. »Das ist Gadi, Gadi Grin, das ist der Bruder, den ich hätte haben können«, sagte sie.

Warum sagte sie nicht, ich sei der Schwager, den sie hätte haben können? Ja, ich hätte ihr Schwager sein können.

»Ist Malinka hier?«, fragte ich sie. Wie immer konnte ich mich nicht zurückhalten.

»Nein, und diese sture Nuss kommt bestimmt auch nicht.« Sie lächelte. »Aber Roni und die Mädchen werden später kommen.«

»Einige Journalisten wollen mit dir sprechen«, unterbrach uns der Galeriebesitzer und zog Michaela zum Konferenzraum.

»Ich möchte, dass du die Mädchen triffst«, rief sie mir noch zu.

Ich blieb allein vor der Installation zurück. Ich streckte die Hand aus, um Etkas Geschirr zu streicheln. »Mein Herr, berühren verboten«, sagte ein streng aussehender Wachmann. Ich fühlte mich getadelt und nahm mir ein Glas Wasser. Das Atmen fiel mir schwer. Ich verließ die Galerie.

Einen Moment lang stellte ich mir vor, Dina wäre bei mir. Ich fühlte sie neben mir, ich spürte ihre Anwesenheit, ich roch ihr Parfüm und hörte ihre Stimme. Bestimmt hätte sie mir einen festen Chauffeur organisiert, einen privaten Fremdenführer und Gourmetmahlzeiten. Mit ihr wäre ich nicht wie ein Obdachloser durch die Straßen geirrt.

Die Sonne ging unter. Ich war erschöpft, beschloss aber, Malinka noch an diesem Abend zu treffen und auch mein

Haus aufzusuchen. Ich hielt ein Taxi an und fuhr zum zweiten Mal in mein Viertel. Diesmal bat ich den Chauffeur, vor dem Haus anzuhalten. An der rostigen Tür war ein neues Schild befestigt: »Nina Basman«, und an der Tür nebenan hing das alte Holzschild: »Hier wohnt Familie Zuckmayer«.

In der vierten Klasse verteilte Chedwa, die Kunstlehrerin, flache Holzstücke. Wir sägten sie sorgfältig zurecht, dann schnitten wir den Familiennamen hinein, und am Schluss polierten wir das Holz. Die stolzen Eltern hängten die Schilder ihrer begabten Kinder an alle Tore und Türen. Über mein Schild lachten die Leute des Viertels jahrelang: »Hier wohnt Familie Grin und auch Gadi«.

Mein Holzschild war verschwunden. Familie Grin und auch Gadi wohnten nicht mehr hier. Ich atmete tief ein, und plötzlich, am Ende der Straße, in der Dunkelheit, sah ich ein Paar. Ich glaubte Malinka zu erkennen, ihren schmalen Körper, ihre langen Beine, ihre scharfen Bewegungen, ihren Gang und die Länge ihrer Schritte. Wie immer war sie in der Gesellschaft eines großen, athletischen jungen Mannes. Sie entfernten sich immer weiter von mir und verschwanden. Ich beruhigte mich damit, dass es vielleicht gar nicht Malinka gewesen sei, und klingelte an ihrer Tür. Einmal, zweimal, dreimal klingelte ich, und niemand antwortete.

»Unsere Etka ist nicht mehr da«, hörte ich meine Mutter sagen, wie damals, vor acht Jahren. »Es ging ganz schnell, eine Lungenentzündung, und das war's dann.«

Ich schaffte es nicht, zu Etkas Beerdigung zu fahren.

»Gadi, du musst so schnell wie möglich kommen«, teilte

mir Michaela am Ende der Trauerwoche mit. »Deine Mutter sitzt im Garten. Sie isst und trinkt nicht, sie betet, dass Gott sie ebenfalls zu sich nimmt.«

Ich kam nach Israel und nahm meine Mutter mit zu mir, nach Amerika.

»Warum hast du nur einen Koffer?«, fragte ich sie.

»Weil ich nur für kurze Zeit zu dir komme«, antwortete sie. »Ich kann ohne Etka nicht leben.«

Sie hatte ihre Sachen in einen kleinen Koffer gepackt. »Gibt es nicht noch ein paar Sachen, die du mitnehmen willst?«, fragte ich sie, um das Thema zu wechseln.

Meine Mutter lachte. »Meine Erinnerungen nehme ich immer mit, egal wohin. Für sie brauche ich keinen Koffer.«

Bevor wir ins Taxi stiegen, bat sie mich, Malinka einen Abschiedsbrief zu bringen. Ich erinnere mich, dass meine Hand zitterte. Ich kämpfte mit mir, ob ich den Brief in den Briefkasten werfen oder an der Tür klingeln sollte. Ich wusste, dass Malinka zu Hause war, ich wusste, dass sie mich sah. Ich hatte Angst, sie zu sehen, ich wollte sie vergessen. Der Taxifahrer hupte, und ich schob den Brief meiner Mutter in den Briefkasten.

Ich blieb im Garten stehen. Das Grün hatte einen gelblichen Ton bekommen, die Pitangahecke blühte nicht, und der Mispelbaum stand nackt da. Der blühende Garten meiner Mutter war zu einer Wüste geworden. Der Kalk bröckelte von den Wänden meines Hauses und von Malinkas Haus, und die hölzernen Fensterläden hatten Risse bekommen.

12

Nina Basman, die Mieterin, öffnete die Tür, um zu sehen, wer in ihrem Garten herumlief, und lächelte mir zu. »Herr Grin, was für eine Überraschung!« Sie beruhigte ihren Hund: »Emily, sei ruhig. Darf ich vorstellen? Das ist dein Hausbesitzer«, und lud mich ein einzutreten.

Frau Basman hatte nichts verändert. Alles stand an seinem Platz – die alten Möbel aus dunklem Holz, das Geschirr in der schäbigen Küche meiner Mutter, sogar der tropfende Wasserhahn, der einen gelblichen Streifen im Spülbecken hinterlassen hatte –, alles war so, wie es gewesen war. Ich betrachtete prüfend das Bücherregal und meinen Schreibtisch, warf einen Blick auf mein Jugendbett. Das Haus war in grauen Schatten gehüllt und von einem anderen Leben erfüllt. Ich wollte fliehen.

»Er soll endlich aufhören zu träumen«, hörte ich Dinas Stimme. »Er soll endlich aufhören, von Malinka zu träumen, von Michaela, von Etka, er soll aufhören, von damals zu träumen.«

»Tee oder Kaffee?«, fragte Frau Basman. Ich bat um Tee. Sie ging in die Küche. Der Schimmelgeruch im Wohnzimmer bedrückte mich, tötete meine Erinnerungen. Ich spürte die Leere und zwang mich dazu, meine Mutter wiederzubeleben.

»Die Sprüche aus Przedborz haben Dina mehr geholfen als Prozac und mehr als Dr. Stewart«, hatte meine Mutter gesagt. »Ein Witz auf jiddisch ist besser als zehn Psychologen.« Ich hörte Dina lachen. Stundenlang saß sie mit meiner Mutter in der Küche, lauschte ihren Jiddischen Witzen und lachte laut.

»Herr Grin, wie viel Zucker nehmen Sie?«, fragte Frau Basman aus der Küche.

»Keinen, danke«, antwortete ich. »Wenn es möglich ist, bitte mit Honig und Zitrone.«

»*Wos bilig is tajer, un wos tajer is bilig*. Was billig ist, ist teuer, und was teuer ist, ist billig«, klang mir die Stimme meiner Mutter in den Ohren. Das hatte sie immer gesagt, als sie damals mit mir im Geschäft arbeitete. So überzeugte sie die Kundinnen davon, immer das Beste zu nehmen.

In jenen Tagen betrat irgendwann Simcha Berger das Geschäft. Meine Mutter stand hinter der Theke und fragte, für welches Gestell sich der Herr interessiere. Er schwieg.

»Kann der Herr nicht sprechen?«, fragte sie.

»Ich bin Simcha«, stammelte er.

»Und ich Sarke«, antwortete sie höflich. Ich sah, dass sie rot wurde.

»Ich bin Simcha Berger«, versuchte er es noch einmal.

»Ich bin Sarke Grin«, antwortete meine Mutter.

Er war verwirrt und lud meine Mutter auf eine Tasse Kaffee ein, aber sie erklärte ihm, sie habe zu tun. Sie deutete stolz auf mich. »Das ist mein Sohn, der Laden gehört ihm, und ich bin hier, um ihm zu helfen.«

»Dann ein andermal«, sagte Herr Berger verlegen und ging.

Ich war bestürzt. »Mama! Was war das?«

»Früher, als ich jung und dumm war«, sagte sie, und ihre Stimme zitterte ein wenig, »habe ich eine Dummheit gemacht und Simcha Berger geheiratet.« Ich wurde blass, ich fühlte nichts.

»Nach dem Krieg hörte ich, dass Simcha überlebt hat, und fuhr sofort nach Hause.« Meine Mutter schwitzte. »Ich wusste, wenn er lebt, wird er dort auf mich warten, und wirklich, er war dort. Aber er wartete nicht auf mich, er war nicht allein. Er war dort mit seiner neuen Frau und einem kleinen Kind. Als er feststellte, dass ich noch am Leben war, floh er mit seiner Chawa nach Amerika und ließ mich allein. Jahre später bekam ich von dem Herrn ein Telegramm. Simcha schrieb mir, er würde alles tun, damit wir wieder zusammenkommen, aber da liebte ich bereits deinen Vater, und du warst fünf Jahre alt.« Ich hörte jedes Wort. »Damals entschied sich Simcha Berger, sich erneut in mich zu verlieben. Er schrieb mir Briefe, er schickte mir Geld, er schickte auch viele Geschenke, und später schlug er vor, dass unsere Kinder, du verstehst … wenn wir schon nicht … dann vielleicht unsere Kinder, so schrieb er, und ausgerechnet zu diesem Zeitpunkt hat man dich nicht bei der Armee genommen. Ich habe dich nicht einfach so in ein fremdes Land geschickt. Ich wusste, dass er Geld hat, dass er ein Geschäft hat, dass er sich um dich kümmern würde. Ich wusste, dass er alles für dich tun würde.«

Am nächsten Tag kam meine Mutter nicht zur Arbeit. »Wo warst du?«, fragte ich sie am Abend.

»Wir haben uns getroffen«, antwortete sie gelassen.

»Aber nur, damit er noch mehr bereut, dass er mich verlassen hat.« Dann stand sie auf und trat vor den Spiegel. »Gadischke, wie sehe ich aus?«, fragte sie. Sie lächelte und richtete sich auf. »Joseph und seine Brüder in Ägypten habe ich ihm gemacht.«

Frau Basman kam mit einem vollbeladenen Tablett herein, Rogelech, Toast mit Marmelade und Honig, Schokolade, feine Pralinen, eine Schale Obst und natürlich Tee mit Zitrone und Honig. »Nun, wie geht es Ihnen?«, fragte sie.

»Alles in allem ist es mir gutgegangen in Amerika«, sagte meine Mutter. »Du brauchst mich nicht in Israel zu begraben, es ist wirklich schwer, zehn Stunden mit einer Leiche zu fliegen.« Ihr Herz war krank, aber ihr Geist war ungebrochen. Sie versuchte mich zu beruhigen. »Mach dir keine Sorgen, zu Etka und zu deinem Vater komme ich, egal von wo, auch von hier.« Mit einem Lächeln hob sie den Blick zum bewölkten Himmel über Manhattan.

Acht Monate später begrub ich sie in Amerika, nicht weit von unserem Haus. Michaela kam zur Beerdigung und plante für meine Mutter ein Grab, das genauso aussah wie Etkas.

Sarke Grin
Eine tüchtige Frau
Polen – Israel – Amerika
1922–1999

»Ich habe vor, hierher zurückzukehren«, sagte ich zu Frau Basman.

Sie erschrak. »Ist etwas passiert? Mit Ihrer Familie?«

Ich schüttelte den Kopf. »Ich habe schon seit Jahren vor zurückzukehren.«

»Oho, Herr Grin, herzlich willkommen, wir werden uns freuen.« Sie lachte laut. »Es gibt hier vierundzwanzig Witwen über achtzig, einen alten Lebensmittelhändler, der alle belästigt, und eine nervöse Junggesellin von ungefähr fünfzig. Also wirklich, Sie reden Blödsinn, diese Wohnung fällt schon auseinander, sie passt nicht zu Ihnen, Sie sind ein reicher Mann, Sie sind noch jung, Sie sind aus Amerika, Sie haben hier nichts verloren.«

Der heiße Tee verbrannte mir die Zunge. Bevor wir uns verabschiedeten, sagte sie noch: »Träume sind eine Sache, und das Leben ist eine andere. Vergessen Sie nicht, dass ich das Haus gerne kaufen würde.«

Ich war überrascht.

»In meinem Alter, Herr Grin, ist das ein idealer Platz, nur ein paar Meter vom Friedhof entfernt.«

Als ich das Haus verließ, war es dunkel geworden. Das gelbe Licht der Straßenlaternen fiel auf die Straße, und aus den Fenstern drang das blaue Licht der Fernseher. Graue Wolken verdeckten den Mond und den Himmel, Malinkas Haus war dunkel, die Fensterläden geschlossen. Ein bleiernes Grau hüllte das Viertel ein. Vielleicht ist es ein Irrtum gewesen hierherzukommen, dachte ich, vielleicht sollte ich wirklich zu Dina und den Kindern zurückkehren.

Eine Frau mit schwerfälligem Gang und ein hüpfendes Kind waren auf dem Heimweg. Ein Junge auf einem Fahrrad bremste vor einem der Häuser. Drei Katzen sprangen von einer Mülltonne und erschraken vor mir, und ein gereizter Schäferhund an einer Kette bellte mich an. Ich kannte niemanden.

»Geh gerade, geh aufrecht, auch wenn dein Bein schwer ist, zieh es nicht nach«, hatte meine Mutter immer zu mir gesagt.

Vielleicht ist es nach dreißig Jahren zu spät, um zurückzukehren.

13

»Dina konnte mit ihrer Vergangenheit umgehen. Sie hat sie begraben, sie hat eine wunderbare Karriere gemacht und ihre Fähigkeiten genutzt. Und Sie, Herr Grin, haben sich Ihrer Vergangenheit ausgeliefert, Sie haben sich in ihr vergraben, Ihre Vergangenheit hat Sie gelähmt.«

Dr. Stewart machte mich mit Worten und Blicken nieder.

»Wonach sehnen Sie sich eigentlich so sehr?«

»Warum weint Etka?«, fragte ich meine Mutter, als ich Etka in unserer Küche weinen sah.

»Weil sie Sehnsucht hat«, antwortete meine Mutter.

»Wonach sehnt sie sich so sehr?«

»Nach dem Ort, an dem sie Kind war.«

»Wie kann sie sich nach Polen sehnen?«, fragte ich erstaunt.

»Gadischke«, erklärte meine Mutter, »man kann einen Menschen nicht aus seiner Vergangenheit herausreißen, man kann ihm nicht die Sehnsucht nach seiner Familie nehmen, nach der Sprache, die er gesprochen hat, nach den Gerüchen, die er eingeatmet hat, nach dem Essen, das er gegessen hat, nach dem ersten Tag im Kindergarten, in der Schule. Niemand auf der Welt kann seine Erinnerungen loswerden.«

»Vielleicht sind Sie süchtig nach Sehnsucht?«, beharrte Dr. Stewart. Er wandte sich an Dina. »Wissen Sie, manchmal beherrscht uns die Erinnerung, wir stellen uns eine Vergangenheit vor, die nur gut war, und sehnen uns nach etwas, was es nie gegeben hat.«

Ich wusste, dass ich mich nach etwas sehnte, was es wirklich gab, nach Malinka, die mir gesagt hatte, ich müsse mich für ihre Liebe hinten in der Reihe anstellen, ich sehnte mich nach dem Fackelzug, bei dem ich ganz allein gegangen war, nach Chesi, der mich »Hinkebein« genannt hatte, nach meinem Vater, der meinetwegen zwei Schichten gearbeitet, der sich mit mir zusammen rasiert und mit mir Dame gespielt hatte, nach meiner Mutter, die mir allmählich das Gehen beigebracht hatte. Ich wusste, dass es mein Bein war, das mich in die Ferne gebracht hatte, dass ich mir den Weg, den ich ging, nicht ausgesucht hatte, aber ich dachte, wenn ich ihm die Geschichte meiner Kindheit erzähle, wird er sie nicht verstehen. Also schwieg ich.

Als wir wieder zu Hause waren, brach Dina zusammen, sie weinte und weinte. »Ich habe mir solche Mühe gegeben, dass alles gutgeht.«

»Es liegt nicht an dir«, sagte ich erschrocken. »Meine Kindheit ist dort, meine Erinnerungen sind dort, nur dort spricht man meine Sprache, dort singt man die Lieder, die ich gesungen habe. Ich wollte nichts kaputt machen, ich wollte, dass meine Kinder auch den Geschmack von Gerschtajns Hefeschnecken und von den Mispeln von Fischs Baum kennenlernen …«

An diesem Abend gab ich nicht nach, ich sprach alles,

was mich bewegte, laut aus, Israel, die Araber, die Schoah, das Viertel, die Juden. »Autobusse explodieren, Tel Aviv brennt, das Haus verfällt, und wir sind hier und tun nichts …« Ich hörte nicht auf zu reden. Dina machte Tom und Dani auf meinen Zustand aufmerksam. »Euer Vater braucht ärztliche Behandlung«, sagte sie. Sie erschraken. Ich konnte mich nicht beherrschen. »Du bist es doch, die einen Psychiater braucht. Mit dir darf man nicht diskutieren, damit du keine Depression bekommst, damit du keine Tabletten schluckst, damit du dir nicht die Pulsadern aufschneidest! Ich darf nur den Mund halten, und du darfst alles! Ich soll dich nicht zwei, drei Tage allein lassen, und du darfst in ganz Amerika herumreisen. Ich gehe zu keiner Therapiestunde mehr!«

Dann erschrak ich über mich selbst. Noch nie hatte ich einen derartigen Ausbruch gehabt. Ich hatte mich doch nur erklären wollen, und es tat mir wie immer leid. Aber Dina hatte sich schon im Schlafzimmer eingeschlossen.

In jener Nacht schlief ich auf dem Sofa im Wohnzimmer. Ich warf mich schlaflos herum. Meine Muskeln waren gespannt wie die Saiten einer Gitarre, bis zum Zerreißen, und am Morgen kaufte ich mir ein Flugticket nach Israel. Ich hoffte, dort wieder ruhig zu werden.

Am Abend gingen wir zu Dr. Stewart, wie Dina es wollte.

»Er hat wieder ein Flugticket nach Israel gekauft«, zischte Dina.

»Ein seelisch gesunder Mensch empfindet Sehnsucht«, verteidigte ich mich.

»Ich weiß auch, was Sehnsucht ist«, sagte sie wütend. »Mit zweiundzwanzig habe ich meine Eltern verloren, meinen Gott und meinen Glauben und auch mein erstes Kind. Aber, Herr Sehnsucht, ich habe eine Entscheidung getroffen. Ich habe das gewählt, was ich heute habe. Ich habe Kinder, ein Geschäft und dreißig Jahre gemeinsames Leben. Ich suche nicht mehr den gestrigen Tag.«

»Wie kommt es, dass sie keine Sehnsucht empfindet?«, fragte ich auch diesmal, und wie immer wollte ich nur verstehen. »Warum hat sie kein einziges Mal versucht, nach Brooklyn zurückzukehren und ihre Eltern zu treffen?« Und dann wagte ich sie zu fragen: »Warst du vielleicht heimlich dort?«

Sie fiel sofort über mich her. »Was habe ich in Brooklyn verloren? Wer wartet dort auf mich? Meine Familie, die für mich Schiwa gesessen hat? Die mich betrauert hat, als wäre ich gestorben? Meine Freundinnen, die mich boykottiert haben? Sogar Jankele, der junge Mann, der mich mal geliebt hat, hat sich dazu entschieden, mich zu vergessen. Ich bin seine Sünde, heute ist er Rabbiner und hat eine Frau und acht Kinder. Meine Erinnerungen sind Albträume, ich träume nicht von Brooklyn, ich habe dort keine Malinka.« Sie warf mir einen anklagenden Blick zu.

»Woher weißt du das? Wer hat dir davon erzählt?« Das Zimmer war erfüllt von meinen Schuldgefühlen.

»Ihr habt also wirklich etwas miteinander gehabt!« Dina war wütend und aufgeregt und zitterte vor Zorn. »Ich hatte schon immer den Verdacht, aber ich habe es nicht geglaubt. Sag mir doch ein für allemal, was ist so gut an dieser Malinka?«

Es gibt Dinge, die ich noch nicht mal im Traum erklären wollte. Plötzlich hatte ich den Geruch von Guaven und Gestrüpp in der Nase und sah meine Mutter, die im Hof mit Etka plauderte, meinen Vater, der mir Rasierschaum auf die Wangen schmierte, und Malinka, die mit mir Fünf Steine spielte. Ich fand keine Worte, um zu erklären, was dort so gut war, ich hatte das Gefühl zu ertrinken.

Dina blieb stur. »Ich möchte, dass er wegfährt, diesmal will ich, dass er für immer geht«, verkündete sie Dr. Stewart.

»Vielleicht ist es wirklich besser, wenn Sie fahren«, schlug Dr. Stewart vor, und zu Dina, die schon ihre Tasche nahm und gehen wollte, sagte er: »Sie müssen sich der Realität stellen. Er wird fahren, um zu sehen, dass seine Erinnerungen nicht lebendig sind, sie sind nur in seinem Kopf.«

Als wir von der Therapie zurückkamen, riss Dina wütend all meine Sachen aus den Schränken und warf sie in Koffer. »Geh, verlasse diese Wohnung«, verlangte sie von mir. »Wenn ich aus Washington zurückkomme, will ich dich nicht mehr hier sehen!«

14

Es war schon spät. Ich fuhr zum Hotel zurück. »Wir haben keine Nachricht für Sie«, antwortete der Angestellte am Empfang auf meine Frage. Ich war enttäuscht. Ich wollte, dass jemand nach mir suchte. Ich fuhr hinauf in mein Zimmer und streckte mich auf dem Bett aus, und auf dem Boden neben mir standen die unausgepackten Koffer.

Eine Woche lang verkroch ich mich im Haus, um mich herum die Spuren eines alternden Junggesellen – ein Spülbecken voller schmutziger Teller mit Essensresten, ein ungemachtes Bett und im Badezimmer der Geruch nasser Handtücher.

»Ich habe mein ganzes Leben lang nachgegeben«, schrie ich Dani und Tom an, die kamen, um nachzuschauen, was mit mir los war. »Ich habe meiner Mutter nachgegeben, ich habe eurer Mutter nachgegeben, ich habe auch euch nachgegeben, ich habe mir selbst nachgegeben.« Die Erregung, die sich in all den Jahren in mir aufgestaut hatte, brach nun heraus, ich hatte das Gefühl, schreien zu müssen. Mein Schweigen brach als Schreien aus mir heraus. »Behinderte geben immer nach! Immigranten geben immer nach! Dummköpfe geben immer nach! Ab heute gebe ich nicht mehr nach!« Ich erschreckte sie.

»Lass ihn fahren, lass ihn seinen Traum verwirklichen«, sagte Dani, um den weinenden Tom zu beruhigen. »Fahr ruhig, Daddy, fahr hin und erzähl uns, wie es ist, wenn man Träume verwirklicht.«

Ich versuchte es ihnen zu erklären. »Seit ich hergekommen bin, wusste ich, dass ich nur vorübergehend hier lebe, ich habe gewusst, dass wir eines Tages nach Hause zurückkehren.«

»Aber wir sind hier zu Hause!«, schrie Tom mich an, wütend wie seine Mutter. »Du verstehst es vielleicht nicht ganz, aber das hier ist auch dein Zuhause.«

Danach lief ich im Haus herum und schwieg. Ich fand nicht die passenden Worte. Warum war ich nicht wie meine Mutter, wie Malinka oder Dina oder sogar wie Michaela – allen gelang es, sich besser zu erklären, als ich es konnte.

Am Abend rief Dina an, um zu erfahren, ob ich schon weggefahren war. »Fahr endlich«, sagte sie abweisend. »Die ganze Vergangenheit liegt vor dir. Geh zu deinen Träumen, leb mit deinen Erinnerungen, und vergiss, dass du hier ein Leben hast, eine Frau, Kinder, ein Geschäft, fahr in dein Land, in deine Heimat, in das Land, das du liebst, fahr zu Malinka.« Ihr Zorn wuchs immer mehr. »Und sag deinen Söhnen, dass das Heimatliebe ist.«

Ich spürte, dass ich fahren musste. Vielleicht würde Dina nachkommen, vielleicht auch meine Söhne, vielleicht würde sie gleich kommen und nicht zulassen, dass ich ging. In der Stille der Nacht packte ich meine Koffer.

»Haben Sie sich geliebt?«, fragte Dr. Stewart bei einer der Sitzungen. Auch Dina gab ihm keine Antwort. Fünfzig Minuten Schweigen, vierhundert Dollar und eine Quittung, so endete diese Therapiestunde. Fünfzig Minuten hatte ich keinen klaren Gedanken im Kopf, ich sah nur *Robin Hood* vor mir, Bilder, die sich in der Laterna magica bewegten, die mir meine Mutter zum elften Geburtstag gekauft hatte. Am Abend lud ich Malinka in mein dunkles Zimmer ein, um ihr *Robin Hood* zu zeigen. Ich hatte vor, mich ganz dicht neben sie zu setzen und ihre Nähe zu spüren, aber nur Michaela kam.

»Stimmt's, wenn du nicht hinken würdest, würdest du Malinka heiraten?«, fragte Michaela nach der Vorführung, gab mir einen flüchtigen Kuss und verschwand.

Vor Mitternacht verließ ich das Haus, schloss die Tür ab und fuhr zum Flughafen.

Es war Nacht. Von hier aus sah man das Meer nicht. Die Fensterscheibe warf mein Spiegelbild zurück. Mein Gesicht war eingefallen, die Augen erloschen. Ich war nur ein Schatten ohne Tiefe, böse Gedanken schwächten meinen Geist, ich sah das Ende vor mir.

Ich fuhr hinunter in die Lobby. Nur ich und vier Mitglieder des Betriebsrats der staatlichen Wasserwirtschaft saßen da. Sie planten einen Wochenend-Workshop zur Verbesserung des Arbeitsklimas.

Die Kellnerin kam zu dem Schluss, dass ich auf jemanden warte. »Wenn Ihre Gäste kommen, nehme ich die Bestellung auf«, sagte sie.

Ich lächelte. Man sieht mir schon an, dass ich auf jemanden warte, der nicht kommen wird. Ich rief Michaela an, um sie zum Essen einzuladen.

»Gadischke, ich bin fix und fertig von dem ganzen Theater in der Galerie. Schade, dass du nicht erst in zehn Tagen gekommen bist, verstehst du, ich hätte nicht geglaubt, dass ich einen solchen Erfolg haben würde, in dieser Woche bin ich eine Sklavin der Galerie, ich muss von morgens bis in die Nacht hier sein.« Dann schlug sie vor, ich solle doch zur Galerie kommen. »Ich bin bis Mitternacht hier. Komm, wann du willst, so sehen wir uns wenigstens und können uns ein bisschen unterhalten.«

Nach dem Gespräch mit Michaela rief ich wieder bei Malinka an, und dann ging ich los, um mir ein Restaurant zu suchen.

Der Wind vom Meer schlug mir entgegen, ich zog das Bein nach. Mir tat alles weh, mein Körper wollte mich nicht mehr tragen. Ich ging zum Hotel zurück. Ich setzte mich hinten in die Lobby, geschlagen und zusammengekrümmt. Ich hatte schreckliches Sodbrennen. Mein Aufenthalt in Israel kam mir leer und lang vor. Diesmal war es Dani, der mich aus meinen Gedanken riss, er schickte mir eine SMS: »Und, Daddy, verwirklichst du deine Träume?«

»Herzlich willkommen, Herr Grin.« Einer der Hotelangestellten erkannte mich und schaltete mir zu Ehren, ohne dass ich darum gebeten hatte, den Fernseher auf CNN. Der riesige Plasmabildschirm flimmerte vor meinen Augen. Der Nachrichtensprecher verkündete: »An der Westküste wird morgen winterliches Wetter erwartet, die Temperaturen sinken. Der Winter kommt früh, und in New York wird es an diesem Wochenende bereits schneien.«

An Chanukka 1984 warfen Tom und Dani mit Schneebällen auf Dina und mich. Es war kalt. Ich umarmte Dina, Kushnir umarmte meine Mutter, und trotz der eisigen Kälte blieben wir noch lange draußen. Bis Tom und Dani müde wurden. Zu Hause zündeten die Kinder die Chanukkalichter an, Dina machte Reibekuchen, und Kushnir, meine Mutter und ich spielten mit dem Chanukkakreisel.

»In Przedborz hätte man gesagt«, sagte Mutter zu Kushnir, »dass jeder Jude mindestens ein Wunder in seinem Leben braucht. Dina ist Gadischkes Wunder.«

Genau in diesem Moment kam Dina mit einem Tablett voller Reibekuchen aus der Küche, und meine Mutter sagte zu ihr: »Er ist auch dein Wunder.«

Dina lächelte, stellte das Tablett auf den Tisch und schmiegte sich an mich, so fest es überhaupt ging.

»Was kann man sonst noch vom Leben verlangen?«, sagte Kushnir zu meiner Mutter.

Sie gab ihm keine Antwort, sie wischte sich mit einer Papierserviette ein paar Tränen ab.

Die Lobby leerte sich. Ich rief zu Hause an. »Guten Tag, hier ist Familie Grin …«, antwortete meine eigene Stimme vom Anrufbeantworter, und gleich danach wählte ich die Nummer des Reisebüros. »Ja, Herr Grin, es gibt einen Platz in der Business, die Maschine nach New York fliegt um ein Uhr dreißig.«

Ich bat den Hotelangestellten, meine Koffer herunterzuholen, bestellte ein Taxi und sagte dem Fahrer, er solle vor der Galerie einen Moment halten. Ich wollte Michaela sagen, dass ich abflog, und mich von ihr verabschieden. Aber Michaela war umgeben von Freundinnen. »Da ist Gadi!«, rief sie begeistert, als sie mich entdeckte, aber sie kam noch nicht einmal zu mir. »Roni kommt mit den Mädchen. Ich rufe Malinka gleich an, vielleicht kommt sie endlich auch mal.« Ich lächelte, ja, vielleicht würde sie kommen. Ich verließ die Galerie, ohne mich verabschiedet zu haben.

Der neue internationale Flughafen Ben Gurion. Andere Zeiten, ein anderes Land.

Nach der Kontrolle und dem Einchecken hörte ich eine Stimme: »Letzter Aufruf für Mister Gadi Grin.«

Als ich in das Flugzeug gestiegen war, wurden die Türen geschlossen. Ich schnallte mich an, schickte Dina eine Nachricht mit den Flugdaten und schaltete mein Handy aus. Das Flugzeug rollte über die Startbahn und hob sich in die Luft. Die Lichter von Tel Aviv entfernten sich immer weiter. Ich machte die Augen zu. Ich wollte schlafen, ich wollte mich dem Zauber der Sehnsucht hingeben, aber die Träume gerieten mir durcheinander. Ich träumte, Dina wäre in Israel und Amalia würde mit Boas in Amerika leben, ich träumte, meine Mutter würde Simcha heiraten und Nina Basman würde mein Haus an Michaela verkaufen. Bis wir in New York landeten, entstand in meinem Kopf eine ganze Welt. Ich holte meine Koffer und machte es mir auf dem Rücksitz eines Taxis bequem. Ich schaltete mein Handy ein. Jemand sehnt sich trotzdem, dachte ich, als ich Michaelas Nummer auf dem Display meines Handys sah. Besser spät als nie. Ich antwortete nicht.

Aber das hartnäckige Klingeln hörte nicht auf. Plötzlich erschrak ich, ich dachte, es sei etwas passiert, und antwortete. »Gadischke … unsere Amalia ist nicht mehr …«, hörte ich Michaelas abgerissene, erstickte Stimme. »Amalia …« Das Gespräch war zu Ende.

Ich war wie gelähmt – ohne Stimme, ohne Tränen, ich spürte noch nicht einmal Schmerz, nur eine schreckliche Angst. Ich saß völlig erstarrt im Taxi, und auf dem ganzen

Weg sah ich Amalia vor mir. Ihr Blick war fern, ihr Körper kalt.

Die Wohnung war leer und sauber, der Kühlschrank voll. Ich verstand, dass Dina schon Bescheid wusste, dass sie alles für mich vorbereitet hatte und zur Arbeit gegangen war. Erst als ich auf meinem Bett lag, weinte ich.

Ich wollte schlafen, nur schlafen, ohne zu träumen. Ich machte die Augen zu und dachte an morgen, ohne Amalia, an übermorgen, an die Kinder, an Dina, an die Arbeit und sogar an Dr. Stewart. Und plötzlich, für einen Moment, für den Bruchteil einer Sekunde, war in mir Ruhe, der Anfang von Ruhe.